AU SECOURS, IL VEUT M'ÉPOUSER !

Agnès Abécassis est née en 1972, ce qui lui fait donc aujourd'hui à peu près vingt-huit ans. Après quinze années d'études (en comptant depuis le CP), elle est devenue journaliste, scénariste et illustratrice. Écrire des comédies est l'une de ses activités favorites. Juste après se faire des brushing.

Paru dans Le Livre de Poche :

CHOUETTE, UNE RIDE !

TOUBIB OR NOT TOUBIB

AGNÈS ABÉCASSIS

Au secours, il veut m'épouser !

ROMAN

CALMANN-LÉVY

ISBN : 978-2-253-12207-4 – 1re publication LGF

À la mémoire d'Alain Touret.

Je dédie ce livre à Stéphane, Lisa,
Megan, Léa,
Nicole, David, Stéphane (un autre, hein),
Rachel, Yvette, Michel,...
et mes grands-parents, que je n'oublie
pas et qui restent dans mon cœur.

1

Moi, jalouse ?

Quand Adam, le premier homme, rentrait chez lui tard le soir, Ève comptait ses côtes, pour le cas où on aurait encore utilisé l'une d'entre elles...

Folklore yiddish.

Le voilà qui s'avance vers moi. Ça fait si longtemps que ce n'était pas arrivé…

Il est si beau, je sens que je vais défaillir.

Pourtant je lui ai ouvert ma porte, innocente, pure, et dénuée de toute idée déplacée.

Absolument certaine qu'il ne se passerait plus jamais rien entre nous.

Nostalgique, je pense, en le regardant : « Il n'a pas changé… »

En silence, ses yeux semblent me demander : « Ça fait combien de temps qu'on ne s'est pas vus, toi et moi ? »

– (Je soupire)… Ça fait si longtemps, trop longtemps… (Ma main, nerveuse, passe dans mes cheveux et mon doigt entortille une boucle.)

L'espace d'un instant, la tête me tourne et mon

ventre se crispe sur l'envie impérieuse que je ressens le besoin d'assouvir.

Oui, mais il y a Henri. Je ne peux pas lui faire ça, je lui ai promis…

J'ai chaud, tout à coup.

Il faut que je me lève et que je marche.

Voilà, c'est ça, marcher. Surtout ne pas rester dans le même périmètre que lui. M'éloigner. Penser à autre chose. Je sens que si je ne m'asperge pas le visage d'eau froide, je vais me jeter sur lui comme une folle. Mais qu'est-ce que je raconte ? Je SUIS folle.

Je le regarde. Il me regarde aussi. Il me fixe, même, de ce petit air arrogant qui semble dire : « Je sais que tu as envie de moi – elles ont toutes envie de moi – n'essaie pas de résister… allez, viens. »

Il m'a dit « viens » ? Je meurs.

Zen. Me décontracter. Regarder ailleurs. Il faudrait que je sorte, tiens, que l'air frais fouette ma figure et me fasse redescendre sur terre.

Oui, mais j'ai la flemme, je n'ai pas envie de bouger.

J'ai envie de rester là, avec lui.

J'ai envie de lui.

(Soupir)… C'est trop difficile. Henri, je t'en supplie, pardonne-moi…

Assise sur le canapé, je me rapproche de lui en quelques discrets mouvements de fesses.

Lui ne bouge pas, continuant de me contempler d'un air narquois et entendu.

Salaud, va.

Je serre les cuisses et je croise les jambes, sans le quitter des yeux.

Mon index, qui caressait le bout de mon nez, s'égare

sur mes lèvres, glisse sur mon menton, et dessine de lentes arabesques sur mon cou, tandis que ma tête s'incline légèrement en arrière et que je tente, dans un ultime éclair de lucidité, de réprimer mes pulsions déchaînées.

Ma main droite, comme détachée de moi, descend lentement le long de ma gorge, suit le contour de ma hanche et, tandis que je me tiens immobile et droite, un peu raide, s'avance dans sa direction, sur le coussin rouge du sofa.

Il m'attend, souriant triomphalement. Il sait qu'il m'a eue.

Sous ma main, je le sens un peu dur, ce qui ne fait que renforcer mon désir pour lui.

Soudain je me lâche, je n'ai plus aucun contrôle sur moi-même.

Je lui saute dessus !

Adieu, bonne conscience, je t'aimais bien.

C'est mon drame, je n'ai jamais pu résister à l'appel de la chair.

De la bonne chère, plus exactement.

Ma main, impatiente, le saisit brusquement et déchire d'un coup sec le carton marqué du sceau fatidique « Pim's à l'orange » (les meilleurs). Je pousse un grognement sourd de plaisir. Mes doigts courent sur l'opercule blanc, puis s'enfoncent dans la boîte pour libérer le trésor exquis de son fourreau devenu inutile.

Vais-je, sauvage et impulsive, utiliser mes dents pour déchirer le film opalin, ou bien me servir de mes ongles et essayer de retrouver mon sang-froid pour repérer le meilleur angle d'ouverture sans avoir à m'escrimer dessus comme une purée de toxico en manque ?

Je choisis de me servir de ma bouche (restons élégante), crac, hop, le premier Pim's s'offre à moi, lascif, abandonné sur le haut de la pile, charnel, voluptueux.

Son parfum m'enivre, éveillant tous mes sens (au cas où l'un d'entre eux dormirait encore). Pas même le temps de laisser se former dans mon esprit la fugitive pensée que je ne maigrirai jamais, hop, je l'ai déjà avalé d'une lampée vorace.

L'arôme du chocolat mêlé à celui de l'orange fondante inonde violemment mon palais. Mes neurones clignotent façon flipper qui tilte, submergés jusqu'au dernier par un monumental shoot d'endorphine.

Hummm… je ferme les yeux.

C'est boooon…

De la pointe de la langue, je titille la croûte de chocolat du suivant, qui fond sous la chaleur, avant de mordiller la tendre génoise en un jeu délicieux (je ne dois pas, ce n'est pas raisonnable, après tout ce que j'ai enduré, après tous ces efforts, je…). Je l'avale brusquement. C'est parti, plus rien ne peut m'arrêter.

Le salon ressemble à un champ de bataille.

Ma veste, mes chaussures, mon écharpe et mes clés sont jetées, éparpillées autour du canapé, mêlées aux sacs de provisions abandonnés et gisants, y compris celui avec la barquette de gratin dauphinois surgelé qui va se décongeler si je ne fais rien pour la sauver, mais tant pis. Je n'ai d'yeux que pour lui. Je ne mange plus, je dévore, je bâfre, j'engloutis, je me goinfre, je m'empiffre, l'œil fou, le cheveu en bataille, le chemisier défait, la jupe relevée, les jambes repliées sous les fesses, l'échine recourbée sur ce trésor qui remplit mon ventre de bonheur. La volupté atteint son comble, je… ma main cherche, et ne trouve que le vide. Il n'y en a plus.

Quoi, déjà ??!

Penaude, je considère l'emballage flétri et inutile, duquel s'échappent quelques misérables petites miettes qui vont salir mon canapé.

Fini l'extase, bienvenue dans le monde réel.

Merde. Mon régime.

Fébrilement, je passe une main sur le sol, histoire de retrouver la boîte en carton et confirmer ce que je soupçonnais déjà : vu le nombre de calories pour cent grammes, j'ai le choix entre supporter la honte et le déshonneur en silence, ou bien expier en pratiquant deux cent soixante-treize heures de ce vélo d'appartement, acheté il y a des mois à cause d'une pub télé, que je n'ai pas encore eu le temps d'étrenner (je mène une vie de dingue).

J'opte pour la seconde option. Juré, sur la tête de Richard Virenque, je m'y mets dès demain. En attendant, il me faut faire disparaître les preuves accablantes de mon incartade.

Emballage aplati au fin fond de la poubelle et recouvert de moult détritus : fait.

Un petit coup d'aspirateur sur le lieu du crime : fait.

Inspection minutieuse de mes lèvres pour y déceler une ultime trace de chocolat : fait…

Rien ne doit être laissé au hasard.

Si je suis prise en flag, je m'en fiche, je nierai jusqu'à la mort.

Je le vois bien, le Henri, en train de se gausser de mon manque chronique de volonté, m'expliquant combien les femmes sont faibles et inconstantes, quand les hommes s'en tiennent à ce qu'ils ont décidé, eux.

N'empêche, si je me suis tricoté un collant de peau d'orange depuis qu'on sort ensemble, ce n'est pas à cause de mon « inconstance ». Non monsieur.

Henri a arrêté de fumer lorsqu'il m'a rencontrée (un petit pas pour lui, un grand pas pour son haleine). J'ai pensé naïvement, moi qui n'avais jamais tenu un bâtonnet qui pue entre les doigts, que je deviendrais alors sa seule drogue, son unique objet de plaisir et de vice.

Que nenni. L'homme, en phase de sevrage, a dû compenser l'absence de sa chère nicotine par de la nourriture.

« Chérie ! On sort dîner ! » (Plusieurs fois par semaine.)

Puis sont venues les surprises à la maison : « Chériiie ! regarde ce que j'ai apporté ! »

« Ah oui. Des pâtisseries. Encore. Si, si, bien sûr que ça me fait plaisir. C'est juste que (j'aurais préféré des fleurs) j'ai un peu de poids à perdre, et… Non ! Non ! Je ne voulais pas te vexer ! MAIS SI, ÇA ME FAIT PLAISIR ! Mais non, je n'ai jamais dit que c'était à cause de toi que j'avais grossi ! Tiens, regarde mon amour, je les mange… »

Sans compter la disparition des soupes, vite avalées sur un coin de table pendant le dîner des petites, lorsque nous vivions seules toutes les trois.

Aujourd'hui je devais nous cuisiner de vrais repas familiaux. Cuisiner. Ce mot équivalait, pour moi, à l'acte sexuel pour un eunuque. Techniquement, j'étais supposée pouvoir m'en sortir (c'est pas bien compliqué de faire cuire des pâtes) mais dans les faits, sans Picard, nous serions tous morts de faim depuis longtemps.

Heureusement, Henri me prouvait son amour avec force déclarations enthousiastes sur mes courbes opulentes (mot joli pour ne pas dire « adipeuses »).

Mais j'avais du mal à le croire.

Imaginez un type habitué à fréquenter des filles taillées comme des cure-dents (les garces). Comment cet homme pourrait-il s'émouvoir du corps d'une femme dont la fille aînée disait adorer ses « gros tétés » en enfouissant tendrement son nez dedans, et dont la cadette lui conseillait de ne pas s'en faire, car elle était tout de même moins grosse que le monsieur, là, à la télé (Guy Carlier) ?

J'ignore par quel miracle il pouvait être accro à mes formes. (C'est un coup à aller à Lourdes.)

Même la silhouette d'Henri, plus proche de celle d'un Bud Spencer que d'un Terence Hill, ne pouvait m'empêcher de complexer. Et, par conséquent, de surveiller les environs d'un œil impitoyable.

On ne peut pas aller jusqu'à dire que j'étais jalouse, ça non. Le mot était franchement excessif pour décrire objectivement les symptômes de mon attachement à cet homme.

J'étais juste une femme qui n'aimait pas que l'on touche à ses affaires, et qui s'inquiétait donc de ce qu'aucune main baladeuse ne vienne lui piquer le bien qu'elle avait eu tant de mal à dénicher.

Après tout c'était moi, après mon divorce, qui avais dû me farcir tous ces rendez-vous avec des types dont la personnalité oscillait entre le pathétique et le lamentable.

C'était moi qui avais dû subir leurs effleurements de mains moites, leurs regards de merlans frits, et toutes ces blagues consternantes qui ne faisaient rire qu'eux.

Et maintenant que j'avais fait tout le boulot de casting, je laisserais une punaise venir me piquer l'acteur principal de mon film ?

Ben tiens. Plutôt embrasser mon frère entre les doigts de pied.

Qu'est-ce que c'est que cette libération sexuelle à la con qui permet aux femmes de choisir leur mec au lieu de se laisser choisir par lui, comme avant, quand elles n'avaient pas leur mot à dire et qu'on leur désignait un mari (vieux et moche) en leur annonçant : « Tiens, et débrouille-toi avec ça » ?

Aujourd'hui, les femmes qui croisaient un homme attirant n'avaient plus qu'à l'aborder !... MÊME SI C'ÉTAIT LE MIEN !!

I am dreaming.

Et ne me dites pas que j'exagère, hein. Je sais de quoi je parle.

J'ai été le témoin – muet de stupéfaction – de scènes d'une abominable indécence.

Tenez, pas plus tard qu'il y a quelques mois, une conductrice de bus a dit à Henri, tandis qu'il poinçonnait son ticket : « Excusez-moi monsieur, mais... qu'est-ce que vous êtes beau... »

Vous vous rendez compte ?? Qu'est-ce que c'est que

ce service public irresponsable qui fait travailler des nymphomanes en manque se permettant – en toute impunité – de harceler les pauvres usagers dont la voiture est en panne ?

Mais que font les contrôleurs ?!

Quand Henri m'a raconté cette anecdote avec un petit rire flatté, je lui ai aussitôt braqué la lampe de chevet sur la tronche et je l'ai mitraillé de questions : description ? yeux ? couleur de cheveux ? corpulence ? signes particuliers ?

Histoire de ne pas agresser à coups de sac à main une conductrice innocente la prochaine fois que je prendrai le bus.

Hier encore, alors que nous étions tous les deux dans un supermarché en train d'argumenter tranquillement sur la meilleure marque de purée mousseline, une femme d'une soixantaine d'années passe près de nous en poussant son caddie, et lâche en reluquant Henri de haut en bas : « Ah ! Ça c'est un bel homme, ça, grand et costaud ! »

Henri, un peu étonné, lui a souri, tandis que moi j'ai répliqué d'une voix que j'espérais claire et teintée d'ironie : « Oui, c'est pour ça que c'est MON homme, hein… » (En réalité, j'ai bredouillé entre mes dents et personne n'a rien entendu, pas même moi.)

Nous nous sommes ensuite dirigés vers le rayon dentifrice, en nous promettant mutuellement de ne pas oublier d'acheter aussi du liquide vaisselle, lorsque nous avons recroisé la mamie qui s'est exclamée : « Vraiment, c'est un bien bel homme… » (Cinq ! Ciiinq !)

J'ai fait mine de ne pas avoir entendu.

Henri, lui, a précisé : « … accompagné d'une bien belle femme… », en posant sa main sur mon épaule, avant de se marrer en choisissant du Colgate blancheur.

Je me suis dit que bon, vu son âge, ce n'était peut-être pas bien méchant, qu'il fallait arrêter de voir le mal partout. Allez, y a pas de quoi faire un drame de la remarque d'une mamie espiègle. Détendue, j'ai lancé un sourire dans sa direction, genre « ne t'inquiète pas, sœur ménopausée, j'ai bien compris que tes intentions étaient chastes ». Et là, je me suis pris en retour le regard le plus noir et le plus dégoulinant d'envie que des yeux humains puissent produire. M'étais-je trompée ? Cette inoffensive grand-mère était-elle en réalité une furie nue et en porte-jarretelles sous sa gabardine ? Je me suis retenue de toutes mes forces d'aller l'inviter à s'offrir un de ces ustensiles oblongs pour se masser le visage, comme on en trouve dans les pages hygiène des catalogues VPC.

Tout ce cirque parce que mon Henri fait un mètre quatre-vingt-onze, qu'il est brun comme la nuit, très rondouillard, et que si le col de sa chemise s'entrouvre, il laisse apparaître les poils d'un torse méchamment velu. Or, pour une raison que je ne m'explique pas, il semblerait que cette vision mette littéralement en transe la gent féminine (sauf moi). Serait-ce chez elles un réflexe comparable à l'aperçu d'un décolleté bien garni chez un homme ? Je m'interroge.

Mais je parle, je parle, et j'oublie carrément de me présenter.

Mon nom est Déborah Assouline et j'ai trente-trois

ans (pas encore l'âge de mentir dessus). Pour me résumer en quelques mots, je mesure un mètre soixante-sept et je pèse cinquante-trois kilos (pas en ce moment, d'accord, mais ça m'est déjà arrivé). Je suis brune, divorcée d'un Jean-Louis de Montmarchay, j'ai mis au monde une Héloïse il y a huit ans (avec péridurale), une Margot il y a six ans (sans péridurale), et je vis depuis plus de deux ans avec un Henri de trente-quatre ans, lui-même papa d'une Diane de treize ans (obtenue sans péridurale et sans douleur, comme tous les mecs).

Ce soir, nous sommes invités à dîner chez Roxane, ma grande copine.

Et pour une fois, POUR UNE FOIS, une joie infinie m'étreint le cœur car je peux affirmer sans risquer de me tromper que j'ai quelque chose à me mettre.

Il s'agit d'un ravissant petit pull moulant, rouge et discrètement pailleté, largement décolleté sur les épaules, rehaussé d'une petite fleur brodée de fil d'or. Une pure merveille, dénichée avant-hier dans une petite boutique chinoise connue de moi seule.

Pour le bas, j'ai choisi un pantalon noir et large, qui masque bien mes marques de lipodystro… de lydos-trypho… de lipodystrophie gynodie… heu… gynoïde… enfin, mes marques de cellulite, quoi.

Tandis que j'enfile mon soutien-gorge, Margot pousse la porte de la salle de bains, m'observe quelques secondes, et me lance :

– Maman… est-ce que toutes les femmes mettent un truc comme tu as, là, sur tes seins ?

Moi (ajustant une bretelle). – Quoi, des soutiens-gorge ?

Margot. – Oui, c'est ça.

Moi. – Ben non, ça dépend. Je crois qu'il y a des femmes qui n'en mettent pas, quand elles n'ont pas beaucoup de seins…

Margot (qui s'éloigne en haussant les épaules). – Maman, tu dis vraiment des bêtises… bien sûr qu'elles n'en ont pas beaucoup, des seins. Elles en ont deux, comme tout le monde !

Le corsage désormais en apesanteur, c'est au tour de ma fille aînée de venir me scruter en silence, tandis que je m'applique un fin trait d'eye-liner au ras des cils, le nez collé contre le miroir surplombant le lavabo.

Posant les yeux sur elle, je la vois en train de singer mes mimiques.

Ah, tu veux jouer à ça ma petite ? Top : c'est parti pour un concours de grimaces.

Strabismes déchaînés, langues tendues jusqu'à la glotte, rictus dit de « l'élan affamé » (très difficile, il faut s'aider des mains), chacune est bien résolue à ne lésiner sur aucune élongation faciale pour gagner.

Héloïse est sur le point de l'emporter grâce à une extraordinaire figure consistant à retrousser manuellement sa lèvre supérieure, pour faire en sorte qu'elle adhère, toute seule, plaquée contre sa narine droite (figure dite de « l'habile Héloïse »). Mais c'est pourtant moi qui triomphe d'une courte moue, grâce à mon inénarrable technique dite de « la bouche de limande stupéfaite », dont l'effet, avantagé par mon rouge à lèvres couleur homard, me tire vers la victoire.

Ma poupée s'éloigne, ravie.

Quant à moi, je suis bonne pour rafistoler mon maquillage.

Enfin prête.

J'ai mis mes yeux (c'est-à-dire placé mes lentilles), ma frange est nickel, et mes boucles d'oreilles scintillent sublimement (dix euros chez H & M, mais je les fais passer pour des Cartier).

Mes nioutes, dans la salle à manger, font un festin des pizzas que j'ai commandées, en compagnie de Jonathan, venu les garder en échange d'un accès illimité et exclusif à la télécommande de la télé.

Jonathan, vous savez ? Mon frère de vingt-neuf ans, agrippé de toutes ses forces à l'appartement familial qu'il ne veut pas quitter, pour le plus grand bonheur de nos parents (non, je déconne). Mon petit frère, qui devait avoir à peu près sept ans la première fois que ma mère lui a demandé d'aller ranger SA chambre, et qui en a déduit que ça resterait SA chambre pour le restant de sa vie. Aaah, sacré frangin. Remarquez, je l'aime bien quand même. Surtout quand il me dépanne pour garder les petites. C'est encore à lui que j'accorde le plus confiance pour cette tâche, parce que question défense de son territoire, on trouvera jamais mieux.

Henri pénètre dans la salle de bains pendant que je mets la dernière touche à ma coiffure, et m'examine quelques secondes avant de sourire.

– Tu es belle, me dit-il. C'est toujours pour les autres que tu te fais belle comme ça, jamais pour moi…

À quoi bon polémiquer ? C'est faux, bien entendu. Je me fais belle aussi quand je vais travailler. Et il a tout le temps d'en profiter dix minutes avant que je ne parte.

Il ne voit pas le bon côté des choses : notre relation est si forte que c'est le seul mâle que j'autorise à me contempler dans tout l'éclat de ma nudité épidermique. C'est-à-dire sans fond de teint, les dents pas brossées, et aussi sexy qu'un cactus. Il devrait être fier.

Je l'examine en retour : mouais, ça peut aller.

De toute façon, comme sa seule fantaisie vestimentaire consiste à changer de couleur de cravate, on ne voit pas trop la différence.

Bien sûr, il n'a pas oublié de s'asperger de son litre quotidien d'eau de toilette. C'est une manie chez lui : il s'en met tant que, dans son sillage, l'atmosphère devient dangereusement inflammable.

Je file dans la chambre vérifier, en farfouillant dans mon sac à main, que je n'ai pas oublié ma plaquette de pilules (des microdosées, à prendre quotidiennement à heure fixe ; inutile de préciser qu'à ce sujet, je suis plus ponctuelle que l'horloge parlante).

Mon portable sonne : c'est ma copine Daphné.

Tout en faisant un signe de la main au grand frisé qui s'impatiente, je décroche, et nous gloussons ensemble quelques minutes à propos de l'échographie qu'elle a passée cet après-midi (... oui, parce qu'elle est enceinte !)

Sa hantise était que le petit microbe qui grandit dans son ventre ait les battoirs gigantesques de sa belle-mère. Laquelle a poussé le vice jusqu'à développer en plus de gros doigts boudinés. Le médecin a eu beau lui expliquer en soupirant qu'à ce stade – l'embryon mesurant quatre millimètres –, c'était déjà super s'il avait des mains, Daphné ne voulait rien entendre. Elle l'a harcelé pour savoir jusqu'à ce que, prise d'un éternuement, elle relâche brusquement une partie du litre et demi d'eau qu'elle avait absorbé pour l'examen, sur la table d'auscultation…

Henri n'aime pas attendre quand il est prêt, et il n'aime pas non plus quand je rigole avec d'autres que lui. Alors il s'est planté derrière moi, et m'a dit : « Bouge pas, tu as une araignée, là. » Je ne l'ai évidemment pas cru (je ne suis pas une fausse brune), et j'ai continué de ricaner au téléphone. Mon rire s'est mué en hurlement strident lorsqu'il m'a montré, en la tenant devant mes yeux, l'araignée que j'avais effectivement sur le dos… et qui était en réalité un petit morceau de tissu noir poilu et effiloché.

J'ai raccroché pour mieux pouvoir lui taper dessus.

Une fois dans la voiture, comme d'habitude, Henri bougonne qu'à cause de moi on va encore tomber dans les embouteillages. Désolé mon chéri, la prochaine fois, promis, je demanderai à Roxane d'organiser son dîner vers 15 heures, quand ça roule bien.

Assise sur le siège avant, dissimulée derrière une immense gerbe de glaïeuls achetée pour l'occasion, je contemple amoureusement le profil de mon chéri.

Son nez, je ne m'y habituerai jamais.

Par contre, j'aime bien sa petite bouche marrante, aux dents blanches qui s'alignent idéalement, avec juste les deux incisives légèrement plus longues. Elles lui donnent un air juvénile (de lapin), quand il sourit.

Ses oreilles sont parfaitement dessinées. Bizarrement, je ne le remarque que maintenant. Je les lui mordillerais bien, tiens.

Ses sourcils, bof, aucun style. À la limite, tout leur intérêt réside dans le fait qu'il parvient à les faire danser indépendamment l'un de l'autre. Comme ses narines, d'ailleurs (il faut le voir pour le croire), et ses oreilles. Ce type aurait largement pu doubler Jim Carey dans ses cascades de visage.

Henri possède une arcade sourcilière un peu basse (c'est mon Cro-« magnons-nous on va tomber dans les embouteillages » à moi), ainsi que des cheveux bruns, bouclés et striés de fils blancs, que je ne supporte que coupés court.

Mais ce que j'adore chez lui, c'est son regard de tueur. Froid et impressionnant. Capable de mille infimes variations révélatrices de son humeur, que je me targue d'être la seule à savoir déchiffrer en temps réel. J'aime quand il pose ce regard sur moi, et qu'en rencontrant mes yeux, les siens resplendissent d'une infinie douceur, comme une déclaration muette.

Attendrie par cette pensée, je me penche pour partager avec lui ce qui a attiré son attention depuis le commencement de ce feu rouge.

C'est Milla Jovovitch.

Limite à poil (juste vêtue d'une robe), le sourire carnassier, elle pose ultrasexy sur une affiche de pub vantant je ne sais quoi (et ça vaut mieux, parce que je ne l'achèterai jamais).

En sortant de l'ascenseur, ma rage n'est toujours pas retombée. Nous sommes en train de nous engueuler à voix basse sur le palier de Roxane.

Moi (tremblante de fureur contenue). – NON ! Je m'en fiche, que tu l'aies matée à t'en décrocher les globes oculaires ! C'est juste pour le principe ! Ça ne te dérange pas de m'humilier alors même que je suis assise près de toi ? Tu t'en fous de ce que je peux ressentir ?!

Henri (m'observant comme si j'étais hystérique). – Mais ce n'était qu'une PHOTO ! Tu ne vas quand même pas me prendre la tête pour une photo ?

Moi (« j'en parlerai à mon cheval »). – OUI, eh bien depuis que je te connais, tu ne m'as JAMAIS regardée comme ça !!

Henri (goguenard). – Qu'est-ce que tu veux que je te dise ? J'ai toujours trouvé que cette fille représentait la perfection physique absolue…

Moi (hurlant en chuchotant). – MAIS POURQUOI TU NE TROUVES JAMAIS BELLES DES FILLES QUI ME RESSEMBLENT, BORDEL ?!?!

Il appuie sur la sonnette avant que j'aie pu l'en empêcher. Sauvé par le gong. La porte s'ouvre, et Roxane apparaît, magnifiquement apprêtée dans une longue robe de soie bleue.

En nous invitant à franchir le seuil, elle s'écrie, comme si elle ne nous avait pas vus depuis dix ans :

– Aaaaaaah ! Déborah, Henri, mes amiiiiis ! Le couple le plus amoureux que je connaisse ! Entrez-entrez mes chéris !

À la vitesse de la lumière, les muscles ultratendus de mon visage se froissent pour afficher un éblouissant sourire de circonstance. Je pousse moi aussi un « Aaaaaah ! » de réjouissance en tombant dans les bras de ma copine, que j'étreins avec autant d'ardeur que si je revenais du front. J'aperçois Henri lever les yeux au ciel, tandis que Roxane et moi mimons deux bises, nos pommettes s'effleurant à peine pour ne pas nous mettre de rouge. Puis elle salue Henri en poussant encore un « Aaaaaah ! » strident, lequel la prend par la main et la fait tourner devant lui en la bombardant de compliments.

Mon sourire se crispe imperceptiblement. Il semblerait qu'Henri ait décidé de me faire payer ma petite crise de jalousie de tout à l'heure. Même pas peur. Roxane est un canon, elle a l'habitude qu'on l'encense, ça ne lui fait plus rien. Ancien mannequin, aujourd'hui épouse comblée d'un richissime (quoique vieil) homme d'affaires, elle ne consacre désormais ses journées qu'à l'élevage de sa nombreuse marmaille.

Et puis elle, par contre, c'est pas comme Milla Vilainjojo : je sais qu'elle ne me piquera pas mon mec.

Le dîner de ce soir ayant été organisé pour célébrer la signature d'un juteux contrat, les invités présents sont pratiquement tous des hommes d'affaires accompagnés de leur épouse. Des gens importants, dont je n'ai pas bien retenu la fonction lorsqu'on nous les a présentés, mais ce n'est pas grave : si je prends l'air absorbé lorsqu'ils discuteront avec Henri, je pense que ça devrait aller. En fait, je crois surtout que Roxane nous a invités pour ne pas s'ennuyer avec les collègues de Nicolas, son mari. Mais pour le moment, cette lâcheuse est planquée dans la cuisine, à donner des consignes à son employée de maison.

Passant à côté de la table, je remarque qu'elle est dressée avec un raffinement extrême.

Je vois le genre. La quantité des plats sophistiqués qu'on va nous servir ce soir sera inversement proportionnelle au nombre incroyable de couverts disposés autour de chaque assiette.

Je prie pour que les petites m'aient laissé un peu de leur pizza.

Enfoncée dans un coin de canapé, grignotant des noix de cajou, mon regard parcourt les convives debout qui sirotent leur cocktail en riant bruyamment.

– Non ? Vous voulez dire que vous étiez à Saint-Barth en juillet dernier ? Aaaaaaaah ! Quelle coïncideeeence ! J'y étais moi aussi, peut-être nous sommes-nous croisés, ahahahahahaha… (Je ne vois pas ce qu'il y a de drôle.)

– Écoutez mon ami, entre nous, vous faites une erreur colossale. Croyez-moi, si vous voulez investir, ce sont des actions de blablabla (zut, j'entends rien) qu'il faut acheter…

L'immense salon de style Directoire, aux murs jaune poussin ornés de toiles de maîtres, bruisse de dizaines de conversations tout aussi captivantes.

Marrant combien les voix de ces gens ne sont pas du tout naturelles. Haut perchées, elles empruntent des inflexions à la fois snobs et prétentieuses. Je me demande s'ils usent d'un ton aussi guindé lorsqu'ils s'adressent à leur génitrice : « Par tous les dieux, mère, je vous implore avec la dernière énergie d'accepter de passer un moment en compagnie de votre descendance, qui vous réclame avec une ferveur éperdue… (Puis, voix normale :) Allez, m'man, quoi. Allez, s'te plaît, dis oui, tu viens me garder les gosses demain soir, dis, hein ?… »

Henri, mon ingénieur informaticien à la belle voix chaude, me lance un coup d'œil, comme pour dire : « C'est toi qui as voulu venir, alors ne te plains pas », avant de se remettre à bavarder avec son voisin de droite. Son interlocuteur, un type rougeaud et dégarni d'une cinquantaine d'années, semble boire ses paroles. Normal, la plupart des gens ne captent rien aux nouvelles technologies, alors forcément, ça les fascine.

Je me rappelle qu'une fois, lors d'un dîner, face à un bidouilleur informaticien qui n'arrêtait pas de se la péter, Henri avait intégré à sa conversation des termes inventés. Et le type inculte, pour ne pas perdre la face, avait fait semblant de les connaître ! Ça donnait un dialogue du genre :

– Écoute, en matière de webatique…

– … de ?

– De webatique. Le nouveau système de web aquatique qui fonctionne à travers toutes les mers du globe…

– Ah oui, pardon ! De webatique ! Non, j'avais entendu autre chose, c'est pour ça que je ne comprenais pas, uhuh…

– Donc, je disais, d'un point de vue technologique, l'avènement des octets à neuf bites a définitivement changé la donne…

– Oui, clairement.

– Surtout parmi les sociétés asiatiques qui en font un usage de malades ! Attends, pour tout ce qui est innovations technologiques, il faut se rendre à l'évidence : l'avenir vient d'Ouzbékistan…

– Heeu oui, et du Japon…

– Tu rigoles ? Qui a inventé le langage « C + mieux », selon toi ? Les Japonais peut-être ?

– Oui… maintenant que tu en parles…

– Qui a mis au point l'imprimante à jus de fruit, tellement moins coûteuse que celle à jet d'encre ?

– Hum, bon, d'une certaine façon, ça se défend…

– Qui a développé la souris télécommandée que tout le monde s'arrache en ce moment ? D'ailleurs tu as réussi à t'en procurer une, pour équiper ton PC ? Parce qu'il paraît qu'ils sont partout en rupture de stock…

– Déconne pas. (Bruit de toux.) Bien sûr que j'en ai une ! Même qu'elle est violette.

Qu'est-ce qu'on s'était marrés, sur le chemin du retour…

Mais bon. Ce soir, Henri semble décidé à converser avec le type dégarni sans faire de blagues. Ennui prodigieux en perspective.

Une créature un peu tape-à-l'œil, déguisée en bijouterie, est suspendue au bras du quinquagénaire, de sorte qu'il a un mal fou à porter son verre de whisky à la bouche (la fille a facilement vingt-cinq ans de moins que lui, ce doit être un mec riche).

Hou là, le type vient d'ouvrir la bouche et j'ai aperçu une rangée de fausses dents. (Finalement, ça doit être un mec très très riche.)

Après avoir battu deux cents fois des cils, les yeux écarquillés à s'en faire mal en écoutant Henri bouche bée (comme si elle comprenait ce qu'il disait), la fille se penche vers moi, avenante, et me demande dans quel domaine je travaille. Je souris, lui réponds qu'en fait, je travaillais comme assistante dans une petite entreprise que je viens de quitter, et que du coup je cherche un nouvel emploi. Elle ne fait même pas l'effort de m'écouter jusqu'au bout, elle a décroché au mot « assistante », me laissant finir ma phrase dans un souffle. La fille est retournée à la conversation entre Henri et son mari, qu'elle fixe, subjuguée, en tournant alternativement la tête de l'un à l'autre, comme si elle suivait un match de tennis.

Je reprends une poignée de noix de cajou.

Soudain, je lève les yeux et je l'aperçois.

Un frisson d'effroi me traverse l'échine.

Elle est grande, elle est belle, elle est blonde, les cheveux coupés court, des jambes sublimes dévoilées par une jupe ajustée, mises en valeur par le genre de sandales à talons que je ne pourrai jamais porter (étant sujette au vertige).

… Et surtout, elle a le même pull que moi !!

Oh non. Mais pourquoi a-t-il fallu que ce soit précisément une fille sublime qui mette un pull identique au mien ? Sur moi, il a l'air soldé.

Je me lève pour aller me planquer à la cuisine avec Roxane, et peut-être même lui emprunter un tablier.

Mais la blondasse m'a repérée. Nous nous toisons de haut en bas.

Je ne peux m'empêcher de penser : « Mon top est

vraiment splendide sur cette fille, il lui tombe à la perfection. Avec mes gros lolos, les paillettes me moulent et ça fait vulgaire… j'aurais dû mettre autre chose. »

La moue quand même arrogante, je m'éloigne en pressant le pas.

Affichant un rictus dédaigneux en me regardant passer, Barbie se penche vers son mari et lui souffle : « Tu as vu mon pull sur cette fille, comment il fait sexy ? J'ai l'air de quoi, à côté, avec ce truc qui moule mes nichons inexistants ? J'aurais dû mettre autre chose… »

En nous installant à table, je me penche et murmure à l'oreille d'Henri que je suis fatiguée, aussi j'aimerais bien que nous ne tardions pas trop. Il hausse les épaules. Lui ne voulait même pas venir, il m'a accompagnée pour me faire plaisir (et aussi parce que je l'ai soûlé).

Mon clone (en mieux), assise juste en face de moi, recouvre de sa main ses clavicules en un geste machinal de protection mammaire. Lorsque nos regards se croisent, je réalise que je me tiens exactement dans la même position qu'elle. Nous détournons les yeux, gênées, tout en baissant le bras.

Roxane vient finalement poser ses fesses à mes côtés, et ce n'est pas trop tôt parce que j'ai failli attendre. C'est le moment que choisit Jean-Paul, la quarantaine, un directeur financier oscillant entre le banal-moche et le moche-banal, pour entamer la conversation avec le mari du mannequin pour pull, qui est, semble-t-il, un écrivain connu. Impressionné d'échanger quelques mots avec lui, Jean-Paul lui applique de la pommade avec ferveur. À l'indifférence parfaite de l'auteur. Je meurs d'envie de demander à l'homme de lettres ce qu'il a écrit, mais mon sixième sens me dit qu'il risquerait de mal le prendre. De toute façon, ce gars a furieusement l'air de ne plus se sentir.

Ça doit être le genre à demander à son chauffeur de signer les autographes à sa place.

La notoriété, c'est un truc qui me laisse songeuse.

Qu'on m'explique pourquoi les gens se pâment d'admiration devant des types payés des fortunes pour faire les boulots les plus agréables du monde : fredonner des play-back, écrire des histoires de gosses qui vont à l'école (des sorciers), faire les guignols devant une caméra… C'est vrai, quoi. Pourquoi ne demande-t-on jamais une photo dédicacée au médecin qui a opéré de l'appendicite son enfant et, par là même, lui a sauvé la vie ?

Ou pourquoi a-t-on seulement envie de draguer les pompiers, au lieu d'afficher des posters d'eux dans notre chambre, vu qu'ils sont nos super-héros du quotidien ?

Et tous ces fans qui braillent d'hystérie devant des chanteuses si époustouflantes de talent qu'elles sont obligées de prendre des poses d'actrices porno dans leurs clips pour mieux vendre leurs disques… c'est pas des cordes vocales bousillées pour rien, ça ?

En fait, si j'ai bien compris le concept qui prévaut dans l'univers des vedettes, l'idée c'est de bosser comme un malade pour être célèbre, et une fois qu'on l'est, de se planquer derrière des verres fumés pour ne pas être reconnu.

D'accord. Qui a inventé ce concept ? Une vedette blonde ?

Les people sont traités ni plus ni moins que comme des divinités.

Remarquez, c'est normal : chacune de leurs paroles (aussi insipide soit-elle) est portée à l'attention de milliers de personnes, par l'intermédiaire des magazines, de la télé ou des bonus DVD. Imaginez les commentaires de votre boulangère sur son métier ou sa vie amoureuse publiés régulièrement dans *Gala*. « Lucette Dubouchon confie : "Le pain, c'est quand même meilleur chaud !" » Et une photo de la brave dame présentant une baguette, le pouce tendu en avant. « Lucette Dubouchon révèle : "Avec René, c'est plus ce que c'était depuis son opération de la prostate..." » Accroche légendant la photo de l'artiste de la levure allongée dans l'arrière-boutique, la bouche en cul de poule, tandis qu'un pan de sa combinaison synthétique dépasse insolemment de sa blouse de travail. (Arrêtez, j'en peux plus, c'est trop passionnant.)

N'empêche qu'après ça, il y aura quand même des masos pour lui demander une signature sur l'emballage de leurs croissants, à Lucette Dubouchon !

D'accord. Parfois (parfois), un autographe, des années après, c'est trop la classe.

Imaginez qu'un copain de cours, quand vous aviez douze ans, gribouille au porte-plume un dessin sur votre cahier de texte, et annote en dessous : « Pour Machin, vieille branche, merci pour tes antisèches en cours d'anglais ! Signé Bébert. » Si, des années plus tard, ledit Bébert découvre la théorie de la relativité restreinte et pose pour la gloire en tirant la langue, OK, on peut envisager de se la péter devant ses enfants et ses petits-enfants pendant tous les dîners de Noël (ou de Hanouka) du reste de sa vie. (« Aaah, Albert, ce vieux brigand. Je lui ai tout appris. En anglais, je veux dire. ») Mais autrement, hein ? Il faut être réaliste. Un autographe d'Ève Angeli ou de Gérard Miller, même dans cinquante ans, ça reste la loose.

C'est quand même dingue d'imaginer qu'il y a des gens sur cette planète qui croient qu'il n'est physiologiquement pas possible au nez de Catherine Deneuve d'avoir, à un moment de la journée, une crotte qui pendouille sans qu'elle s'en aperçoive. Je veux dire, dans sa salle de bains, Benjamin Castaldi contemple, lui aussi, ce qu'il a réussi à extraire de son oreille avec son coton-tige, tout Benjamin Castaldi qu'il soit !

Je crois qu'il est venu le temps pour l'humanité d'entrer dans l'ère de la révélation : cet orange vif ne pousse pas miraculeusement du crâne de Mylène Farmer depuis qu'elle cartonne au Top 50. Elle se teint les cheveux ! Si ! (C'est-à-dire qu'une fois par mois, elle est aussi ridicule que vous et moi dans un salon de coiffure, la tête emballée dans une papillote en alu. Surtout, soyez gentils, ne vous évanouissez pas tous en même temps.)

Et pourtant, les célébrités sortent souvent entre elles. Chacune étant éblouie par la notoriété de l'autre. Quelle horreur de suivre ensuite les frasques amoureuses de son ex dans *Voici*. Tu crânais devant tes copines d'avoir brisé le cœur du chanteur de l'Affaire Louis Trio ? Ah ben zut : grâce à ton magazine préféré, la France entière est au courant qu'il s'est consolé dans les bras d'une fille plus belle que toi. Ta seule chance de retrouver ta dignité ? Être vue en train de flirter avec un bel acteur américain pour le faire crever de jalousie, etc. Bref, on ne s'en sort pas. Moralité : je suis bien contente que les seuls autographes que l'on demande à mon mec soient sur les carnets de notes de sa fille.

Vivre avec Patrick Bruel, ça m'aurait gavée.

En face de moi, je trouve ce monsieur qui écrit des livres fort prétentieux, et décide en conséquence de l'ignorer superbement.

Ça va lui faire drôle, il ne doit pas avoir l'habitude qu'on l'ignore.

Tiens, peut-être me remarquera-t-il ainsi ? En se demandant qui est cette énigmatique jeune femme brune, les yeux noyés dans une indifférence teintée de quelque indéchiffrable mélancolie, qui évite soigneusement son regard ?

Ou peut-être m'a-t-il déjà remarquée, vu que je porte le même pull que sa femme.

Sa chaudasse de nana, elle, a bien remarqué mon Henri, qu'elle mate avec gourmandise depuis tout à l'heure, quand j'observais son mari en me demandant où je l'avais déjà vu. Henri n'a pas encore repéré l'attaque. Il est en train d'échanger quelques mots polis avec sa voisine de droite.

L'ambiance se dégèle au fur et à mesure que le dîner avance et que les panses se remplissent (peu d'ailleurs, merci, la nouvelle cuisine). Les conversations vont bon train.

En ce qui me concerne, j'ai le choix entre papoter avec Henri, assis à ma droite (aucun intérêt, je fais ça tout le temps), m'adresser à la copieuse vestimentaire en face de moi (je préfère encore parler avec Henri), ou bien avec Roxane, assise à ma gauche.

Roxane gloussant avec son voisin, je me replie sur mon morceau de pain, que je mâche en prenant l'air absorbé par l'architecture de la croûte.

Je relève la tête lorsque ma fidèle copine me donne un léger coup de coude en chuchotant :

– Tu viens avec moi, dans la cuisine ? Histoire de vérifier que la bonne n'est pas en train de se taper l'intégralité des petits-fours du dessert.

Phrase codée signifiant en réalité : « Viens vite, faut que je te dise un truc ! »

Il ne faut pas me le répéter deux fois : je suis déjà levée, tandis que Roxane, avec un petit regard d'excuse à la ronde, repousse sa chaise en dépliant élégamment son long corps gainé de soie bleue.

À la cuisine, nous attendons pour commérer que la bonne soit partie servir d'autres plats.

Roxane (s'appuyant des deux mains sur son plan de travail). – Alors ça va ? Tu passes une bonne soirée ?

Moi (polie). – Géniale ! Et toi, tu t'éclates ?

Roxane (extatique). – Aaaaah… moi… oui, je m'éclate, on peut dire ça. (Elle ramène ses cheveux en arrière.) J'adore la conversation de Mathias. Écoute, ce mec est à mourir de rire ! Il est drôôôle ! Et puis il est plutôt beau gosse, non ?…

Moi (qui aime moyennement ses dents et qui ne suis pas trop fan de sa coupe). – Hum, moui… Et c'est qui ce mec, en fait ?

Roxane (fronçant le nez). – Bah, il travaille avec Nicolas. Mais Nicolas ne l'aime pas trop.

Moi (logique). – Ben qu'est-ce qu'il fait ici, alors ?

Roxane sort les petits gâteaux de la grande boîte en carton du traiteur, et commence à les disposer sur un plateau recouvert d'un napperon en papier.

– C'est un de ses associés. Dans le boulot, Mathias est épatant. Seulement Nicolas le trouve… jeune loup arrogant. Je crois qu'il a un peu peur de lui. Il va avoir cinquante ans, il se sent vieillir… tu vois le truc, quoi.

Moi (chipant un petit-four – on dira que c'est la bonne). – Attends, tu lui as fait cinq gamins, ça rajeunit un homme d'évoluer au milieu de bébés, non ?

Roxane (assombrie). – Oui, sauf qu'il ne vit que pour son boulot. Et quand il rentre à la maison, il ne s'occupe pas trop des gosses. Il n'a pas la patience…

Moi (consolatrice, une main posée sur son épaule, une autre en suspension dangereuse à quelques centimètres du plateau, prête à fondre dessus). – Oui, mais ça tu le savais déjà, en l'épousant, que c'était un bosseur. Et puis attends, il te fait mener une vie de princesse, tu n'as à t'occuper de rien, c'est un mec gentil, Nicolas…

Roxane (me regardant droit dans les yeux). – Peut-être, mais je m'ennuie à mort avec lui.

Moi (« ah bon ? »). – Heu… ah bon ?

Roxane (grignotant elle aussi un petit-four – justement celui que je voulais prendre). – C'est grave, Déborah.

Moi (jetant un coup d'œil sur les mignardises, enfin celles qui restent, vu que Roxane me pique les meilleures). – Oui, bon ben ça arrive parfois dans un couple, le cap des sept ans, tout ça…

Roxane. – … on est mariés depuis presque dix ans.

Moi. – Bon, ben le cap des dix ans, tout ça…

Roxane (les bras croisés, le poing sous le menton). – En fait, j'envisage trois possibilités : soit le quitter, soit rester avec lui et me distraire en m'achetant plein de nouvelles robes très chères, soit coucher avec Mathias. Je ne sais pas, j'hésite.

Moi (avec petit rire dissonant). – Allez, allez, on ira les choisir ensemble, tes robes. En ce moment ils font des super soldes chez Zara…

Roxane (se léchant un doigt légèrement coloré de crème). – Je suis sérieuse, Déborah. Et puis d'ailleurs…

Nous nous interrompons net.

La bonne, qui vient de rentrer dans la pièce, pose son plateau sur la table, retire les assiettes sales qui s'y trouvaient et dispose à la place une pile d'assiettes propres.

Moi (naturelle). – Et sinon, les enfants, ça va ?

Roxane (encore plus naturelle). – Oui, ça va. Bientôt les jumelles vont rentrer à la maternelle, elles ont insisté pour être dans la même classe. Je sais pas si c'est une bonne idée, qu'est-ce que tu en penses, toi ?

Moi (indécente de naturel). – Oui, ne les sépare pas…

La bonne sort de la cuisine, à nouveau chargée.

Roxane (se tournant vers moi). – De toute façon, il ne va rien se passer pour l'instant en ce qui me concerne. Par contre, si je peux te donner un conseil, à ta place, je serais un peu plus vigilante…

Moi (surprise). – Vigilante ? Pourquoi ?

Roxane se penche vers le reflet en inox du frigo et, du doigt, rectifie le micron de rouge qui a coulé dans les commissures de ses lèvres.

Roxane. – Henri a l'air d'avoir plutôt la cote ce soir, notamment avec l'autre, là, qui ne l'a pas lâché. Tu devrais faire gaffe…

Elle sort en roulant des yeux dans ma direction.

Moi (fulminant toute seule dans la cuisine). – QU-OI ?

De rage je prends un petit-four pour le porter à ma bouche, et le repose immédiatement lorsque j'aperçois la bonne qui me fixe sur le pas de la porte, les poings sur les hanches.

Retour à table.

Henri rigole, et il n'est pas le seul. Manifestement l'écrivain, qui a la descente facile, a dit un truc drôle que je n'ai pas entendu. La blonde ne quitte pas mon mec des yeux, et elle a raison d'en profiter, de ses yeux, parce que je ne vais pas tarder à les lui crever avec ma fourchette. Plaquée contre le dossier de ma chaise, un flot de colère froide m'envahit, qui glisse le long de mes veines et me fait me tenir un peu plus raide que je ne l'aurais voulu. Je dois faire une tête que je n'ose même pas imaginer, mais c'est plus fort que moi. Me demander d'ébaucher un sourire maintenant équivaudrait à exiger d'un astronaute en apesanteur qu'il effectue un numéro de claquettes.

Henri le remarque, et me demande en chuchotant si ça va. Je tords ma bouche dans un rictus ignoble qui se voudrait rassurant, mais qui ne fait que l'inquiéter davantage.

– Qu'est-ce qui se passe, ma chérie ?

– Rien, rien, je te dirai après…

Il n'insiste pas.

J'aurais préféré qu'il le fasse.

Je porte à mes lèvres de petites bouchées que je mastique longuement, tandis que la conversation prend un tour incongru. J'ai envie de me lever et de partir, mais ça ne se fait pas. Quoique. Et si je lançais la mode des speed-dîners ?

L'écrivain captive son auditoire en relatant un moment particulièrement humiliant qu'il a vécu par le passé. Lorsqu'il met en scène la chute de son histoire, imitant une petite voix aigrelette de femme outragée, une vague d'éclats de rire s'élève autour de lui.

Ah ben des anecdotes humiliantes, j'en ai plein moi aussi ! Mais bizarrement je n'ai pas trop envie de les raconter. Je préfère observer d'un œil noir la fumasse qui couve Henri d'un regard alangui, tandis que lui ne se fait pas prier pour rebondir sur les propos du gagman de la soirée. Tout en se tapotant les lèvres de sa serviette, Henri se met à raconter la fois où, alors qu'il se rendait à un rendez-vous d'affaire, il a grimpé dans un ascenseur en compagnie d'un autre homme qui s'est appuyé nonchalamment contre le mur. L'homme lui dit soudain : « Comment allez-vous ? » Henri, étonné parce qu'il ne le connaissait pas, lui répondit tout de même : « Bien, merci… » L'homme continua : « Et sinon, qui rencontrez-vous, aujourd'hui ? » Henri répondit : « Je dois voir le directeur financier de… »

Sur ce, le mec se tourna brusquement vers lui, et pesta : « Vous permettez ?! Je suis au téléphone ! »

En fait, depuis le début il parlait à son portable.

Bon, cette histoire je la connaissais déjà, mais les autres non, alors ils se marrent. Perso, j'ai aussi une histoire d'ascenseur humiliante. La fois où, allant chercher ma seconde minus à la crèche, j'ai pénétré dans une cabine d'ascenseur vide. À peine les portes se sont-elles refermées sur moi, que je réalisai l'horreur de l'endroit où je me trouvais. La personne qui m'avait précédée avait lâché le pet le plus ignoble que des intestins humains aient pu contenir. (Peut-être même y avait-il eu un concours de pets en ces lieux, l'odeur était si abominable que c'était tout à fait envisageable.) Tandis que je m'interrogeais, en apnée, sur ce qu'on pouvait manger pour obtenir un tel degré de putréfaction, les portes de la cabine s'ouvrirent et laissèrent entrer trois personnes. Lesquelles, immédiatement, agressées par les remugles immondes, me fusillèrent d'un œil noir en fronçant le nez. Comment prouver mon innocence ? L'analyse ADN des prouts n'existant pas, je fus donc obligée de regarder mes pieds en aidant mentalement l'ascenseur à monter plus vite vers l'étage de ma délivrance.

Non, je crois que cette histoire n'est pas très classe. Et puis ce n'est pas le moment de me dévaloriser devant l'autre morue. Qui a d'ailleurs une tête à n'avoir jamais pété de sa vie. Ou alors juste un petit gaz bien concentré, une fois par mois, à la va-vite, dans un ascenseur, par exemple. Genre ni vu ni connu. Je baisse le menton pour masquer mon ricanement perfide.

Mon attention est attirée par les moulinets que font les bras de l'écrivain. À ce stade, ses histoires, il ne les met plus en scène, il les mime. J'essaie de me concentrer sur le truc indéfinissable qui flotte dans mon assiette, entouré de petits buissons d'herbes bizarres, mais je ne peux m'empêcher de l'écouter. Il parle du dîner au restaurant où il a fait connaissance avec les parents de sa première femme. Comme il était jeune, très amoureux, sans le sou et que les beaux-parents ne voyaient pas cette relation d'un bon œil, l'idée de leur faire bonne impression l'obnubilait. Ce soir-là, ils prirent un apéritif, bavardèrent poliment, et l'écrivain commença légèrement à se détendre. À peine eurent-ils passé commande des plats que sa belle-mère se leva pour aller aux toilettes. Quelques minutes plus tard, notre homme ressentit le besoin pressant de l'imiter. Il se leva donc, s'excusa, et se dirigea vers les toilettes en se motivant intérieurement : « Ouais, ouais, allez, tout va bien se passer… »

Concentré à se donner ainsi du courage, il ouvrit la première porte de cabine qui lui faisait face, et se trouva devant la mère de sa fiancée assise sur le trône, la culotte aux genoux et l'air stupéfait…

Les gens situés en bout de table nous jettent un coup d'œil, intrigués par notre joyeuse hilarité, avant de retourner à leur conversation sur les sociétés en dépôt de bilan.

Même moi je commence à sourire. Il est marrant, ce type. Finalement, je lirai peut-être un de ses romans, tiens (si seulement je savais ce qu'il a écrit…).

La soirée bat son plein. Jean-Paul, l'homme qui

avait autant de charisme qu'une porte, avale son verre de vin cul sec et se lance :

– 24 mai 1995, le jour le plus humiliant de ma vie. Je me suis levé et j'ai pris la parole en plein conseil d'administration pour admonester le directeur général. J'exposais les arguments en sa défaveur, mais plus je parlais, plus il souriait. C'est quand j'en ai vu certains ricaner que j'ai compris que ma braguette était ouverte…

À ces mots, la blonde bascule la tête en arrière, bouche béante, toutes dents dehors, et n'émet qu'un petit rire minuscule. Je crois qu'elle s'est crue sexy.

Henri semble de plus en plus dans son élément au fil de la soirée. Il pose la tasse de café qu'il sirotait et attaque la narration d'un moment fort qui lui est arrivé lorsqu'il était adolescent.

Je bouillonne intérieurement. La pasticheuse de pull semble suspendue aux lèvres de mon homme, alors je me suspends à son bras sans la quitter du regard. Henri, un peu étonné, me fixe une fraction de seconde, avant d'entamer l'histoire avec sa prof de français, au collège. Il l'aimait bien, cette prof, Mme Ferry, mais il voulait à tout prix sortir avec cette fille, dont il a aujourd'hui oublié le prénom (tant mieux, voilà une bonne chose de faite). Un jour qu'ils discutaient ensemble dans un couloir, la fille commence à se plaindre de ses notes en français et à critiquer les méthodes pédagogiques de la vieille enseignante. Henri, du haut de ses treize ans, tente de l'impressionner en allant dans son sens. Très vite, il réalise que plus il critique la prof, plus la fille se détend et plus larges se font ses sourires. Tout content, Henri laisse libre cours à son imagination et débite un flot ininterrompu de vannes acides façon vengeur masqué. C'est seulement au détour de la phrase : « … attends, mais Ferry, elle est tellement inculte, que même quand elle passe un examen d'urine, elle échoue… hinhinhiiin », qu'il remarque le visage de la fille pâle comme un linge. Comprenant enfin, il se retourne au ralenti – la fille en a profité pour s'éclipser discrètement – tombant nez à nez, bien évidemment, avec la prof en question. Laquelle, vu son air, l'écoutait avec passion depuis un long moment. Verdict : trois mois de retenue. Quant à la nana qu'il draguait, voulant se désolidariser de lui vis-à-vis de la prof, elle s'est mise à fayoter à mort et ne lui a plus jamais adressé la parole.

La brune assise à la droite d'Henri part dans un tel éclat de rire qu'elle bascule soudain et, dans un faux mouvement, lui renverse quelques gouttes de son verre de vin sur la chemise. Confuse, elle saisit sa serviette pour tenter d'éponger la catastrophe, mais il ne la laisse pas faire, retient délicatement son bras et la rassure : nous allions de toute façon songer à rentrer. Ouvrant alors son sac, elle déchire un morceau de son calepin pour y griffonner son numéro de téléphone avec un regard appuyé chargé de sous-entendus.

– Surtout, j'insiste pour que vous m'envoyiez la note du teinturier…

Puis elle glisse le papier dans la poche de la veste d'Henri, toujours sans le quitter des yeux (moi je suis aussi négligeable qu'un dessous de nappe) et conclut :

– Appelez-moi…

Roxane prend mon coude, m'attire vers elle et me souffle à l'oreille :

– Je t'avais dit de te méfier d'elle. Je la connais, c'est une mangeuse d'hommes, et une goinfre…

Alors je comprends mon erreur.

La blonde se fiche éperdument de mon chéri. D'ailleurs la voilà qui parle à son écrivain de mari, en lui frottant tendrement l'oreille de la pointe du nez. Elle semble très amoureuse. Quelle idiote je suis.

Mon estomac se crispe dans un spasme brûlant de dégoût.

2

Non, je ne fais pas la gueule

Faites porter deux douzaines de roses à la chambre 424, et mettez « Émilie je t'aime » au dos de la facture.

Groucho MARX.

Dans la voiture, sur le chemin du retour, je reste muette comme une carpe, les bras serrés en étau, le regard obstinément tendu vers un point invisible. J'ai mal au ventre comme si la douleur était physique.

Henri (me jetant des coups d'œil tout en conduisant). – Tu me fais la gueule, chérie ?

Moi (l'air buté et les sourcils froncés). – …

Henri. – Déborah, si tu me fais la gueule, dis-moi au moins pourquoi ?

Moi (digne). – …

Henri (sur un ton de menace contenue). – Très bien. Tu ne veux pas me le dire ? D'accord.

Moi (trop peur qu'il se mette lui aussi à bouder). – Non, je ne fais pas la gueule.

Henri (ironique). – C'est bien imité, pourtant. Alors qu'est-ce qui se passe ?

Moi. – Rien.

Henri (doucereux). – Allez, dis-moi chérie…

Moi (sur un ton amer, toujours les bras croisés). – J'en ai marre, c'est tout.

Henri (diplomate, donc encore plus doucereux). – Tu en as marre de quoi ?

Moi (prête à exploser). – J'en ai marre que tu te fiches de moi.

Henri (sincèrement surpris). – Moi ? Mais ça ne va pas, pourquoi tu dis ça ?

Moi (qui fonds en larmes). – Mais parce que !!! (Les larmes deviennent des torrents de sanglots.) Il y avait cette mocheté, là, qui ne t'a pas lâché de la soirée, et toi, au lieu de l'envoyer bouler voyant qu'elle t'allumait, ben non, tu l'as fait rire et… et… et (sanglot) du coup, elle t'a donné son numéro de téléphone, et toi ça ne te dérange pas qu'une femme te donne son numéro de téléphone devant moi, hein, ça ne te dérange pas, tu aurais pu lui dire « non merci, je suis déjà amoureux de la femme de ma vie », mais tu ne l'as pas fait, c'est pas grave, ce n'est que moi (les torrents deviennent des cascades de larmes), de toute façon comment pourrais-tu m'aimer vu que je suis affreuse, et… et… et… et (gros sanglot) il y avait cette blonde sublime, là, qui n'a pas arrêté de te regarder, mais moi je ne lui ressemblais pas, je ne peux pas t'en vouloir, je ne sais même pas comment tu fais pour rester avec moi, tu dois sûrement regretter toutes tes ex (reniflement, puis sanglot), j'en suis sûre, de toute façon si j'avais du courage, crois-moi, je serais partie refaire ma vie à l'autre bout du monde où là j'aurais rencontré un homme qui n'aime que moi, et tu m'aurais bien regrettée (sanglot mouillé), mais c'est pas grave parce que je sais au fond que tu finiras par me quitter pour une fille qui ressemble à Milla Jovovitch, c'est juste une question de teeeeeeeeemps... (Énorme sanglot final, avec plein de larmes et de morve, noyé dans un Kleenex qui déborde.)

Henri, tout en conduisant, me regarde l'air de dire que le film d'horreur qui l'a impressionné la veille n'était pas si flippant que ça finalement, comparé à la créature posée sur son siège avant.

Henri (stupéfait). – Mais bordel, tu peux m'expliquer ce que j'ai fait ?

Moi (les vannes ouvertes, je pleure à chaudes larmes, impossible de m'arrêter). – Han... han... (reniflement)... haaaaan... (sanglot)...

Henri (toujours stupéfait, un peu effrayé, même). – Alors écoute. On va essayer d'être rationnel, pour une fois. En tout cas moi je vais l'être, et toi tu feras comme d'habitude, tu essaieras. Le papier de la fille, je l'ai reposé aussitôt qu'elle l'a mis dans ma poche, en lui disant que ça irait, je n'en avais pas besoin. Je crois que c'était pendant que Roxane te disait un truc à l'oreille, mais tu n'as qu'à appeler ta copine, elle te confirmera qu'il se trouve toujours sur la table.

Moi (en reniflant sans arriver à m'arrêter de pleurer). – Oui mais... oui mais... oui m...

Henri (d'un ton ferme). – Laisse-moi finir. Je ne vais pas te quitter pour Milla Jovovitch ni pour aucune autre femme, puisque c'est toi que j'aime.

Moi (désespérée). – Prouve-le !

Henri. – Comment ? En allant à des soirées chiantes uniquement pour TE faire plaisir ? Voilà, c'est fait.

Moi (retenant mes sanglots). – Non ! En arrêtant de flasher sur tout ce qui bouge !

Henri (abasourdi). – Moi j'ai flashé sur… ?? Non mais je vis vraiment avec une jalouse maladive.

Moi (abasourdie aussi). – Moi jalouse ??? Où ça, jalouse ? Excuse-moi d'avoir mal lorsque tu te pâmes devant des filles parfaites, alors que précisément je ne le suis pas !

Henri (qui rigole). – C'est bien ce que je dis, tu es jalouse.

Moi (essayant de me calmer). – Est-ce que tu sais au moins comment ça fonctionne, une femme ? Laisse-moi t'expliquer…

Henri (goguenard). – Oui, apprends-moi un truc que j'ignore. Je vais te dire, moi, comment fonctionnent les femmes. Elles font exactement comme les hommes. La logique en moins.

Moi (qui ne l'écoute pas). – Un mec, pour l'humilier, il faut lui dire qu'il a un petit zguègue ou qu'il est soporifique au lit. Eh bien une femme, son point faible, c'est son pouvoir de séduction : dis-lui que tu la trouves moins jolie qu'une autre, répète-lui qu'elle a des défauts, et tu la brises tout autant.

Henri (pas convaincu). – Et si l'explication c'était surtout que les femmes sont des emmerdeuses éternellement insatisfaites ? De toute façon, quoi qu'on fasse pour vous, quoi qu'on vous dise, ce n'est jamais assez !

Moi (énervée). – Ah oui ? Et à quand remonte la dernière fois où tu m'as dit que tu m'aimais ?

Henri (sourire triomphant). – Il y a exactement quelques secondes.

Moi (pas calmée). – Ah oui ? Bon, peut-être, je ne m'en souviens plus mais si tu le dis…

Henri. – Pffff… Tu ne te souviens que de ce qui t'intéresse…

Moi. – Ah ! Et la dernière fois où tu m'as dit que j'étais belle, hein ? Hein ?

Henri. – Dans la salle de bains, juste avant de partir chez ta copine…

Moi (cassée). – Ouais, ben si tu cherches toujours à avoir le dernier mot, aussi…

Une voiture passe près de la nôtre, à peu près n'importe comment, manquant de nous frôler.

Henri (calme). – Attends, laisse-moi voir qui conduit… Évidemment. C'est une femme.

Moi (qui crie, le nez collé à la vitre pendant qu'on la double). – MAIS QUELLE CONNE CELLE-LÀ ! TU PEUX PAS FAIRE ATTENTION, UN PEU, OUI ?!

Henri (toujours calme). – Tu es pire que moi au volant. Heureusement que tu n'as pas ton permis.

Moi (énervée). – Ouais, ben ne change pas de sujet, c'est trop facile.

Silence.

Les rues défilent, leurs trottoirs baignant dans la pénombre. De rares passants se hâtent de rentrer chez eux. Quelques enseignes lumineuses de magasins fermés attirent les moustiques, à défaut des chalands.

Henri glisse un CD de Wham dans l'autoradio.

Les premières notes qui résonnent m'apaisent et me replongent instantanément dans le souvenir d'un week-end en amoureux il y a deux ans, au début de notre relation.

Henri m'avait kidnappée un samedi en fin de journée, alors que je végétais seule à la maison, en tee-shirt et bas de pyjama, absorbée par la lecture d'un album de Gotlib.

Il m'avait prévenue d'un coup de fil mystérieux : « Fais-toi belle et sexy ! Je passe te prendre dans une heure ! » Sexy pour dîner au restaurant ? Quelle idée ! Mais bon, pour lui faire plaisir, j'avais enfilé une jolie robe avec des talons aiguilles, afin de parcourir les trois mètres séparant la voiture du resto. Et aussi pour le faire un peu fantasmer en croisant haut mes jambes, légèrement sur le côté, tout en affichant une moue boudeuse et sensuelle.

Je ne voyais pas ce que je pouvais faire de plus pour paraître sexy devant une assiette de frites. À part peut-être me lécher les doigts en grignotant lentement un bâtonnet de pomme de terre (trop la classe), ou bien en pêchant un glaçon dans mon verre d'Évian pour le faire rouler lascivement autour de mes lèvres, mais là je risquais de ruiner mon fond de teint.

Bah, j'improviserais bien, de toute façon.

Henri est passé me chercher. Il m'a complimentée sur ma tenue, a raillé mon fard à paupières gris ardoise hypersophistiqué, le qualifiant d'« œil de raton laveur » (pour le coup, il a eu droit plus tôt que prévu à la moue boudeuse), et nous sommes montés en voiture.

Tandis que l'autoradio passait *Wake me up, before you go-go*, je remarquais que le restaurant était quand même un peu loin, mais ce n'est que sur *Last Christmas* que j'ai réalisé que nous avions quitté Paris. Après, je n'ai plus fait attention aux panneaux d'autoroute, trop occupée à reprendre à tue-tête *Careless Whisper*.

Henri m'a emmenée à Honfleur, une magnifique petite ville normande située en bord de mer.

Cette escapade romantique aurait pu être idyllique, si seulement la conception que mon homme s'en était faite, et la mienne, avaient pu concorder.

Certes, Henri s'était assuré que mes filles passaient bien le week-end chez leur père. Il avait fait le plein de sa voiture, vérifié la pression des pneus, réservé une chambre dans un bel hôtel, repéré un restaurant chic dans le coin, et n'avait pas oublié de glisser sur mon siège, comble de la délicatesse, une magnifique rose rouge.

Sauf que.

Ce petit week-end, si justement baptisé « surprise », m'a laissée en quelque sorte dépourvue quant à la gestion de MA logistique personnelle.

En d'autres termes, croyant que nous allions juste dîner deux arrondissements plus loin, je suis partie à l'aventure en emportant uniquement un sac à main.

Dedans se trouvait : un portefeuille contenant une dizaine de photos de mes petits champignons à tous les âges, une carte d'identité périmée, une carte de crédit avec quatre millions de facturettes coincées dans la pochette plastique, mon portable, mes clés, deux ou trois vieux paquets de Kleenex entamés, ma plaquette de pilules, quelques pansements (toujours en avoir sur soi, au cas où), cinq barrettes, huit élastiques, un chéquier en bout de course, un porte-monnaie contenant douze euros et soixante-dix-sept centimes, une serviette hygiénique dans sa pochette (pareil, toujours en avoir sur soi, au cas où), un miniplan de Paris, un gloss, un petit miroir, trois ou quatre stylos, une carte de fidélité qui me donnera droit à un agrandissement gratuit au bout de dix pellicules développées, et une pub pour Domino's Pizza.

Le dîner avec Henri fut sublime.

La soirée fut délicieuse.

Et la nuit fut magique.

C'est au petit matin que les problèmes ont commencé.

Problème n° 1 : Comment faire quand on n'a pas de démaquillant pour retirer son maquillage noir hypersophistiqué, et que le lendemain on arbore au réveil une tête de panda électrocuté ?

Problème n° 2 : Laquelle tête est incoiffable, vu qu'on n'a pas emmené de brosse à cheveux (ni à dents, d'ailleurs. Bonjour l'haleine).

Problème n° 3 : Quand bien même aurait-on eu une brosse à cheveux, encore aurions-nous dû pouvoir viser notre tête. Or savoir viser n'est pas le fort des bigleux. Vous savez, ces gens si myopes qu'ils ne voient rien sans lentilles (on a retiré nos jetables la veille avant de dormir, et on n'a rien pour les remplacer, pas même notre vieille paire de lunettes un peu tordue qui est restée à la maison).

Problème n° 4 : On passe sur la douche à prendre en remettant ensuite sa culotte et ses collants de la veille (beurk), vu que ce sont les seuls disponibles dans le périmètre.

Problème n° 5 : Et sur l'impossibilité de demander au chéri étourdi (qui lui n'a pas oublié de se prendre caleçon, tee-shirt et chaussettes de rechange) d'aller nous acheter d'autres dessous. Vu que c'est dimanche et que toutes les boutiques sont fermées.

Problème nº 6 : Heureusement, le chéri relativise :

– La région est sublime, allez, allez, on va en profiter pour se balader sur la place du village avant de rentrer.

Problème nº 7 : Qui dit place du village dit petites rues pavées, et le chéri se sentirait beaucoup plus concerné par nos problèmes de locomotion pédestre s'il devait se farcir les talons aiguilles qu'on avait juste mis pour faire sa chaudasse devant un plat de frites, à la base.

Problème nº 8 :

– Allez, allez, tu ne vas quand même pas gâcher ce week-end en tête à tête pour deux ou trois détails insignifiants. (*Dixit* le chéri.) On se bousille donc les chevilles jusqu'à frôler l'entorse aggravée en claudiquant sur ces pavés qui datent du Moyen Âge (époque bienheureuse où les talons aiguilles n'existaient pas), la veste trois fois trop grande de son homme sur les épaules (parce que avec sa petite robe sexy, on est congelée).

Problème nº 9 : Faire semblant de s'intéresser à tout ce qu'on croise pour ne pas gâcher le week-end surprise du chéri, même si, sans ses lentilles, on évolue dans un brouillard d'une impressionnante opacité.

Problème nº 10 : Une fois dans la voiture, parvenir à cacher sa joie de rentrer à Paris, sous peine de se faire traiter d'ingrate pour le restant de sa vie.

Deux heures de route à beugler du Wham en boucle comme si je tenais à être entendue jusque dans le Sud de la France, la voilà, ma vengeance.

– Allez, allez, chéri. Tu sais bien que je suis dingue de leur best-of. Tu ne vas quand même pas me gâcher mon week-end surprise en grognant…

La voix de Georges Michael me calme, à défaut du silence d'Henri.

Pourquoi les hommes coupent-ils toute conversation quand ça ne va pas, au lieu précisément d'exorciser les problèmes qui nous minent ?

Si mon divorce, en faisant de moi une femme libre, m'a permis de devenir autonome et indépendante, il m'a aussi fragilisée en profondeur. Et parfois, de grandes bouffées d'angoisse me submergent, accompagnées de l'envie pressante qu'Henri me rassure. Un peu comme mes filles – mais elles ont l'excuse de l'âge –, qui doivent se reconstruire de nouveaux repères au sein du couple que je forme avec un homme que je ne sais même pas comment appeler.

Mon copain ? Non, je n'ai plus quatorze ans. Mon compagnon ? Bah, ça fait « Compagnon de la chanson ». Mon concubin ? On dirait un gros mot. Mon mari ? Pas très crédible sans alliance au doigt. Mon fiancé ? Il va croire que j'attends qu'il m'épouse. Mon mec ? Modérément élégant, pour une mère de famille.

Du coup, quand je le présente, je dis : « Voici Henri, mon… heu… mon compagnon, mon fiancé, mon… heu… enfin on vit ensemble, quoi. » (C'est long, mais au moins mon interlocuteur choisit le terme qui lui convient et *basta*.)

Manque de pot, la capacité d'analyse du comportement féminin n'est pas connue comme étant un des points forts de ces messieurs. Les marques d'ordinateurs, ça ils savent. La différence entre une Citroën et une Toyota aussi. Mais pourquoi Machine a réagi de cette façon devant ce que Bidule lui a dit, ça les plonge dans une consternation proche de la catalepsie.

C'est pour ça qu'on a toujours besoin d'avoir une copine sous le coude pour nous comprendre et nous donner raison. Les conversations féminines sont des soupapes qui permettent aux couples de tenir, malgré leurs terribles incompréhensions.

Nous sommes bientôt arrivés à la maison. Plus que quelques rues.

J'en ai marre de ce silence dans la voiture.

Alors je fais ma tête de malheureuse, ma main tenant ma tempe droite, le menton tremblotant, le regard perdu dans le vague, la respiration un poil trop rapide, histoire que ce soit lui qui relance le dialogue (question d'amour-propre).

Henri (avec un soupir). – Déborah, on a quand même un réel problème avec ta jalousie, tu sais…

Moi (« youpi ! »). – Je ne suis pas jalouse, je suis juste triste…

Henri. – Triste, et de quoi ?

Moi. – De ne pas être le genre de femme qui te fait fantasmer…

Henri (avec un léger sourire). – Arrête de dire des bêtises. Tu es celle qui me fait fantasmer, celle que j'aime. Malgré ton caractère de schmock.

Moi (besoin d'être encore plus rassurée). – Alors pourquoi…

Henri (qui me coupe). – Écoute. Il y a bien, je ne sais

pas, moi, des acteurs ou des chanteurs que tu trouves beaux, même s'ils ne me ressemblent pas, non ?

Moi (réfléchissant sincèrement à la question). – Ben... heu. Oui, c'est vrai... J'aime bien les mecs qui ont un côté un peu « bad boy », tu sais ? Du style à ne même pas savoir comment nouer une cravate sans l'aide d'une femme. Dans le genre, je trouve que Robert Downey Jr a le regard le plus magnétique du monde. Ce mec m'électrise complètement... Et j'admets que tu ne lui ressembles pas du tout...

Henri (légèrement tendu). – Tu vois, et ça ne t'empêche pas de m'aim...

Moi (exaltée). – Et il y a aussi Brendan Fraser, que je trouve beau à tomber par terre. Et Ray Stevenson, le type trop trop sublime qui joue Titus Pullo dans *Rome*. Il a un charisme, mais un charisme... très différent du tien, d'ailleurs...

Henri (sec). – Bon, bon, ça va, j'ai compr...

Moi (transportée). – Et puis j'oublie Owen Wilson !! Haaaaaann, O-wen Wil-sooooon (petit gémissement excité)... Si j'avais quinze ans de moins, j'aurais tapissé ma chambre de posters de lui nu ! Ce mec-là, physiquement, c'est totalement mon idéal masculin : blond aux yeux bleus, cette bouche, huuuum, ces muscles à se...

Henri (énervé). – BON, ÇA SUFFIT MAINTENANT, HO.

Moi (innocente). – Henri, il faut que tu te contrôles. On a quand même un réel problème avec ta jalousie, tu sais.

Il me jette un coup d'œil, puis sourit.

Je tends ma main et caresse ses cheveux en laissant glisser mes doigts sur le haut de sa tête, tandis qu'il déboîte pour doubler un conducteur qui nous bloquait le passage en roulant à dix à l'heure dans une rue vide. Pendant la seconde où nous sommes à sa hauteur, j'insulte le type à travers ma vitre bien fermée :

– MAIS C'EST PAS POSSIBLE D'ÊTRE AUSSI MINABLE, APPRENDS À CONDUIRE UN PEU, ABRUTI !

Henri lève les yeux au ciel et se demande à voix haute comment il a fait pour tomber sur une fille aussi schtarbée que moi. Ne pouvant réprimer un sourire amusé, ses doigts viennent caresser tendrement les miens.

Je sais, c'est injuste par rapport aux hommes, mais c'est comme ça : il y a de nombreux avantages à être une femme, dans la vie. Pas besoin de se raser la figure tous les jours, les dîners au resto gratuits, les jambes que l'on peut croiser sans se comprimer les parties, le bon sens qui nous permet de demander notre direction quand on est perdue… et surtout, cette manie qu'ont certains mâles de nous trouver attendrissante quand on perd nos moyens. Réminiscence des joyeuses parties de cow-boys et d'Indiens de leur enfance, j'imagine (pour le côté rodéo sur une jument démontée).

On ne peut pas leur en vouloir.

… Qui s'en plaindrait ?

3

Pas de chichis, on est entre nanas

La jeune génération est très inférieure à la nôtre… Tout de même, si je pouvais en faire partie.

Georges FEYDEAU.

Je ne sais pas quel est le type qui a inventé les soirées pyjama, mais il faudrait lui décerner une médaille. À moins qu'il ne faille la décerner à son épouse, le type en question n'ayant probablement rien inventé du tout, se contentant d'aller prendre un verre avec ses potes en sortant du bureau. Et c'est sa femme qui a eu l'idée prodigieuse de s'octroyer une nuit entière à discuter entre copines de choses aussi futiles que passionnantes, dans une jubilatoire et insouciante régression, au lieu d'attendre son mari planquée derrière la porte avec un rouleau à pâtisserie.

Cette soirée pyjama, nous la passons aujourd'hui chez Daphné.

C'est toujours plus pratique d'aller chez elle : son mari, Gaétan, fait de fréquents allers-retours chez ses parents en province, alors on a le champ libre pour se lâcher.

Ce soir, comme le veut la coutume, chacune de nous a emmené quelque chose.

Roxane a apporté Peggy, sa copine journaliste, laquelle est munie d'un immense sac de produits cosmétiques récupérés dans sa rédaction.

Daphné exhibe mystérieusement un CD sans jaquette, sans vouloir nous dire ce qu'il y a dessus, et se le passe partout sur le corps en nous promettant l'extase absolue (à mon avis Gaétan lui manque, à celle-là).

Quant à moi, j'ai apporté un crumble aux pommes fait maison, au péril de ma vie.

J'ai dû me battre car Henri, rendu fou par le parfum de la cannelle et des pommes confites, a tenté de m'empêcher de passer le seuil de la porte avec. (J'ai rusé, je lui ai dit qu'il y en avait un autre pour lui dans le four !)

Sans attendre, nous nous sommes mises toutes les quatre à l'aise, dans nos moelleux vêtements de nuit. Pas de chichis, on est entre nanas.

À part Régis, lequel n'est pas une nana mais le jeune frère de Daphné qui habite à côté et risque de nous rejoindre tout à l'heure. Régis ne veut pas l'avouer, mais il adore les soirées qu'organise sa grande sœur. Pas bête le gars : non seulement il peut mater des femmes sublimes à demi nues (par « à demi nues », j'entends « les seins ballottant sans soutien-gorge sous leur haut de pyjama »), mais en plus il peut écouter impunément tout ce qu'elles se confient à propos de ses congénères. Et je soupçonne le jeune homme d'avoir hérité du sang de concierge de sa sœur…

Le salon ne tarde pas à ressembler à une parfumerie mise à sac.

Partout s'étendent des dizaines de pots de crème, des flacons de lotion, d'innombrables étuis de maquillage, des colorations pour cheveux, et nous, assises au milieu de cette profusion, sommes comme des gamines au pays des merveilles. C'est la débauche au pays de Cocagne des coquettes. Nous puisons avec volupté au creux de cette caverne d'Ali-Beauté, pour inonder nos corps de trésors capiteux. Entre deux éclats de rire, chacune se rue vers l'or (nement) qui fait palpiter son cœur, et dévoile aux autres sa découverte.

Ça me rappelle un rêve que je faisais, lorsque j'étais petite. Je fantasmais à l'idée de me retrouver enfermée dans un supermarché, la nuit, et de pouvoir goûter autant de bonbons et de gâteaux que je voudrais, impunément. Désormais adulte… bon, j'avais toujours le même rêve. Mais à défaut, les produits de beauté, c'est sympa aussi.

Daphné a enfin décidé de nous passer son CD mystère.

Gloussante et excitée dans sa nuisette Hello Kitty, elle appuie sur « lecture », puis annonce le concours de la chanson française la plus ringarde des années 80 :

– La première qui hurle le titre et le nom du chanteur a gagné !

Elle avait raison. Dès les premières notes, nous nous déchaînons.

Elsa et Glenn Medeiros entament *Un roman d'amitié*. Même si c'est hyperreconnaissable, Peggy, qui vient de hurler la bonne réponse, marque un point.

Affalées autour de la table basse, les fesses sur un

large tapis en peau de mouton, chacune se tartine consciencieusement le visage et le cou de pommades nacrées. Daphné a pris le temps d'enfiler un bandeau pour tirer en arrière ses courts cheveux châtains. Elle glisse une pince de chaque côté pour immobiliser le serre-tête en coton, attrape un des miroirs posés sur la table, et se scrute dedans intensément en écarquillant les yeux. Avec son index, elle se lisse les sourcils, cherchant à estimer s'ils ont besoin d'être épilés. *A priori*, non. Elle repose le miroir, saisit la télécommande et zappe les minauderies des deux adolescents.

C'est dommage, cette chanson me rappelait les crises que me faisait mon frère quand il parlait à une fille au collège, et que je me plantais devant lui en m'étreignant les épaules. Je me balançais alors, comme dansant un slow avec moi-même, en susurrant « … quand tu prends ma main tout va bien, fais comme tu veux, mais, ne dis riiiieeeen… ». Combien de coups je lui ai pourri, à ce gnome ? Un bon paquet, au moins. Ah, c'était le bon temps…

Dès les premiers accords de boîte à rythme, je reconnais le titre et je sursaute :

– *Partenaire particulier cherche partenaire particulièèère… !*

La blonde Roxane, écroulée de rire, me tape dans la main.

Roxane. – Tu te souviens, comment ils dansaient ?

Et pour que je me souvienne mieux, elle se lève, tête raide, garde son corps figé en le bougeant d'avant en arrière, les coudes collés au tronc, et les avant-bras hyperactifs avec les poings serrés.

Daphné essaye de se marrer, mais ça fait un bruit bizarre.

C'est parce qu'elle vient d'appliquer sur sa figure un voile imprégné en tissu, à peine entrouvert de quatre fentes pour les yeux, le nez, la bouche, et qu'elle a coincé contre ses gencives des patchs pour se blanchir les dents. On dirait le serial killer dans *Halloween*.

Daphné (en prenant garde avec sa langue de ne pas faire glisser son patch). – Et fa ? Et fa ?

Peggy saute en l'air du canapé où elle venait de s'asseoir en tailleur, détruisant au passage la natte africaine que j'étais en train de lui tresser :

– *Embrasse-moi idiot* ! et le groupe, c'était… heu… (Roxane, qui hurle :)

– Bill Baxter !!

Éclats de rire (et bruit bizarre provenant de la bouche de Daphné).

Cette saleté de Roxane est super forte à ce jeu.

Les cuisses comprimées et enroulées dans de la Cellophane, pour faire pénétrer (jusqu'à l'os ?) sa crème anticellulite, elle trouve successivement : *Un soir de pluie* de Blues Trottoir, et *Tes états d'âme Éric* de Luna Parker.

Mais heureusement, la porte sonne, mettant fin à sa série gagnante.

Daphné et sa tête de Mike Myers vont ouvrir.

C'est Régis, son frère, qui sursaute et crie brièvement lorsqu'il l'aperçoit.

– Mais qu'est-ce que…

Avançant le nez, il jette un coup d'œil sur nous depuis le seuil de la porte.

Roxane assise sur la moquette au pied du canapé, la

chemise de nuit retroussée sur ses cuisses déguisées en jambon sous vide, donne en rythme des coups de poings dans l'air ; Peggy, le visage oint d'un masque orange vif, agite ses mains comme une épileptique (en réalité c'est pour faire sécher son vernis) et braille :

– Début de Soirée ! *Nuit de Folie* !!!

Moi avec de gros rouleaux sur la tête, danse-danse-danse comme une folle d'un pied sur l'autre en tapant des mains.

Régis, son sac de sport sur l'épaule avec son pyjama dedans, regarde sa sœur, effrayé, et murmure :

– Heu, je crois que j'ai oublié mon sac de sport, ne m'attendez pas..., avant de tourner les talons.

Daphné revient dans le salon en haussant les épaules. Elle décolle son patch dentaire avec un bruit mat de succion :

– Pauvre frangin. Il est trop jeune pour s'éclater avec nous, de toute façon. Et elle se met à gigoter en cadence sur *Mais vous êtes fous !* de Benny B. (Que j'ai trouvé, oh-oui.)

Ensuite, j'enchaîne les points avec une aisance stupéfiante.

D'une part parce que Roxane est partie en emportant des produits dans la salle de bains pour tenter une « expérience », d'autre part parce que j'ai (volontairement) encombré la bouche de Peggy avec mon crumble aux pommes (elle se délecte, certes, mais elle perd aussi considérablement en rapidité : dommaaage...). Et comme Daphné n'a pas le droit de crier les titres vu qu'elle les connaît déjà, je n'ai quasiment aucune concurrente. Et je m'en tamponne sévèrement le coude gauche. Tout en essayant de faire tenir sur mes paupières une paire de faux cils fluos, je reprends à tue-tête le tube de Muriel Dacq :

– « Tropique, dans ton cœur, change pas le moteeeur… »

Notre hôtesse a retiré son masque en tissu, telle une gaze dévoilant son visage rafraîchi.

À l'aide d'un Kleenex, elle essuie l'excédent de lotion hydratante qui imbibe encore sa peau. Peggy se ressert une seconde part de crumble. J'avance un coup avec la télécommande jusqu'au titre suivant et là, je manque de m'évanouir en reconnaissant la voix éraillée de Gérard Blanchard, beuglant : « … Mon amour est parti avec le loup dans les grottes de Rock Amadour » au son d'un accordéon survolté. Ça me ramène, quoi, à mes dix ans ?

Un pur bonheur…

Tiens, ça fait un moment que Roxane n'est plus avec nous.

Si elle n'est plus là, le challenge est moindre. Je me demande ce qu'elle a voulu dire quand elle a parlé de tenter une « expérience » ?

Quand j'étais ado, je me souviens que moi aussi, je tentais des « expériences ». Une fois, j'avais acheté plusieurs boîtes de tampons périodiques et les avais ouverts dans un verre d'eau, pour observer quelle marque était la plus absorbante. Certains s'étaient violemment dilatés en largeur, d'autres étaient soudain devenus démesurément longs. Je crois qu'il n'y a pas de meilleure publicité pour les serviettes hygiéniques, quand on a treize ans, qu'un tampon gonflé dans un verre d'eau.

Daphné, partie ranger ses verres de contact dans la

salle de bains, revient vers nous en marchant très vite et en secouant la main :

– Hou lala les filles… préparez-vous au choc…

Roxane apparaît derrière elle.

Ses longs cheveux déployés dans le dos sont teints en noir corbeau, plaqués sur les côtés par deux litres de gel, avec un hybride de banane et de coque réalisé au-dessus du front.

Les paupières aubergine, elle s'est tracé un long trait d'eye-liner jusqu'à la tempe, a fardé sa bouche d'un rouge criard, et peint ses pommettes en fuchsia.

– Alors-alors ? De quoi j'ai l'air ? nous demande-t-elle en prenant la pose.

Nous sommes toutes consternées.

Je saisis le combiné de l'appareil près de moi et le lui tends :

– J'ai Jeanne Mas au téléphone. Elle veut que tu lui rendes son look.

Roxane (qui se marre en prenant une autre pose). – Non mais sans déconner ? Je suis pas total style années 80, là ?

Moi. – Mais… et tes beaux cheveux blonds ?

Roxane (qui hurle en pointant la chaîne hi-fi du doigt). – C'est Arnold Turboust et Zabou qui chantent *Adélaïde* !! J'suis vraiment trop forte. J'en suis à combien, là, pour l'instant ?

Moi (sourire triomphant). – Pour l'instant, je te bats.

Roxane (en s'affalant sur le canapé). – T'inquiète, c'est une teinture provisoire qui part en quelques shampooings. J'ai envie de changement, en ce moment. Personne n'a un appareil photo ?

Moi (en soulevant le bas de sa chemise de nuit avec

une grimace). – Si, mais alors uniquement pour immortaliser les boursouflures violettes de tes jambonneaux…

Tandis que Roxane se penche et découvre ses cuisses meurtries sous la Cellophane, l'hydratée du visage revient de la cuisine où elle s'était éclipsée. Peggy repousse d'une main les produits de beauté qui envahissaient la table basse, pour que Daphné y dépose un plateau garni d'assiettes de biscuits et de boissons chaudes.

Il ne manque que du Tang en poudre, peut-être quelques barres de Topset, des sachets de Treet's ou de Picorettes et du pain d'épice Prosper (youpla boum) pour revivre pleinement les goûters de notre enfance. Tiens, ça me fait penser qu'il faudra que j'apprenne à mes filles à faire fondre des Choco BN dans du lait très chaud. Ce goût onctueux de gâteau liquéfié qui brûlait la langue, c'est mon BN de Proust à moi.

J'ai défait mes bigoudis. À l'aide d'une brosse ronde, je travaille mes boucles, tentant de leur donner un mouvement tout en souplesse (on en est loin, pour l'instant j'ai plutôt le style échevelé du Capitaine Caverne).

Roxane, elle, déchiquette le plastique qui la saucissonne, et se frictionne vigoureusement les jambes pour faire repartir sa circulation sanguine.

Voyant cela, Daphné se lamente :

– On dirait mes jambes le matin au réveil. Mes chevilles ont commencé à gonfler, je vous raconte pas l'angoisse… même mes orteils sont boudinés, ils ressemblent à des petites saucisses cocktail.

Grignotant un Figolu, je la rassure :

– Tu te crois bouffie, ma belle ? Attends d'attaquer ton sixième mois de grossesse. Là, tu te sentiras aussi souple qu'un scaphandrier…

Peggy a posé le bout de son pied sur la table basse. Penchée dessus, elle se vernit consciencieusement les ongles. Avançant sa lèvre inférieure, elle souffle sur une mèche qui tombait sur son œil.

– T'es enceinte de combien ?

Daphné se gratte l'oreille en calculant.

– Dans deux jours, ça fera trois mois.

Le nez collé sur l'ongle de son petit orteil qu'elle essaye de viser avec son pinceau, Peggy la rassure aussi :

– Perso, je suis bien contente de ne pas avoir d'enfant. L'accouchement me fiche une trouille bleue… je me laisse encore une dizaine d'années pour changer d'avis. Si, à quarante ans, j'ai toujours peur, j'adopte un chien.

Roxane (en criant). – Bibie ! *Tout doucement* ! (Puis, fière d'elle :) Ah-aaah !

Moi. – Pff… fastoche…

Daphné, le front plissé, semble inquiète.

Nerveuse, elle mordille la petite peau de son pouce en nous scrutant alternativement.

– Attendez, mais moi aussi j'ai la trouille, qu'est-ce que vous croyez ? Sa main se pose sur son ventre, qu'elle caresse d'un geste machinal. Les filles, rassurez-moi, ça va, l'accouchement, hein ? Allez, sans déconner, c'est pas si terrible que ça ?

Moi (colportant le même mensonge que celui entendu pendant toute ma première grossesse). – Mais non, t'inquiète, ça fait pas mal. Et puis maintenant, il y a la péridurale. On sent rien.

Roxane (toujours en se massant les jambes). – On sent rien, on sent rien… attends, c'est pas toi qui as accouché en pleine nuit, dans un taxi, à la lueur d'un réverbère ! Avec le mari parti en voyage d'affaires, et le bébé qui a trouvé plus chic de naître Poissons plutôt que Bélier. Sans parler du chauffeur qui a paniqué lorsqu'il m'a vue pousser ! Oui madame ! Ce couillon s'est enfui chercher du secours en me laissant toute seule mettre mon petit au monde, et l'extraire de mes jambes entre deux hurlements…

Daphné. – Quoi ?!

Moi (aboyant). – Peter et Sloane ! *Besoin de rien envie de toi* ! Arrête, Roxane, de lui raconter ça ! T'es folle ou quoi ?

Roxane ne m'écoute pas. Elle a un message à transmettre et ira jusqu'au bout. C'est une question de vie ou de vergetures. Sauf qu'il est trop tard pour sauver sa copine : l'alien est déjà dans son corps. Daphné a commencé à se transformer en Kinder Surprise.

Mais Roxane s'en fout. Elle attrape les mains de son amie terrifiée :

– Ah non mais ça c'est rien ! Ma chérie, je ne vais pas te mentir. Si tu n'as pas étiré pendant des mois ton périnée avec des exercices de stretching, tu vas te faire déchiqueter la…

Daphné. – Ah non, je n'ai pas fait ça, on ne m'a pas…

Roxane. – Pour l'accouchement de mon troisième, il fallait voir ça, c'était une boucherie. Il y avait du sang partout, la sage-femme a fait un malaise alors que c'était la seule de garde, et puis mon mari, devenu fou, me tenait par les épaules et me secouait en disant « arrête tout de suite de saigner, tu m'entends ?! ARRÊTE !! », alors j'ai paniqué et j'ai voulu m'enfuir, mais j'avais l'aiguille de la péridurale plantée dans le dos et du coup, en tirant, la sonde s'est déplacée et l'aiguille s'est fichée dans un nerf relié à mon bras, et alors, sans le vouloir, j'ai mis une droite à mon mari et…

Daphné (livide). – Dites, les filles, et si je me faisais cryogéniser à partir du neuvième mois ? Ensuite il suffirait juste de démouler le bébé, plop, et le tour serait joué !

Bon, maintenant, ça suffit. Je donne un coup de coude à Roxane, associé d'un violent mouvement de sourcils.

– Mais c'est super gore !! Roxane, t'es vraiment dégueu… Eeeh ! David et Jonathan ! *Est-ce que tu viens pour les vacan-ances !* Ahaha… Bon. N'empêche que t'es vraiment dégueu de lui raconter tout ça.

Daphné, le visage crispé, semble en proie à une panique sourde. Elle se lève pour aller chercher le paquet de cigarettes de son mari, alors que ça faisait trois mois qu'elle n'avait pas touché à une clope.

Peggy et moi sommes abasourdies devant l'attitude désinvolte de notre Jeanne à la masse. Certains secrets d'initiées ne devraient pas être dévoilés aussi brutalement à une innocente profane.

Roxane hausse les épaules, sourit, attrape un biscuit et dit :

– Boah, si on ne peut même plus déconner… J'ai eu

tous mes gosses proprement à la clinique, sous péridurale, par césarienne. J'ai le bassin trop étroit pour accoucher normalement…

Elle se prend immédiatement quarante coussins dans la tronche.

Mon portable bipe, tandis que Roxane montre d'un air affligé à Peggy la trace parfaite de son rouge à lèvres imprimée sur le coussin vert amande de Daphné. Elle se lève pour aller le nettoyer en ricanant doucement, tandis que Daphné s'assoit en tailleur sur la moquette et essaye de se calmer avec de grandes inspirations, yeux fermés, pouces et majeurs rejoints.

À voix basse, elle psalmodie :

– Non, je ne vais pas la tuer sinon je risque d'accoucher en prison, zen, je me calme, je ne lui fais pas de mal… huuum-pfffff… zen, zen… même pas une petite claque… aoum, aoum… huuum-pffff…

Je lis mon portable. C'est Henri qui m'a envoyé un texto pour me demander ce que j'en penserais s'il se faisait percer l'oreille, histoire d'accentuer son côté « bad boy ».

Je rigole en lisant à voix haute son SMS aux copines, flattée à mort.

Puis je tape ma réponse : « Accentuer ou… créer ? »

Il me renvoie : « D'autant que ça doublerait mon pouvoir de séduction… »

Je réponds : « Certes. Tu ne séduirais plus seulement les filles, mais aussi les garçons. »

Il conclut : « Bon, OK, si tu insistes, je ne le ferai pas. Et inutile de lire ce message à tes copines, hein ? Bonne soirée petit Padawan ! »

Je conclus aussi : « T'inquiète, elles dorment. D'ailleurs moi-même je ne vais pas tarder à aller au dodo. Bonne soirée mon Goldorak d'amour ! »

Haaaa… J'ai l'impression de revenir à l'époque où je mentais à mes parents.

C'était le bon temps…

Roxane est revenue dans le salon avec sous le bras le coussin arborant une large auréole humide. Elle s'assoit et sursaute.

– Mais… c'est Sim !! et le titre, c'est… hum… *Qu'est-ce qu'elle a ma gueule ?*

Je me tourne vers elle et la fixe avec sévérité :

– C'est votre dernier mot Jean-Pierre ?

Elle me répond avec assurance :

– Oui monsieur.

Je me lève brusquement, manquant de bousculer Peggy qui sirotait une tasse de chocolat chaud, et clame d'une voix tonitruante en la pointant du doigt :

– Faux ! Le morceau s'intitule très précisément *Quoi ma gueule !*

Et pour bien montrer qu'elle a perdu, je lui siffle dans la figure le petit jingle de *L'Académie des Neuf* (celui qui retentit quand une case s'éteint à cause d'une mauvaise réponse).

Orgueilleuse, elle me siffle en retour l'air d'*Histoires sans paroles*, le petit programme avec des extraits de films muets des années 20 et 30, pour bien montrer que je ne l'impressionne pas. Ah oui ? Alors là, ma vieille… Je remplis mes poumons, et sifflote avec ardeur l'air de *La Séquence du spectateur*, en m'aidant de la bonbonnière de Daphné que je secoue en guise de maracas. Roxane s'esclaffe, inspire un coup et… a un blanc.

– Dis, c'était quoi déjà l'air des *Jeux de 20 heures* ? Jeu, set et match, ma cocotte.

Daphné a les yeux dans le vague. Le menton reposant sur ses avant-bras appuyés sur la table basse, elle semble plongée dans ses pensées.

Cela ne nous empêche pas de continuer notre petit concours avec vigueur, zappant frénétiquement les titres avec la télécommande.

– Non, pas ça ! s'écrie Roxane en rigolant comme une baleine. *La Cicrane et la Froumi* ! Des deux mecs du *Collaro Show* ! Aaaah… comment ils s'appelaient, déjà… Pat et Tik ?

Moi. – Non, Pit et Rik ! (Me tournant vers Daphné :) T'aurais pas *La Danse des canards*, sur ce CD, par hasard ?

Peggy intervient :

– Moi j'ai grandi en regardant surtout le *Muppet Show*, que mes parents adoraient…

À ces mots, tous les regards convergent vers elle et un silence de plomb s'abat sur nos têtes, vite fissuré par Roxane qui pouffe, avant d'être pulvérisé par nos tonitruants éclats de rire.

Daphné (qui a relevé la tête). – Eh ben ma cochonne !

Peggy (flegmatique, s'appliquant une épaisse couche de crème de nuit sur le visage). – Et encore, tu n'imagines pas à quel point…

Roxane et moi sommes sur le dos, allongées sur la moquette, secouées de spasmes d'hilarité telles deux petites Denise Fabre déchaînées.

Roxane me fait un clin d'œil.

– Heureusement que tes parents n'aimaient pas la Noiraude… imagine, imagine… « Allôôô ? La Noiraude, à l'appareil ! » hahahaha…

J'embraye :

– … ou Dorothée ? ehehehihihahâââhaha… (Rire stupide.) … et si tu avais été rousse, ils t'auraient appelée…

Peggy (avec une grimace). – … Zora la Rousse.

Roxane. – Par contre, si tu avais été un garçon, tu penses qu'ils auraient préféré Ernest, ou Bart ? grmpffffhihiihi…

Moi (excitée). – Wouaaah, *1, rue Sésame*, les souveniiiirs !!… et tu te souviens de Sibor et Bora… ou alors c'était heu… Brock et Chnock ?… tu sais, les marionnettes des *Visiteurs du mercredi*. Ça en fait, du choix de prénom original…

Roxane. – Tu crois qu'il y a des mecs qui s'appellent Dagobert, en hommage au chien du « Club des Cinq » ?

On pleure des larmes de rire. À un moment Roxane suffoque, et moi je manque de me faire pipi dessus en la voyant rigoler comme ça.

Moi (les paumes des mains tournées vers le plafond). – Ou… ou… Garcimore… « hi ! hi ! hi ! décontrasté » ! aaaaaahhahaha… (En me tenant le ventre.) Aaaah j'en peux pluuus…

Peggy (levant les yeux au ciel, amusée). – Ça y est ? C'est tout ?

Roxane essuie les larmes qui perlent à ses cils, encore secouée de quelques soubresauts.

– Oh, ma Peggynette héhéhé… pardonne-nous, on

est vraiment de sales gamines… En plus, on déconne : Peggy c'est un super joli prénom…

Moi (sincère). – Bien plus joli que Kermit ! (Roxane se remet à pouffer.)

Peggy (en nous filant une grosse accolade). – Eh ouais ! Certaines ont un prénom de tapineuse, d'autres de rongeur dégoûtant, moi je fais dans la blonde à large tarin. Chacune son destin !

Daphné se lève pour débarrasser les assiettes vides de gâteaux. Depuis la cuisine, on l'entend soupirer longuement.

Sans y faire attention, Roxane s'étire pour attraper son sac jeté au loin, et vérifier sur sa messagerie qu'elle n'a pas reçu d'appel de détresse en provenance de sa tribu. Tout va bien. Elle n'a reçu qu'un coup de fil de Mathias, qui lui propose de déjeuner avec lui la semaine prochaine. Tiens, tiens…

Notre hôtesse réapparaît avec une coupe de M&M's, et une boîte de Quality Street que nous pillons des yeux avant de les piller pour de bon.

Daphné fait la tronche.

Roxane finit par le remarquer.

– Qu'est-ce qui se passe, tu n'as pas l'air bien ?

Daphné (renfrognée). – Nan, nan, ça va…

Moi (regardant Roxane). – Symptômes typiques du premier trimestre. Ébullition hormonale, nausées, endormissements intempestifs… et sautes d'humeur.

Roxane (doctement). – Deuxième trimestre : furieuses envies de sexe.

Moi (croisant les doigts en faisant tourner mes pouces l'un autour de l'autre). – Troisième trimestre, humeur massacrante due aux difficultés à se mouvoir.

Daphné (toujours bougonne). – Ouais, ben vivement le deuxième trimestre, alors.

J'attrape une poignée de M&M's, et je jette chaque pastille chocolatée en direction de ma bouche. Je touche mon nez, mon œil, ma pommette, et parfois une dent. Frustrée, j'avale ce qui reste de ma poignée d'un coup. Puis je demande, au cas où il y aurait quelques ragots à glaner :

– Mais sinon, ça va, avec Gaétan ?

Daphné. – Ouais, ouais… Il est mignon. Ces temps-ci, je l'envoie souvent en pleine nuit me chercher du Perrier, des chips, ou du Nutella…

Moi. – Ah ! Tu as des envies nocturnes, c'est ça ?

Daphné (ravie). – Pas spécialement. C'est juste que j'aime bien le sentir totalement dévoué à mes ordres. (On se marre.) Attendez, j'ai le droit ! Je suis une femme enceinte ! C'est peut-être le seul moment de mon existence où je peux goûter la sensation d'être une diva, je ne vais pas m'en priver !

Moi. – Profite ma chérie, profite, ça ne va pas durer. Moi, enceinte, j'avais des pulsions incroyables de glace pilée. J'avais un besoin vital de sentir, plusieurs fois par jour, la glace crisser et exploser sous mes dents… hou ! Ça me donne des frissons rien que d'y repenser !

Daphné. – Et sinon, ta belle-mère t'a aussi donné des frissons en te harcelant pour choisir le prénom de ton bébé ?

Moi. – Tu rigoles ?

Daphné. – J'aimerais bien. Elle veut Sidonie si c'est une fille, et Saturnin si c'est un garçon.

Moi. – Des prénoms de canard ?!

Roxane (levant un doigt à la maître Capello). – Non, Sidonie était une oie.

Moi. – Et Aglaë ?

Roxane. – Une truie, je crois.

Peggy. – Ah ben, je ne suis pas la seule !

La jeune femme souligne qu'il faudrait quand même que les créateurs de séries cessent de donner des prénoms magnifiques aux cochons.

Roxane (s'adressant à Daphné). – Mais pourquoi elle veut te les imposer ?

Daphné. – Ce sont les prénoms de ses grands-parents…

Roxane (qui s'énerve). – Mais pourquoi elle ne les a pas donné à ses propres enfants, dans ce cas ?! Ah, Daphné, commence à te faire respecter un peu, ma fille. Envoie vite ta belle-mère péter dans les cactus, parce que sinon, après la naissance de ton lardon, tu es cuite !

Peggy. – C'est vrai, ça. J'ai deux sœurs mariées qui m'ont dit que leur belle-mère avait immédiatement changé d'attitude après la naissance de leur bébé.

Daphné. – Ah bon ? Et pourquoi sont-elles particulièrement odieuses juste à ce moment-là ?

Moi (qui sais de quoi je parle). – Peut-être parce qu'elles considèrent qu'on a fini notre boulot de mère porteuse de l'enfant qu'elles ont eu avec leur fils – dans leurs rêves ? Et qu'elles ont pour nous les égards qu'on pourrait avoir pour un sachet d'emballage vide ?

Roxane (remontée aussi). – Peut-être aussi parce qu'elles sont fières de traverser l'unique moment de leur existence où elles sont plus à leur avantage que nous : fraîches, lumineuses, actives, minces et en pleine forme ? Pendant qu'on se traîne comme un vieux phoque fatigué, depuis le lit jusqu'au canapé du salon… En essayant de ne pas inonder notre chemise de nuit avec le lait qui déborde de nos coquilles d'allaitement… Tout en veillant à bien nous asseoir sur les quelques millimètres de peau que notre épisiotomie ne tiraille pas…

L'ambiance est vraiment agréable, dans ce salon aux lumières tamisées. Daphné a remplacé sa compil de vieux tubes par une autre, plus *soft*, de Mort Shuman. Le son n'est pas très fort. Il est aisément couvert par le bruit de nos conversations animées, même quand on baisse le ton pour y glisser une confidence ou deux.

On se croirait en vacances. Aussi insouciantes que des gamines à peine sorties de l'enfance qui se révéleraient leurs secrets les plus intimes, ou désigneraient quel membre du groupe de rock à la mode elles vont choisir d'idolâtrer.

L'espace d'une soirée, c'est comme si nous n'avions plus de responsabilités, plus de comptes à rendre, plus de problèmes de couple, plus de…

Roxane pose son verre, s'essuie les lèvres du revers de son index replié, et annonce :

– Il faut que je vous avoue un truc… Je m'ennuie trop, avec mon mari. Plus le temps passe, plus je réalise que les années filent, et je suis encore jeune, alors… voilà. J'ai décidé de m'amuser un peu.

Ah ? ben si. Quelques problèmes de couple, finalement.

4

Le Club des Défenseuses du Discernement

Bon, assez parlé de moi. Parlons un peu de toi. Quel effet je te fais ?

Bette MIDLER.

Roxane a viré totalement barjot.

Mais pas qu'un peu, hein. Super givrée du ciboulot, la pauvre.

Pourtant, je la connais depuis des années et je sais ce qu'elle endure en silence : ces marches interminables qui l'épuisent, pour aller de la cuisine à la salle de bains sans se perdre, dans son immense appartement de deux cent cinquante mètres carrés avec terrasse et jardin d'hiver. Les explications, toujours les mêmes, qu'elle doit donner aux gens pour expliquer son physique inhabituel : « Oui, j'ai été mannequin. Oui, c'est bien moi qui ai posé dans cette pub pour les bijoux Maty. Oui, je suis brièvement sortie à une époque avec le fameux chanteur, Patriiick (Topaloff). Avec qui je sors aujourd'hui ? Vous n'avez qu'à lire les journaux ! »

Sans oublier ses enfants terriblement ennuyeux, qui lui obéissent sagement sans qu'elle ait besoin de gueuler pour se faire entendre, dressés au poil près par une impitoyable nurse anglaise. Ai-je mentionné son mari super collant (et riche) qui ne cesse de lui dire qu'il l'aime en la couvrant de bijoux ?

C'est une vie, ça ? Que voulez-vous qu'elle ait à raconter à ses copines, après ?

Certes, son mari est un peu vieux.

Mais Daphné a fait plus fort qu'elle (et plus tendance), en jouant les baby-sitters lubriques avec son Gaétan, qui a douze ou treize ans de moins qu'elle.

Récemment, Roxane a eu un moment de gloire. Elle voulait s'arrêter à trois pioupious, mais à force d'oublier de prendre sa pilule un jour sur deux, elle est tombée enceinte de jumeaux et se retrouve aujourd'hui avec cinq gluons à élever. Ce qui signifie en d'autres termes un réaménagement complet de son emploi du temps, dont elle n'a pas manqué de nous faire part en se lamentant : ce ne sont plus dix minutes mais quinze qu'elle doit consacrer aux bisous du soir de ses moucherons. Sans parler du nombre considérable de problèmes logistiques à gérer avec la nurse et les deux domestiques qu'elle emploie à plein temps pour s'en occuper, la pauvre.

Daphné, qui attend son premier bébé comme le Messie, et moi qui me suis occupée de mes filles toute seule pendant trois ans, on a gravement compati.

Le vrai problème, Roxane nous l'a confié, c'est qu'elle s'ennuie à fond depuis qu'elle ne travaille plus.

Ça par contre je peux le comprendre. Rester à la maison à faire (ou à donner à la bonne) du repassage, c'est supportable une semaine, mais pas plus. Au-delà, on vire boulimique en bas de survêtement, à végéter d'un œil éteint devant les programmes télé de l'après-midi, si pathétiques qu'ils nous font presque apprécier ceux du soir.

Avant, elle devait enfiler des tenues sublimes pour des photographes pressés qui lui aboyaient de regarder l'objectif en ayant l'air d'une peste. Avant, elle sortait toutes les nuits, les femmes la détestaient et les hommes la vénéraient. Avant, elle était libre et sauvage, belle et indomptable, furieusement arrogante et totalement séduisante. Sa seule préoccupation était de se faire plaisir. Son seul impératif était de combler ses désirs.

Aujourd'hui, coincée entre quatre murs à faire de l'élevage en batterie la silhouette déformée (oui, parce qu'elle a grossi, faut pas croire), elle étouffe, elle a besoin de voir du monde.

Et si possible que ce monde ne ressemble pas à son gardien, M. Enrique, qui lui saute dessus lorsqu'elle passe devant sa loge pour lui proposer de faire un tiercé, ou lui raconter avec des détails sordides la ligature des trompes de son yorkshire femelle.

Pas la peine de louvoyer, globalement, on peut résumer la situation ainsi : Roxane s'est mis en tête de profiter à fond des quelques années qu'il lui reste avant le Botox, pour se prouver qu'elle peut séduire encore.

Sans avoir besoin d'aller jusqu'à l'accouplement proprement dit, elle brûle de vérifier si son pouvoir d'ensorcellement est toujours intact. Remuer le bout du nez pour agiter les cœurs suffira (dit-elle) à figer ses envies de conquêtes. Mouais, la connaissant, j'y crois moyen.

Je sens venir le « et plus si affinités » à pas de géant. N'empêche, son histoire me chiffonne un peu.

Tout ce temps passé à survivre à un échantillon non négligeable de mecs affligeants après mon divorce, jusqu'à trouver l'H.E.N.R.I. (l'Homme Épatant Né de mes Rêves Inespérés), et Miss Popotin 2007 voudrait refaire le même parcours que moi… bénévolement ?!

C'est comme d'aller chez le dentiste se faire poncer une molaire saine à la roulette, simplement pour se donner des sensations fortes. Elle ne pouvait pas juste se mordre un peu la langue, ou bien s'astiquer les gencives avec une gorgée de thé bouillant, non. Elle, il lui fallait sortir l'artillerie lourde pour se sentir exister des chicots.

Daphné et moi avons donc décidé d'unir nos forces pour ne pas laisser notre meilleure copine sombrer dans une débauche des sens aussi inconsidérée que dangereuse.

Au moins le temps qu'elle reprenne ses esprits, avant que son jaloux de mari ne s'aperçoive qu'elle a mentalement mis les voiles (pour mieux les retirer ensuite, devant un autre…).

Elle nous couve une petite dépression, c'est évident. Elle se cherche, en cherchant ailleurs. C'est notre amie, la pauvre, il faut l'aider.

On a donc fondé le CDD. Le Club des Défenseuses du Discernement. Ou la Confrérie des Douées de la Diplomatie. Ou les Célèbres Daphné et Déborah. Au choix.

Pour nos réunions d'action top secrètes, nous avons consacré des heures au téléphone à l'élaboration de stratégies hautement subtiles, au mépris de nos maris à nous qui gueulaient que le repas n'était toujours pas prêt alors qu'il était déjà plus de 20 h 30.

Car l'heure est grave.

Telles deux taupes énigmatiques, apprenties Colombo imperturbables, nous nous sommes mises à écouter Roxane avec plus d'attention que d'habitude en notant tout dans nos têtes. Ayant amassé ainsi, mine de rien, un nombre considérable d'informations sur son emploi du temps, nous sommes désormais en mesure d'affirmer que l'heure est grave (je sais, je l'ai déjà dit, mais c'est pour mieux souligner l'intensité dramatique de la situation).

Roxane nous a confié vouloir s'offrir une cure de gars-lassothérapie. Elle s'est mise en mode « une semaine pour séduire ». Prête à entamer son casting de proies, cette idée l'excite comme une petite folle.

L'opération « une semaine pour la tenir » est donc enclenchée.

Le CDD est déterminé à mettre fin à ses projets par tous les moyens. Sauf les illégaux. On est des mères de famille, quand même, faut pas charrier.

Voici donc le résumé de nos actions d'éclat.

SAMEDI 22 OCTOBRE

HEURE LOCALE : 21 h 35.

LOCALISATION DU SUJET : Devant son ordinateur, sur un site de rencontres.

RÉSUMÉ DE LA SITUATION : Le mari est en voyage d'affaires aux États-Unis, et les enfants passent une semaine de vacances en Irlande, chez leurs grands-parents.

Le sujet se croit célibataire pour les sept prochains jours.

C'est ce que le sujet va voir.

PLAN DU CDD : Lui pourrir sa soirée.

ACCESSOIRES REQUIS : Un ordinateur, une connexion internet, un faux pseudo.

« Roooh, allez ! C'est juste pour déconner ! » nous a dit Roxane en nous confiant qu'elle comptait passer sa soirée sur un site de rencontres.

Cette petite polissonne qui a tellement envie de séduire n'a pas eu le courage d'aller se faire draguer dans un bar (trop flippette). Elle a préféré s'entraîner virtuellement dans un fast-food d'hommes. Sur sa fiche, elle a pourtant mis une vraie photo d'elle : la bouche entrouverte dans une moue rappelant le cabillaud fraîchement pêché, le corps gainé d'un bikini à pois. (Séance photo pour Euromarché, présentation maillots de bain été 1986.) Il est certain que les contacts vont exploser.

Très bien.

Daphné passe la soirée à la maison. Henri et Gaétan, solidaires, soutiennent notre mission visant à remettre Roxane dans le droit chemin (surtout si ça peut éviter qu'elle nous attire, à terme, vers son chemin à elle… pas vrai les gars ?).

Henri a accepté de s'occuper des petites. Dans le salon, je les entends jouer aux cartes en hurlant de rire. Il doit être en train de leur apprendre à tricher au Uno.

Gaétan, resté chez lui, s'occupe de son fœtus en peignant activement les murs de sa future chambre. Daphné et lui ne voulant pas savoir s'ils attendent une fille (peinture rose) ou un garçon (peinture bleue), ils ont choisi de peindre les murs en violet tendre. Couleur placenta, je suppose.

Devant notre écran, la fiche de notre cible repérée, nous fourbissons nos armes.

C'est Daphné, la grande prêtresse des impostures sur le net, qui a choisi le pseudo sous lequel nous allons apparaître devant Roxane : « Loverboy ».

Au moins, il a le mérite d'être clair.

De mon côté, j'ai déniché sur le web la photo d'un mec canon… mais pas trop. Il faut rester crédible, tout de même. Un coup de souris et hop : le ténébreux macho orne désormais la fiche de notre beau Franck Einstein.

Daphné rédige un petit message irrésistible. Le but de l'opération est simple : attirer notre proie dans les filets de Loverboy, jusqu'à la rendre folle de désir pour lui.

Extrait de message de Loverboy : … d'ailleurs je crois qu'il faut que les femmes cessent de considérer les hommes comme des objets sexuels. Personnellement, une fois que j'ai fini mes deux heures quotidiennes d'entraînement de boxe, les abdos en feu, que j'ai pris une douche brûlante pour éliminer la sueur, alors, juste vêtu de mon caleçon boxer, je n'aspire qu'à une chose : aller m'étendre sur des draps frais et me plonger dans un bon roman…

Une fois le contact fermement établi, nous consacrons deux bonnes heures à l'épater de toutes les manières possibles, avec une virtuosité surnaturelle puisque nous la connaissons par cœur. Il se trouve que notre marionnette a, « miraculeusement », les mêmes goûts qu'elle.

Loverboy lui déclare adorer le thé à la rose, les litchis, les romans d'Agnès Abécassis, et rêve d'aller visiter un jour les abords du Loch Ness (où Roxane a passé un week-end, récemment).

Le sujet, subjugué, semble n'opposer aucune résistance. Bien au contraire.

Entre deux fous rires, Daphné et moi sommes tout de même un peu surprises de découvrir avec quelle facilité elle répond aux avances à peine masquées de notre Lolo, voire même comment elle lui en fait !

Décision est prise de passer à la phase deux. Une fois notre petite truite ferrée, il faut la tirer de cet étang infesté de gros brochets où elle n'a pas sa place.

Les messages de Loverboy prennent maintenant un tout autre ton, beaucoup plus inquiétant, employant un vocabulaire nourri de termes violents et névrosés. Pour faire encore plus vrai, on pioche sans complexes dans les meilleures répliques de nos thrillers préférés. Mais Roxane, tout émoustillée, ne semble pas s'en apercevoir.

Roxane : Ah bon, tu habites seul depuis des années avec tes animaux empaillés ? Tes copines disparaissent du jour au lendemain et tu ne comprends pas pourquoi ? Bah, c'est sûrement parce que ce sont des gourdes qui ne savent pas reconnaître un mec bien quand elles en rencontrent un…

Je regarde ma coéquipière avec des yeux ronds. Elle me fixe de la même façon.

On hésite un moment à téléphoner à Roxane pour tout lui avouer et lui passer un savon.

Mais on se dit que dans l'état où elle est, elle rêve sans doute que c'est Loverboy lui-même qui le lui passe, le savon. Et si possible, lubriquement sous la douche.

Même si ça implique une perruque de vieille femme, un couteau, et des violons qui crissent. Détails qui n'ont pas l'air de l'émouvoir plus que ça.

Notre tentative de lui faire peur vient manifestement d'échouer.

Il faut passer au plan B.

Heu… on n'a pas de plan B.

DIMANCHE 23 OCTOBRE

HEURE LOCALE : 13 h 05.

LOCALISATION DU SUJET : Une brasserie branchée dans le VIe arrondissement de Paris.

RÉSUMÉ DE LA SITUATION : Le sujet a contacté un vieil amant qu'elle n'a pas revu depuis des lustres, pour l'inviter à déjeuner. On imagine très bien ce que le sujet a derrière la tête.

PLAN : Lui couper l'appétit (sexuel, surtout).

ACCESSOIRES REQUIS : L'adresse exacte du resto.

… Appel à toutes les unités. Mayday, mayday. Il est 16 h 54, heure locale. Le plan a échoué pour cause d'insuffisance logistique. L'agent D. ayant dû subir de force un remplissage gastrique chez ses beaux-parents, et l'agent D. bis ayant passé la journée, avec son poilu et ses minizouaves, à arpenter les bois en quête de molécules d'air pur, la mission « Il faut sauver le soldat Roxane » a été différée.

Ça va, hein. On n'est pas des bœufs, non plus.

DIMANCHE 23 OCTOBRE

HEURE LOCALE : 21 h 22.

LOCALISATION DU SUJET : Devant son ordi, en train de nous envoyer un mail, dont voici la teneur :

« … Je suis déçue, déçue, déçue ! Les années ne lui ont pas fait du bien, à Émilien ! Son front s'est élargi de douze centimètres, il a un pneu autour de la taille, et il m'a foudroyée d'ennui en me montrant cinquante photos de ses enfants et de sa femme… qui, entre nous soit dit, est atroce… »

Mission accomplie.

Plus que quelques jours à tenir avant le retour du légitime et des morpions.

Pfff… on va y arriver.

LUNDI 24 OCTOBRE

HEURE LOCALE : 19 h 30.

LOCALISATION DU SUJET : Chez son dermatologue, un sosie d'Yvan Attal.

RÉSUMÉ DE LA SITUATION : Le sujet, qui a toujours secrètement craqué pour le beau médecin, a l'intention aujourd'hui de lui faire examiner tous ses grains de beauté.

J'ai bien dit « tous ».

PLAN : Prier pour que son dermatologue soit homo.

ACCESSOIRES REQUIS : De la foi.

Le coup de fil que Daphné m'a passé après que Roxane lui a téléphoné m'a laissé les mâchoires endolories de rigolade. Voyez plutôt.

Notre blonde fatale se pointe chez son docteur, aguicheuse et légèrement pompette pour se donner du courage. Tout en lui expliquant les raisons de sa venue, la belle plantureuse (modèle taille 44) a entamé devant son bureau un ingénu et langoureux strip-tease, certaine de le voir se pâmer. Pas un déshabillage du genre « je retire à toute vitesse mes affaires dans la cabine de la piscine », non. Plutôt un truc du style « je vire mon haut talon, pied en appui sur la chaise et regard de braise, tout en laissant glisser lentement mon Dim Up sur ma cheville de chaudasse ».

Le médecin, en voyant cela, a retiré ses lunettes pleines de buée et les a essuyées un coup avant de les remettre et de faire : « Eh bien, eh bien… hou la… (raclement de gorge)… heu… Madame Leroy, il n'était pas nécessaire d'enlever tout de suite votre soutien-gor… »

Alors, le téléphone a sonné. En ligne, un confrère gynécologue, le docteur Ludivine Leitner.

Le beau dermato, visiblement ému, a détourné péniblement les yeux du spectacle que lui offrait une Roxane déchaînée qui envoyait valser ledit sous-tif à l'autre bout de pièce, afin de mieux se concentrer sur ce que lui disait son interlocutrice.

« … Voilà, donc sachant qu'elle devait passer chez vous et qu'elle attendait avec beaucoup d'impatience ses résultats d'analyse, pourriez-vous lui confirmer qu'il s'agit bien d'un herpès génital de type 2 ? Pourriez-vous également lui rappeler, cher confrère, qu'elle n'oublie pas de prendre rendez-vous chez le psychiatre dont je lui ai donné les coordonnées pour entamer une thérapie concernant ses troubles de dépendance sexuelle… »

Lorsque le dermato a raccroché, il était aussi excité qu'un moine sous bromure.

TROP FORTE, ma Daphné.

Bouh. Pauvre petite Roxane.

MARDI 25 OCTOBRE (BON, LÀ JE RÉSUME, PARCE QUE HEIN)

Roxane, désespérée, se jette dans les bras de son prof de gym, et manque de lui faire sa fête dans les vestiaires. Mais, du haut de son justaucorps jaune fluo, le protéiné du biceps l'esquive poliment. Il n'est pas intéressé, il sort déjà avec une actrice célèbre, une insatiable qui l'épuise malgré ses soixante-sept ans. Il vient au club pour se reposer, pas pour faire des heures sups. La gestion des problèmes de cœur de ses clientes n'est pas comprise dans le tarif de l'abonnement (ou alors il faut rajouter un petit supplément). Mais comme ce n'est pas un mauvais bougre, il la dispense d'abdos fessiers pour cette fois.

MERCREDI 26 OCTOBRE

Roxane décide d'employer les grands moyens.

Elle accepte l'invitation à dîner de Bertrand. Un vieux copain qui, il y a quelques années, lui avait fait cette déclaration sublime : « Si tu ne m'épouses pas, alors je fais le serment de ne jamais me marier avec personne. » Et il a tenu parole !

Grandiosement romantique, non ?

Bon, c'est le genre petit gros moche qui n'a aucune chance, mais ses compliments font quand même du bien à l'ego.

Et vas-y que Roxane, cette idiote, lui raconte directement ses difficultés conjugales…

Autant dire que pour entretenir sa petite flamme d'espoir, elle y est allée avec un jerrycan d'essence.

Du coup, le Bertrand ne perd pas de temps et tente un rapprochement aussi audacieux qu'outrancier. Il entreprend de lui malaxer le genou en s'efforçant d'introduire sa langue dans son oreille. Roxane, légèrement surprise par cette initiative un tantinet cavalière, est tout de même flattée, et surtout rassurée, de constater combien les effets de sa séduction sont toujours tangibles.

Mais bon, faut pas déconner quand même. Pas Bertrand, elle n'est pas morte de faim à ce point-là.

Avec un regard d'excuse, elle le repousse tendrement en le consolant d'une voix douce.

Non, c'est impossible, elle aime toujours son mari, elle ne peut pas lui faire ça.

Bertrand hausse les épaules, et se remet à manger.

Un peu déconcertée, Roxane lui demande s'il ne lui en veut pas trop (sous-entendu : « Tu t'en remettras ? Allez, dis non, que ça me fasse du bien… »).

Bertrand, enfournant la bouchée de pain qu'il vient d'utiliser pour saucer son assiette, a cette merveilleuse réponse :

– Écoute, les affaires ne vont pas super fort en ce moment et ce resto n'est pas donné. Ah ça (il admire le cadre luxueux autour de lui, satisfait), on peut dire que je t'ai gâtée ma belle, pas vrai ? Alors, tu comprends, j'imaginais qu'on allait au moins passer la nuit ensemble, histoire de… rentabiliser… hum ?

Roxane ouvre de gros yeux ronds :

– Attends, c'est comme ça que tu me parles, à moi, la seule femme que tu aies voulu épouser ?!

Son ami étouffe un petit rire dans sa serviette avant de la contempler, impressionné par tant de candeur.

– Quoi, tu l'as pris au premier degré ? Mais ma biche, c'est une phrase bateau que j'utilise avec toutes les filles ! Oooh, louloute… J'en ai plein d'autres, des comme ça ! Par exemple, tiens, quand j'aborde une fille : « Votre père est un voleur, et je peux le prouver ! Il a dérobé le scintillement des étoiles pour en parer vos yeux. » Héhé ! Pas mal, hein ? Oui, je sais. Il y a aussi celle-ci, qui marche à tous les coups : « Puis-je avoir une photo de vous ? C'est pour montrer au Père Noël, qu'il sache exactement ce que je veux sous mon sapin… » Bon, après, si la nénette est coriace, je passe à la vitesse supérieure en m'adaptant avec des accroches personnalisées… Je ne lâche jamais le morceau… C'est mon côté publicitaire contrarié : « Faites-vous Bertrand, le roi du rentre-dedans ! » Et tu sais quoi ? J'obtiens des taux de réussite indécents…

Roxane a regardé autour d'elle, comme émergeant d'un mauvais rêve. Il faut la comprendre. Elle, l'ancienne reine des podiums, venait tout de même d'être offensée par un type qui, physiquement, était le frère jumeau de Benny Hill.

Et Roxane ne supporte pas d'être offensée. Jamais.

– Allez ma colombe, ne te vexe pas. Après tout, je n'ai pas vraiment menti : c'est vrai que je n'épouserai jamais personne, le mariage me fait trop flipper. (Il se tape la cuisse, l'air de la trouver bien bonne, celle-là.) Pas fou le gars… me passer la corde au cou à mon âge… huhuhu… Ça va pas, la tête…

Roxane a soudain l'air de se rappeler quelque chose d'hyper important. Elle attrape son sac et lâche :

– Écoute, c'est trop bête, mais mon frigo vient de m'appeler, il faut que je rentre vérifier les dates de péremption de mes yaourts. Je vais te laisser…

Elle se lève de sa chaise, fait quelques pas et se

plante devant une serveuse particulièrement jolie qui passait près d'elle. La tirant d'un coup sec vers Bertrand, Roxane gronde :

– Alors c'est vous, la fille qui avez fait toutes ces choses dégradantes avec mon mari ?! Ne niez pas, il m'a tout avoué ! Vous devez être vraiment perverse pour avoir accepté de… Et elle lui sort tout un tas de pratiques sexuelles à faire pâlir d'envie une nymphomane fétichiste des moches.

– Je vous le laisse ! Maintenant que vous l'avez souillé, je n'en veux plus !

Drapée dans sa dignité d'épouse outragée, elle s'éloigne de la table le port altier. Après cet esclandre, tous les regards se tournent vers Bertrand. Les clients attablés n'ont pas perdu une miette de l'incident, et le chef de rang s'avance, mécontent, dire deux mots à cet odieux client (vu sa tête, le chef sort sûrement avec la serveuse).

Roxane se retourne juste à temps pour voir la joue du don Juan autoproclamé vibrer sous le coup d'une gifle magistrale infligée par la serveuse en larmes.

« Faites-vous Bertrand, le roi du rentre-dedans ! » qu'il disait.

Elle ne l'avait pas contrarié.

Elle se l'était fait.

JEUDI 27 OCTOBRE

Soirée dépression et solitude. Au menu : plat cuisiné sous vide et goinfrage de Ben and Jerry's devant de vieux épisodes de *Papa Poule* (la nostalgie, ça l'apaise). Look requis : chemise de nuit en pilou avec marqué dessus « pas ce soir, j'ai la migraine », pas d'épilation, vague chignon maintenu par un chouchou rose en velours, téléphone sur répondeur.

Roxane n'a pas trop le moral, là.

VENDREDI 28 OCTOBRE

Allez, ce soir, je vais lui faire mes lasagnes au thon !

Je sais qu'elle en raffole au fond, même si elle ne me l'a jamais dit. Il n'y a qu'Henri qui n'aime pas ça, allant jusqu'à prétendre que c'est la seule chose que je sois capable de fabriquer dans une cuisine : recouvrir des pâtes de fromage râpé et les mettre au four.

Ce n'est pas grave, ça ne me vexe pas, je suis au-dessus de ça. Quand ce sera lui qui n'aura pas le moral, je lui préparerai son plat préféré, et là, il verra bien. Tiens, il faudra d'ailleurs que je me renseigne pour savoir ce que c'est, et accessoirement si on peut le trouver chez Picard.

Roxane est donc venue dîner à la maison, et Henri, lorsqu'il a su ce que je mitonnais, a tenté de se sauver en appelant Sacha à l'aide (c'est son meilleur ami). Soi-disant que c'était trop bête, mais qu'il avait déjà prévu de dîner chez son pote ce soir.

Qu'à cela ne tienne ! J'ai donc invité Sacha à se joindre à nous ! Lequel ne s'est pas fait prier. Ce n'est pas tous les jours qu'il a l'occasion de déguster un bon petit plat cuisiné maison, le pauvre. Sacha Abitbol, l'ami d'enfance d'Henri, habite seul et, avec une casserole dans les mains, il est plus dangereux que moi.

Célibataire endurci de trente-sept ans, son existence tourne autour de quatre pôles : les filles, son boulot de rédacteur de questions pour jeux télévisés, les filles, et échapper à sa mère envahissante qui l'appelle sans arrêt.

Quand j'ai apporté à table mon grand plat de lasagnes au thon fumantes, le voir se frotter les mains en salivant d'excitation fut ma plus belle récompense.

Comme Margot chipotait dans son assiette en ne mangeant que le fromage gratiné du dessus, et qu'Héloïse réclamait des lasagnes au beurre sans sauce tomate et sans thon, Henri, ce traître, a proposé de commander des pizzas. Au grand soulagement de Roxane, qui venait pourtant, quelques minutes plus tôt, d'expliquer qu'elle se contenterait juste d'un peu de salade parce qu'elle était au régime. Tant pis pour eux. Sacha et moi nous sommes régalés !

La soirée s'est déroulée de manière agréable, d'autant qu'il y avait du crumble aux pommes en dessert, et celui-là, tout le monde l'adore.

Une fois la petite troupe installée dans le salon à siroter des cafés (avec Margot harcelant Henri pour qu'il lui laisse finir le fond de sa tasse), j'ai proposé de leur passer la vidéo de nos dernières vacances. Mais en me penchant pour la glisser dans l'appareil, j'ai découvert la cassette de dessins animés *Tex Avery* la bande complètement sortie, coincée à l'extérieur du magnéto.

Un peu surprise, j'ai appelé mes filles.

Moi (gentille). – Qui a fait ça, et surtout pourquoi personne ne m'a prévenue que vous aviez démoli le magnéto ?

Héloïse (figée). – Je ne sais pas.

Moi (qui n'aime pas le mensonge). – D'accord, et maintenant dis-moi la vérité : qui a fait ça ?

Héloïse (apeurée). – Je te jure que je ne sais pas !

Moi (prête à laisser tomber). – Tu es sûre que tu ne sais pas, ou tu ne veux pas me dire ?

Héloïse. – Je t'assure que je ne sais pas, et si j'avais su, j'aurais oublié !

Roxane me sermonne en me disant de ne pas faire une montagne pour des bêtises d'enfants. Elle sait de quoi elle parle. Chez elle, le mobilier a une espérance de vie inférieure à six mois.

J'accompagne mes deux minus à la salle de bains pour qu'elles se brossent les dents, non sans avoir entamé au passage avec Henri un de nos fameux concours de « sacré toi, va ».

Le « sacré toi, va » consiste à pousser du poing le menton de l'autre en lui disant « sacré toi, va ». Le dernier qui parvient à le faire à l'autre a gagné. Sachant que l'arrivée inopinée d'un poing faisant dévier notre menton alors qu'on mange, qu'on regarde la télé ou qu'on lit un livre, après les éclats de rire, provoque vite l'exaspération, le jeu prenant rapidement des allures de duel où personne ne veut s'arrêter le premier. (À la fin, c'est toujours moi qui gagne. Enfin non, pas toujours : la moitié du temps, c'est Henri.)

Une fois au lit, Margot me supplie de laisser encore un peu la lumière allumée :

– Please to you ! Please to you einsteing pickibou ! (Elle apprend l'anglais à l'école.)

Mais je refuse, il est plus que l'heure de dormir. J'éteins la lumière, non sans avoir auparavant couvert mes filles de bisous bruyants (j'ai dû être ventouse dans une vie antérieure).

Au salon, la conversation bat son plein. Surtout entre Henri et Sacha.

Roxane, les yeux dans le vague, s'ennuie profondément en sirotant un (quatrième ? cinquième ?) verre de vin blanc. Alors je la réquisitionne dans la cuisine pour essuyer la vaisselle que j'entreprends de laver.

Parce que nous sommes seules toutes les deux – les deux mâles en ont profité pour s'esquiver en douce dans la chambre se mater un DVD de *Star Wars*, elle se laisse aller à la confidence.

Elle a passé une semaine de dingue, à vouloir se prouver qu'elle séduisait encore, et le résultat est catastrophique. Elle ressemblerait à Carlos avec du rouge à lèvres qu'elle n'aurait pas eu plus de succès avec la gent masculine. Personne n'est preneur de ses big bisous.

Sans illusions, elle sait ce qui lui reste à faire : s'acheter une robe tablier sans manches, s'inscrire à un club de bridge, porter des mi-bas avec des chaussures orthopédiques, et laisser pousser ses racines. Au moins, m'explique-t-elle, elle sera plus cohérente avec l'image qu'elle renvoie aux hommes.

Roxane (avec un soupir). – Tu comprends, Déborah, je voulais juste m'amuser à jouer les bombes sexy, pour me rappeler l'effet que ça fait… mais elle est bien finie, mon époque petite salope allumeuse… (Elle sourit.) Désolée d'être crue, je suis cuite… (Elle s'affale sur un tabouret, et se tient douloureusement la tête.)

Je ne sais plus où me mettre. Tout en l'attrapant par les épaules en la serrant contre moi, j'ai failli lui avouer nos manigances, avec Daphné. Mais Sacha est apparu juste à ce moment, pour me remercier d'avoir préparé de si succulentes lasagnes.

Comme il partait, il a proposé à Roxane de la déposer.

Elle lui a répondu :

– Non, ça va, merci, je vais appeler un taxi, en commençant à trifouiller le clavier de son portable.

Il a insisté, moi aussi j'ai insisté (il était plus de minuit et les rues ne sont pas sûres), alors Roxane a fini par céder.

Et il l'a raccompagnée.

5

Slip ou caleçon ?

> *Les femmes ont besoin d'une raison pour faire l'amour, les hommes ont juste besoin d'un endroit.*
>
> Billy CRISTAL.

– Attends, tu as passé la nuit avec Sacha ?!

Je le crois pas. Daphné non plus ne le croit pas. Roxane, elle, lève les yeux au ciel en retenant un sourire, comme s'il n'y avait rien de si extraordinaire à ça.

– Allez, les filles, vous n'allez quand même pas en faire un fromage…

Noémie rigole.

Noémie, c'est ma cousine. Fausse blonde trentenaire à la coupe courte, toujours coiffée comme si elle venait de se réveiller (mais hyperféminine), elle gagne sa vie comme photographe pour cartes postales.

– Bah… (Noémie hausse les épaules en minaudant.) Je l'avais assez laissé courir, il était temps qu'il me rattrape…

Je m'offusque.

– Oui, mais c'est quand même le meilleur ami d'Henri. Il est toujours à la maison. C'est un peu comme un frère. Je veux dire, un frère à qui je n'aurais pas envie de donner des calottes, pas comme Jonathan. Et toi, tu es ma cousine et tu te le tapes. Ça fait… je ne sais pas… limite incestueux…

Noémie m'attrape affectueusement par les épaules.

– Ah ! Ah ! Ah ! Déborah, c'est madame « Je suis tellement jalouse que même les hommes qui ne m'appartiennent pas, je ne les partage pas » !…

À un poil près, elle a failli me vexer.

– OK, après tout, ce que j'en disais…

Un serveur pressé fait son apparition, carnet à la main, prêt à noter. Charmant restaurant que celui où nous dînons ce soir. Quoique un peu prout-prout, quand même. Avec une déco qui se veut tendance mais qui ne parvient qu'à être impersonnelle. Et des serveurs qu'on a l'impression de déranger lorsqu'ils daignent croiser notre regard. Ai-je mentionné les plats pompeusement nommés ? Non seulement on a l'impression de bouffer des légumes anoblis par la reine d'Angleterre (« Rosace de Pomme d'Amour et ses Pétales de Nectar de Bufflonne » pour qualifier une bête tomate-mozzarella, c'est un peu *too much*, non ?…), mais en plus il faut s'essorer les méninges pour décoder le menu. Histoire de ne pas se retrouver devant une assiette d'escargots à l'ail quand on aura cru commander un foie de veau poêlé. Bref, on nage dans une ambiance follement parisienne. (Je précise que c'est Roxane qui a choisi l'endroit. Ç'aurait été moi, je les aurais emmenées dans un bon restaurant indien. OK, là non plus on ne comprend pas ce qu'on commande, mais au moins on a l'excuse de la langue.)

Daphné est la première d'entre nous à émettre une

série de « huuuuummmm… » indécis en contemplant la liste des plats, telle une petite fille perdue scrutant une carte routière.

Roxane, absorbée par le déchiffrage de son menu, tranche très vite.

– Alooors… moi je vais prendre… hhhh… une assiette de saumon fumé. (Oui, nous, on traduit directement, hein, on ne va pas ânonner une phrase qui fait quatre kilomètres pendant que le serveur se contente de gribouiller un chiffre sur son carnet…)

Moi (avec assurance). – En ce qui me concerne je ne sais pas encore…

Noémie (un petit coup d'œil efficace aux plats proposés). – Pour moi ce sera une soupe de tofu, merci.

Moi (qui murmure, toujours en train de lire). – Pour moi… hum… aah, je ne sais toujours pas…

Roxane (qui n'a pas cessé de relire encore et encore le menu). – Ah ! Non-non ! Annulez le saumon fumé ! À la place, je prendrai une salade d'endives aux noix.

Moi (le nez dans mon carton). – Moi… pfff… ah lala, je ne sais toujours pas. Rien ne me branche…

Roxane s'adresse au serveur :

– Vous me mettrez la sauce à part, pour la salade d'endives, hein. À part…

Agitant la main, je la coupe, soulagée d'avoir enfin trouvé :

– Ça y est ! Je vais prendre une salade de chèvre chaud.

Le serveur s'impatiente, comme s'il avait d'autres clients à fouetter :

– Nous n'avons plus de fromage de chèvre.

Je soupire, dégoûtée.

– Pffff… bon, alors… bah… une salade de carottes râpées, dans ce cas. Et ne me dites pas que vous n'avez pas de carottes râpées parmi tout ce charabia, sinon je me contente du pain gratuit qui se trouve dans ce panier.

Et pour bien montrer que je suis sérieuse, je déchiquette un morceau de baguette que je mastique en le regardant fixement, l'air déterminé. L'homme, trop impressionné pour soutenir mon regard plus longtemps, se penche vers Daphné, qui repose le menu qu'elle a fini d'apprendre par cœur.

– Alors pour moi ce sera une salade niçoise, mais surtout… notez bien, hein… vous ne me mettrez pas d'anchois, vous enlèverez les oignons, vous retirerez aussi les poivrons, vous remplacerez les olives noires par des vertes, et lâchez-vous sur les cornichons, j'en veux des tonnes.

Le serveur (un sourcil nettement plus haut que l'autre). – Mais madame… Ce n'est plus une salade niçoise dans ce cas !

Daphné se cambre en montrant son ventre qui pointe :

– Appelez-la comme vous voulez, mais ne me contredisez pas : je suis enceinte.

Le serveur s'éloigne en secouant la tête, et la conversation peut enfin reprendre son cours.

Il y a du ragot dans l'air, on est tout excitées.

Roxane (sirotant son verre). – Je n'aurai qu'un seul mot : ra-conte. Puisque toi tu as encore la chance d'avoir une vie sexuelle excitante, fais-en profiter les copines.

Noémie, un sourire mutin aux lèvres, lance un regard circulaire.

Noémie. – Bon. C'était pas mal…

Daphné (grignotant un morceau de pain). – OK, alors vu ta façon de résumer, ne raconte pas. Passe directement aux détails chauds-bouillants.

Moi (intéressée). – Ouais, lui qui se vante sans arrêt d'être un dieu du sexe, il est vraiment si doué que ça ?

Noémie (posant les mains à plat sur la table, avec une grande inspiration). – Eh bien justement. Puisqu'on en parle…

Soirée poker chez Sacha.

Les gars sont assis autour de la table en Formica qui trône au milieu de l'unique pièce de son appartement. L'air, doucement zébré par les volutes de fumée de cigarette, n'a pas été renouvelé depuis longtemps. En fait, pas depuis le dernier passage de la mère de Sacha, qui avait aéré le studio en grand. Du coup, ça pue un peu, mais ça ne semble gêner personne.

Henri (parlant dans son portable). – Donc je résume : une quatre-fromages avec un supplément de crème fraîche et double supplément emmental, une orientale avec double supplément merguez et oignons, une tex-mex avec double supplément de sauce au piment rouge, et une sicilienne avec double…

Miguel (s'adressant à Henri). – Non, triple ! triple !

Henri. – Pardon, avec triple supplément d'anchois, et comme dessert ce sera…

Miguel (excité). – Ah-ah, les mecs… je me sens en forme. Qui veut prendre sa tannée le premier ?

Tom saisit une poignée de chips qu'il engouffre

voracement, sans se soucier de celles qui tombent sur son pull. La bouche pleine, il répond :

– Aaaallez, tu me fais de la peine. Ce soir, je te laisse perdre.

Miguel, certain de sa chance, se frotte les mains :

– Ah-ah, bande de petites catins... je vais toutes vous plumer le cul !

Sacha commence à mélanger les cartes, les coupant et les faisant virevolter avec maestria :

– Matez-moi un peu cette technique de ouf...

Tom (narquois). – Co-mment tu m'impressiooonnes ! Des nouvelles de ta mère, dernièrement ?

Sacha. – Non, mais la tienne finit de se rhabiller dans ma chambre. Elle te passe le bonjour.

Tom (en rigolant). – P'tite bite, va...

Miguel (parlant à son doigt en forme de téléphone). – Allô, Cofidis ? C'est pour une demande de crédit pour mon ami Henri qui va bientôt me devoir beaaaucoup d'argent...

Henri. – Quel lourd, celui-là.

Sacha (jetant les cartes, très pro). – Je distribue.

Noémie. – Arrête, de toute façon, je n'attends rien de ce mec.

Moi (romantique). – Mais qui sait ? Il a peut-être craqué ? Tu vas le revoir, au moins ?

Noémie. – Ben... je ne sais pas trop...

Daphné (excitée). – Mais raconte, bordel !!

Moi. – Tu sais quoi ? Je vais me renseigner. Ce soir, Henri passe la soirée chez Sacha à jouer aux cartes. Dès qu'il rentre, je lui fais cracher tout ce qu'il lui a dit sur toi et je t'appelle après. Tiens, d'ailleurs je ne vais même pas attendre, je l'appelle tout de suite.

Noémie (essayant de m'empêcher de téléphoner). – Non ! Non, arrête, la honte !!

Moi (le portable collé contre l'oreille d'une main, l'autre main repoussant fermement les assauts de Noémie). – Allô, chéri ? Oui, c'est moi ! Ça va mon cœur, tout va bien ?… Non… non, je ne vais pas t'appeler toute la soirée, j'ai juste un truc à te demander… Oui, ça prendra juste une minute, ho !… mais laisse-moi parler ! Oui, c'est ça, ensuite tu coupes ton portable (à l'adresse des copines : « Pff, il est chiant »). Dis, tu savais que Sacha et Noémie ont passé la nuit ensemble, hier soir ?… Ah ! Ah-aaaaaah ! Ouiiii, tu vois que je ne t'appelle pas pour des conneries, hein ? Bon, alors est-ce que tu peux essayer de sonder discrètement Sacha, qu'il te raconte comment ça s'est passé ? Non, juré, je le répète pas à Noémie ensuite… Mais non enfin, elle n'est pas à côté de moi ! Je suis descendue aux toilettes pour t'appeler ! (Je mime « chut » avec un doigt sur la bouche en regardant les filles.) Oui… non, c'est juste pour savoir, c'est rigolo… oh, ça va, hein, moi je te raconte bien tout, à toi ! (Réalisant ce que je viens de dire, je fais un signe de dénégation aux copines en secouant la main genre « j'exagère, c'est pas vrai en fait ».) Bon, d'accord c'est ça, coupe ton portable maintenant. Comme ça, s'il m'arrive quelque chose, je demanderai à ce que l'hôpital appelle chez Sacha pour te prévenir ! Ouais, gnagnagna… bisous, chéri. (Je raccroche et regarde Noémie.) C'est bon ma vraie brune, les infos sont en route !

Roxane (impatiente). – Alors, vous avez fait quoi, hier soir ?

Le serveur arrive, et dispose devant nous nos assiettes. On attend qu'il ait fini de faire son métier en regardant ce que les autres ont dans leur plat avec une pointe d'envie.

Une fois le garçon éclipsé, chipotant du bout de la fourchette dans nos légumes froids, nous reprenons notre conversation.

Noémie souffle sur sa cuillère de soupe.

– Il m'a téléphoné pour me dire qu'il venait de déposer un copain dans mon quartier, et, puisqu'il était dans le coin, il a proposé de monter boire un café chez moi…

Roxane ricane :

– N'importe quoi ! Le « copain » c'était moi et il m'a déposée dans le XVIe alors que toi tu vis à l'autre bout de Paris… dans le XIXe !

Noémie. – Note que je me suis doutée de l'excuse fumeuse…

Moi (curieuse). – Il t'a sauté dessus à quel moment ?

Noémie. – Tu plaisantes ? Il était super timide ! C'est d'ailleurs ça qui m'a fait craquer. Cet air de petit garçon vulnérable, un peu gauche… On a parlé jusqu'à… au moins… deux heures du matin…

Moi (perplexe). – Alors là… il doit être accro. D'habitude, quand il nous raconte ses aventures avec des nanas, on dirait Rocco Siffredi shooté à la vitamine C…

Henri (avec un large sourire). – Alors, petite fumasse ? Il paraît que tu t'es fait mettre le grappin dessus par Noémie ?

Sacha (rire énigmatique). – Héhéhé…

Miguel (intéressé). – Ho ?

Tom (avançant une mise). – C'est ta mère, qui va être jalouse…

Sacha (abattant ses cartes). – Tiens, prends ça dans tes fesses ! Ça t'apprendra à parler comme ça de ma mère !

Tom (en rigolant). – Ordure, va !

L'histoire de Noémie est si captivante qu'on en oublierait presque de manger notre absence de nourriture (nos salades).

Noémie. – Non, vraiment. Sur l'échelle du baiser, je lui donnerai un bon… hum… 8 sur 10.

Moi. – Ben pourquoi pas 10 ?

Noémie. – Il ne tient pas assez longtemps en apnée.

Moi (étonnée). – Et ça ne vaut que 8, ça ?

Noémie. – Attends Déborah, c'est une super bonne note !

Moi (intriguée). – Et c'est quoi, pour toi, un 2 par exemple ?

Noémie. – Hum… Tu as celui qui embrasse comme dans les films, lèvres à peine entrouvertes, sans la langue parce qu'il ignorait qu'on devait la sortir…

Daphné (en faisant claquer ses mains). – J'ai connu un 2, moi aussi ! Le genre qui embrasse en bavant, au point que tu es obligée de t'essuyer discrètement le menton après…

Moi. – Beurk…

Noémie (ton scientifique). – Non, ça pour moi c'est un 3 ou un 4. Un vrai 2, c'est le type qui t'enfonce sa langue dans la gorge, comme un plumeau qui chercherait à te chatouiller les amygdales, et qui déclenche chez toi un réflexe vomitif…

Roxane (en se tapant le genou). – Ah oui, ça je connais ! Et puis il y a l'inévitable qui ne s'est pas brossé les dents, et qui pue tellement de l'haleine que tu cherches à respirer ses oreilles…

Noémie (avec une grimace). – Le pire absolu : celui qui termine une laryngite et t'embrasse quand même, même si ta langue rencontre ses glaires…

Roxane et moi. – Aaaaaaaaaaaaaahhhh !

Daphné (en rigolant). – T'es trop dégueu !

Noémie (experte). – Le demi-point en moins, c'est pour les mecs qui accompagnent leurs baisers d'un malaxage de seins façon traite des vaches ou pétrissage de pain…

Moi (ironique, les regardant toutes). – Eh ben ! Je vous plains si vous n'avez jamais connu de 10 sur 10… le genre qui sait utiliser sa langue juste comme il faut, qui alterne le rythme, les pressions, accompagne ses baisers de regards profonds, de frôlements de nez, de voluptueux mordillements de lèvres, de mains dans les cheveux et de doigts qui courent tendrement sur les contours de votre visage…

Daphné (piquée au vif). – Ah mais si ! Gaétan embrasse exactement comme ça !

Roxane (touchée dans son amour-propre). – Si je ne savais pas Nicolas fidèle, je jurerais que tu l'as embrassé, pour avoir si bien décrit sa technique !

Noémie (digne). – À part l'apnée, c'est tout Sacha.

Moi (railleuse). – Sacrée bande de petites veinardes…

Tom avance d'une main ferme quelques pièces sur la table.

– Je mise cinq de plus.

Henri n'hésite pas une seconde et l'imite.

– Je suis.

Miguel, tout en poussant son argent vers le petit tas, émet un gros rire gras supposé inciter à la confidence.

– Alors, cette Noémie ? Plutôt gros cul ou gros nibards ?

Perdu dans ses cartes, Sacha soulève son tee-shirt et se gratte distraitement le nombril.

– Ça manquait un peu de nibards, mais un joli petit cul et des jambes… pfffiouh. Avec porte-jarretelles intégré, et tout. Une pure chienne.

Miguel (impressionné). – Ho ?

Henri (sarcastique). – Ah ouais ?

Sacha (imperturbable). – Une vraie chiennasse, je vous dis.

Miguel Corral de Bustos attrape une poignée de cacahuètes qu'il porte goulûment à sa bouche, l'imagination en ébullition. Être marié à une jolie femme ne l'empêche manifestement pas de fantasmer comme un fou sur les aventures de ses copains célibataires.

Tom Berger, le beau gosse de la bande, se lève pour aller chercher des bières. Lui est intransigeant sur les proportions anatomiques que doivent posséder ses conquêtes, sous peine de recalage impitoyable. Vivement la calvitie, ça lui fera les pieds.

Faisant claquer nonchalamment le frigo, il revient

s'asseoir et distribue une canette à chacun, sauf à Henri qui n'a pas envie de bière et sirote un whisky.

Tom. – Moi, si y a pas de seins, je me casse.

Sacha. – Tu confonds quantité et qualité, mon vieux.

Tom. – Meuh non.

Sacha. – Les pastèques, ça tombe.

Tom. – Les œufs sur le plat, ça remplit pas la main.

Miguel (rire gras, s'adressant à Henri). – avec Déborah, tu dois pas t'ennuyer, elle a une paire de…

Henri (le fixant froidement). – Une paire de quoi ?

Miguel (bredouillant). – Une… une perte de poids. Ça va, son régime ?

Henri (abattant son full). – Ça va, elle perd. Mais moins que toi.

Je soulève les cheveux de Noémie, intriguée par ce que j'aperçois.

– Hou là… c'est quoi cette marque que tu as sous l'oreille ? Tu t'es fait un bleu ?

Noémie. – Ouais. Je me suis cognée contre une bouche.

Moi. – Attends, à ce stade c'est plus un suçon, c'est Aspivenin !

Daphné paraît impressionnée :

– Haaan… Quel chaud ce Sacha ! T'as pas dû t'ennuyer…

Noémie tempère :

– Détrompe-toi. Il m'a juste embrassée en voulant dégrafer mon soutien-gorge. Mais comme il n'y arrivait pas, il est resté collé à mon cou cinq minutes tout en se débattant avec l'attache. Au final, il m'a bousillé un soutif et marqué au fer rouge la jugulaire.

Roxane. – Il t'a bousillé un soutif ? Un cher ?

Noémie. – Noooon… Tu parles, comme je n'attendais personne, je portais de vieux sous-vêtements en coton tout pourris…

Tom. – Remarque, les porte-jarretelles, ça a dû compenser l'absence de roberts… quelle marque ?

Sacha (cool). – Hum, à vue de nez, je dirais… Aubade. Peut-être La Perla.

Tous les mecs (avec des sifflements admiratifs). – Huuuum… pas maaaal ! (Miguel tape des mains sur la table en imitant un aboiement de loup.)

Sacha (avec un rictus condescendant). – Soyez pas jaloux les gars. Un jour, ça vous arrivera aussi. Quand vous serez grands.

Miguel (avalant une gorgée de bière). – Et alors, dis-moi : elle… (Roulement des yeux lubrique intraduisible par la main d'un écrivain de bonne famille.)

Sacha se rejette contre le dossier de sa chaise et explose d'un petit rire silencieux en secouant la tête, comme s'il était exténué rien qu'à l'idée de se remémorer la nuit de folie qu'il vient de passer.

Sacha. – Écoute mon pote, c'est bien simple. Cette fille-là elle est tellement chaude, qu'à un moment j'ai fermé les yeux et j'ai cru qu'elles étaient trois.

Henri (avec un grand sourire). – Ho, calmos, gars. Tu oublies que tu parles de la cousine de ma femme. Après je risque de m'en vouloir de ne pas avoir choisi la bonne !

Sacha (bizarrement radouci). – Ben on échange quand tu veux, mec. Tu sais bien qu'elle m'a toujours branché, Déborah… même ma mère l'adore.

Henri (qui fait moins le malin, maintenant). – Non merci. Garde ton micro-onde, moi je garde mon rayon de soleil.

Miguel (qui applaudit). – Joli...

Henri (modeste). – Je t'apprendrai, petit.

Roxane. – Et alors ? Au lit, il est comment ?

Noémie. – Ben... allongé. Comment veux-tu qu'il soit ?

Roxane. – Banane.

Noémie. – Il y a bien un truc, mais... non, je peux pas vous le dire. C'est trop la honte pour lui.

Moi (qui en lâche ma fourchette). – Dis ! Mais si, dis !!

Noémie (hésitante). – Attention, c'est hard...

Daphné (qui n'en peut plus). – Mais vas-y, crache !!

Noémie. – Ben... il a apporté un truc, avec lui. J'ai failli m'évanouir quand il l'a sorti de son sac de sport... attention les filles, c'est glauque.

Roxane, Daphné et moi nous regardons, pensant toutes à la même chose.

Miguel (admiratif). – Eh ben mon vieux. Là on peut dire que t'as vraiment assuré.

Tom. – Pour le coup t'as fait fort, ma caille.

Sacha (qui se rengorge). – Eh ouais.

Henri. – Quel parfum ?

Sacha. – À la liqueur. Des Mon Chéri, mes préférés.

Tom (attrapant une poignée de chips). – Un peu vieux jeu, mais classe.

Moi. – Tu ne lui as pas éclaté de rire à la tronche, au moins ?

Noémie. – Non, mais je te raconte pas le courage qu'il m'a fallu pour me contenir.

Roxane (consternée). – Des chocolats. Je le crois pas. Des fleurs, OK, mais… des chocolats ? Il te trouve trop maigre, ou quoi ?

Noémie. – Et puis il a tout avalé, ce goinfre. Il ne m'en a même pas laissé un seul ! Heureusement que je déteste les chocolats.

Henri scrute son jeu en se frottant le menton. Il semble hésiter. Finalement, il lâche :

– Dites les mecs... quand on a un brelan et une paire, ça s'appelle comment déjà ?

Dégoûté, Miguel balance ses cartes sur la table.

– Un full…

Tom râle et pose son jeu. Il se lève pour monter le son du match de foot qui passe à la télé, et qu'il suivait du coin de l'œil depuis le début. Sacha, un mégot de clope au bec, se gratte la tête, soupèse ses cartes, regarde Henri et, en soupirant, les jette aussi sur la table.

Henri émet un petit rire satisfait, affiche sa misérable paire de sept, et empoche le magot :

– Un full, c'est bien ça, merci. Je voulais juste vérifier, pour le jour où j'en aurai un…

Sacha se tape le front, consterné par sa propre bêtise. Un concert d'injures amusées fuse de toutes parts, tandis qu'Henri compte son argent en faisant « héhéhé… »

Noémie. – Physiquement, y a rien à dire, c'est une belle bête. Il a de ces tablettes de chocolat… huuum…

Je me marre :

– Mon Henri, c'est pas des tablettes qu'il a. C'est de la mousse !

Daphné, solidaire, soupire :

– Gaétan, avec ses abdominus, c'est plutôt la famine…

Noémie, grignotant un petit cube de tofu blanc, continue :

– Non, vraiment bien gaulé, le Sacha. Et est-ce que je vous ai parlé de sa petite fossette trop craquante sur le menton ?

Tout le monde s'attendrit. C'est trop mignon, les fossettes sur le menton.

La partie a repris, plus acharnée que jamais.

Henri (s'adressant à Tom). – Comment ça va, ton boulot ?

Tom. – Boah… ça roule.

Henri lui lance un regard qui résume ce qui aurait été chez nous une demi-heure de conversation.

– Si tu as besoin d'un coup de main, gars, n'hésite pas.

Tom lui répond exactement par le même regard :

– Merci, vieux.

Avec les filles, on vient de recenser tous les trucs qu'on trouve insupportables chez un mec. Le genre de manies ou de signes particuliers qui le disqualifient dès la première soirée. Il nous a fallu trois serviettes en papier pour tout écrire.

Idéal, pour couper l'appétit. (Remarque ça tombe bien, on est toutes au régime.)

En vrac :

– Le mec qui te raconte sa vie comme si tu étais sa biographe ou sa psy, te coupant la parole pour revenir à lui dès que tu tentes de placer un mot.

– Celui qui raye son assiette avec sa fourchette parce qu'il tient mal ses couverts, et ça te hérisse les tympans comme le ferait une craie trop sèche raclant un tableau noir.

– Le type qui se tisse un fil de bave blanche au coin des lèvres pendant qu'il parle.

– Celui qui se gratte les coucougnettes avec autant de désinvolture que si c'était son bras ou sa nuque.

– Le mec écroulé de rire avec ses propres blagues.

– Celui qui fait la conversation à tes seins.

– Le gars qui lâche une caisse et qui regarde autour de lui, innocent, en faisant « c'est quoi cette odeur ? ».

– Le type qui répond à ses textos pendant que tu lui confies un truc super émouvant.

– Le mec hypertactile, qui te palpe sans arrêt pour vérifier que tu es toujours physiquement en face de lui.

– Le type qui veut t'en mettre plein la vue et rajoute tellement d'éléments extraordinaires à son cursus qu'il n'est même plus crédible.

– Le mec qui t'emmène dîner dans un fast-food en te vantant l'incroyable rapport qualité-prix de l'endroit.

– Celui qui se laisse pousser l'ongle du petit doigt pour se décrotter l'oreille.

– Le type qui termine toutes ses phrases par : « En conclusion, je dirais… »

– Celui qui connaît tellement bien les femmes qu'il rembarre sans complexes le gars qui te propose une rose, pour se rengorger ensuite de t'avoir sauvée d'un vendeur collant.

– Le mec qui te parle toute la soirée de son ex-femme, et ne cesse de te comparer à elle, même quand il te complimente.

– Celui qui porte des mocassins. Pire, des mocassins à glands. Un cran au-dessus du pire, des mocassins blancs à glands. Le jackpot du pire, des mocassins blancs vernis à glands.

– Le type qui t'explique qu'il voudrait une photo de toi pour la donner au Père Noël, afin qu'il sache exactement ce qu'il veut sous son sapin.

– Le gars qui te demande si tes seins sont vrais.

– Celui qui rigole de ta coupe de cheveux, alors que tu as passé l'après-midi chez le coiffeur.

Il semblerait que Sacha soit exempt de toutes ces caractéristiques. Bien. Il est donc digne de faire partie de nos compagnons potentiels.

La télé braille. Il vient de se passer quelque chose.

Tom jette un coup d'œil en direction de l'écran, se lève d'un bond, ramène son poing vers lui et hurle :

– Buuuuuuuuuuuuuuuut !! Putain les enfoirés de leur mère, ils l'ont mis !!!

Fou de joie, il saute en l'air en donnant des coups de poing au-dessus de sa tête comme s'il essayait de boxer le lustre.

Chacun des mecs présents autour de la table de poker lève la tête en grognant sa satisfaction. Affichant un sourire béat, ils regardent le but qui passe maintenant au ralenti. On n'entend que le son des commentaires éloquents d'un journaliste ému qui fait : « Oh lala lala ! »

Tom reprend sa place, non sans avoir au passage claqué joyeusement sa main à celle d'Henri, assis près de lui. Puis, chacun y va de sa petite opinion concernant la pertinence de garder tel joueur plutôt que tel autre dans l'équipe.

Daphné. – Et sinon, le détail qui tue : slip ou caleçon ?

Noémie (horrifiée). – Caleçoooooon, voyons !

Roxane. – Peut-être, mais caleçon tissu, ou… boxer ?

Noémie. – Ben… j'ai pas bien fait attention…

Roxane et moi (en nous regardant, synchrones). – Caleçon tissu.

C'est le moment des pubs. À la télé, une fille sublime se fait un shampooing Herbal Essence sous la douche en poussant de bruyants gémissements d'extase. Magie de la réclame. En réalité, pour crier comme dans la pub, il suffit juste de s'en mettre dans les yeux. Hurlements garantis.

Miguel (les pupilles qui brillent). – Putain, celle-là, elle est bonne…

Tom (exalté). – Ouaaaais…

Henri. – Bon, vous jouez, ho ?

Sacha. – Celle-là, c'est quand elle veut, où elle veut.

Miguel hausse les épaules, l'air de dire : « Vas-y mon gars, tu peux rêver, c'est un mec comme moi qu'il lui faut », tout cela contenu dans un seul haussement d'épaules.

Discrètement, il retire la veste qu'il a gardée toute la soirée, dévoilant une chemise complètement froissée en dessous. Tom le remarque immédiatement et l'apostrophe :

– Ben mon Miguou, ta chemise… elle fait grève, ta femme ?

Miguel, gêné, se passe la main dans ses mèches clairsemées.

– Ben… non, c'est juste qu'elle heu… elle n'a pas eu le temps…

Tom (s'adressant à Sacha). – Tu vois mon pote, les nanas, si tu ne les dresses pas dès le début, après t'es foutu.

Sacha. – Ouais, je suis trop gentil avec les filles. Ma mère me le dit tout le temps.

Henri (avançant une mise). – Je relance de dix.

Tom. – Encore, ce serait la fille de la pub, je dis pas…

Henri (avec un clin d'œil). – Ouais, elle, elle peut me froisser tout ce qu'elle veut…

Tout le monde rigole avec de gros rires gras, même Miguel.

Puis Tom allonge ses longues jambes sous la table et défait sa ceinture. Il a trop mangé. Miguel émet un gros rot bruyant qui sent l'anchois. Henri m'envoie discrètement un texto pour me dire qu'il m'aime.

Miguel (fataliste). – Bah… les gonzesses sont toutes des chieuses. C'est comme ça, c'est dans leurs gènes.

Sacha (compatissant). – T'as bien raison, mon pote.

Henri (posant ses cartes sur la table). – Je me couche.

Tom. – Moi aussi.

Miguel. – Idem.

Sacha (dévoilant ses cartes et empochant la mise). – Décidément, elles me disent toutes ça !

Une lueur d'admiration teintée d'envie brille dans l'œil de ses congénères.

Miguel (intéressé). – Dis donc, toi, tu vas la revoir, ta petite cochonne ? D'abord, est-ce qu'elle est bonne ? L'autre nuit, elle l'a eu son bac... à linge ? Huhuhuhu... (Rire bête.)

Tom (en mettant une claque sur l'épaule de Miguel). – Très fort ton jeu de mots, de la part d'un type qui n'a même pas son bac... à sable !

Henri (avec une grimace). – Bac... lées, vos vannes. Bac... lées.

Miguel (se tournant vers Tom). – Je reprendrais bien un petit bak... lawa, et toi ?

Tom cherche une réponse spirituelle, n'en trouve pas, et répond :

– Moi non.

Sacha (ricane, en faisant des piles avec ses gains). – C'est fini, oui ? Je la reverrais peut-être, si un soir je m'emmerde. Pas envie d'être responsable d'un suicide si je ne la rappelle pas...

Henri (ironique). – Un suicide, rien que ça ?

Sacha (croisant les mains derrière la tête, l'air réjoui). – Eh ouais, mec. Une fois qu'on a goûté au Sacha, on ne peut plus s'en passer !

Noémie. – Au début, je dois avouer que ce n'était pas fameux. Limite décevant. Et puis quand il a enfin réussi à se débarrasser de mon soutien-gorge, alors là c'est incroya…

Ah, ça y est, Noémie raconte enfin les détails croustillants de sa nuit avec Sacha !

Nous sommes tout ouïe, les couverts posés, les mains sous le menton en ce qui me concerne, mais mon regard est irrésistiblement attiré par les tables alentour. L'observation des gens lorsqu'ils se nourrissent est, chez moi, une sorte de hobby.

Je les suis des yeux lorsqu'ils pénètrent dans le restaurant comme en terrain conquis. Les mecs passent devant, façon mâles dominants emmenant leur femelle se repaître dans un champ d'herbe bio. Je les vois jauger d'un œil hautain qui est déjà présent sur le territoire qu'ils s'apprêtent à investir. Si l'espace convient à leur auguste fessier, les voilà qui changent d'attitude, deviennent affables, et s'autorisent à le poser.

Les plus galants d'entre eux vont jusqu'à tirer la chaise de leur compagne, lui permettant de s'asseoir sans dépenser trop de calories dans l'effort (la graisse améliorant la gestation des petits qu'ils comptent leur faire plus tard, dans la soirée).

Lorsque la carte lui est proposée, il est amusant de surveiller l'attitude de l'homme envers le serveur. Ici, tout le sel de son caractère se révèle. Le type qui traite l'employé venu noter sa commande comme un sous-esclave de sous-chien (tout en souriant à son invitée) aura vraisemblablement la même attitude vis-à-vis d'elle dans quelques jours, quand il aura fini de faire semblant d'être drôle.

Vingt minutes plus tard, lorsque les plats sont servis, chacun oublie instantanément l'existence de l'autre.

Là, le spectacle peut vraiment commencer.

Comme hypnotisés par leur assiette garnie, ils se reculent pour mieux l'admirer, puis se rapprochent et, les narines vibrantes d'émotion, en scrutent le contenu avec éblouissement. N'hésitant pas à tourner l'assiette pour en contempler la perfection dans le bon sens (eux seuls savent lequel).

La seconde d'après, réflexe ancestral de survie, ils matent avidement ce qu'il y a dans l'assiette en face, histoire de vérifier s'ils ont fait le bon choix. Généralement, ça les rassure. Dans le cas contraire, ils n'hésiteront pas à se servir directement dans le plat du voisin. Surtout si ce sont des frites.

J'aime regarder les gens porter la nourriture à leur bouche. Ce geste révèle toute la sensualité dont ils sont capables. Quand ils dégustent un sandwich, je m'amuse de les voir reconsidérer la forme de leur morceau de pain entre chaque bouchée. Le stimulus visuel leur ayant ouvert l'appétit, ils prennent leur élan avec dans les yeux une lueur folle qui semble dire : « Oh-tu-m'excites-tu-m'excites… MIIAAAM ! » et ils mâchent en se retenant de gémir leur émotion. Quand on était petit, on pouvait danser d'un pied sur l'autre en mangeant notre goûter trop bon. Mais maintenant qu'on est grand, on ne peut plus.

Trop dur, des fois.

Un serveur passe en portant un plateau recouvert de glace pilée surmontée de coquilles grisâtres. Cette façon qu'ont les gens de se délecter de trucs aussi peu ragoûtants que des « fruits de mer » ne cesse de me captiver. Quand on réfléchit au fait que les crevettes sont techniquement les insectes de la mer, on les observe d'un œil nouveau décortiquer leurs cafards roses. Sans parler des huîtres qui sont l'équivalent de… de quoi au juste ? La morve des flots ? Les glaires de l'océan ? Si on va par là, peut-on parler d'hémorroïdes du monde marin devant une assiette d'oursins ? Je m'interroge.

Et que dire de ceux qui dînent en groupe ? Leur façon de rivaliser d'éclats de rire est tout simplement stupéfiante. Ils rient tellement qu'on a l'impression qu'ils n'ont jamais été aussi heureux de toute leur vie. En fait, c'est à celui qui rira le plus. Comme s'ils participaient au concours de l'éclat de voix le plus cristallin ou le plus flatteur pour leur interlocuteur.

Même si le débriefing plus tard, dans la voiture, s'avère aussi sévère que venimeux (« Tu as vu Alex, les conneries qu'elle a débitées toute la soirée ? »), en attendant on se fend la poire, on exulte, et on montre le plus de dents possible.

Tiens, à cette autre table, là, c'est la fin du repas. J'aime beaucoup la tête ahurie que font certaines personnes lorsqu'on leur apporte le dessert. Avec le petit regard éperdu de reconnaissance qu'elles adressent au serveur, comme pour le remercier du fond du cœur de ce cadeau impromptu, au lieu de soupirer devant cette glace à trois boules qui leur coûte le prix de trois litres achetés en supermarché…

Noémie. – D'ailleurs ce mec est une publicité vivante pour les autres mecs.

Elle se tourne vers moi, attendant que je confirme.

Moi (sursautant). – Heu, qui, Sacha ?

Noémie. – Mais non, Miguel ! Tu n'écoutes pas, ou quoi ?

Moi. – Si, si, ben tiens. J'en ai pas perdu une miette. Quel pur-sang, ce Sacha. Hou !

Tom écrase sa cigarette, regarde son jeu, et sourit avec satisfaction en hochant imperceptiblement la tête. Henri boit une gorgée de whisky, repose son verre, puis se lisse un sourcil, pensif. Miguel, chemise ouverte, se gratte distraitement les poils du torse et demande une autre carte. Sacha la lui donne. La télé est maintenant éteinte. Quelques grognements ou monosyllabes fusent de temps à autre. Pas une onde de stress ne flotte dans l'air.

Il n'y a pas à dire, les gars passent vraiment une bonne soirée.

6

On ne montre pas son nombril quand on fait une taille 44

Vous savez que vous êtes laid si vous allez chez le proctologue et qu'il met son doigt dans votre bouche.

Rodney DANGERFIELD.

On aurait dû s'en douter.

Roxane a débarqué un jour chez Daphné – maintenant enceinte jusqu'aux yeux – en déclarant :

– Ça y est ! Je me suis fait faire la totale ! Je me sens libre et neuve, comme une pucelle !

Moi (horrifiée). – Quoi ? Tu t'es fait faire une hystérectomie ?!

Roxane. – Meuh non, crétine. Juste une épilation intégrale du maillot.

Ce changement-là ne nous a pas alertées.

Au pire, qu'est-ce qu'elle risquait, à part un rhume de foufoune ? Je me suis juste contentée d'empêcher mon imagination d'avoir envie de vomir, et Daphné lui a demandé si elle avait eu mal. En passant, plus le terme de son accouchement approchait à celle-là, plus quantifier la douleur supportable pour un être humain au niveau du bas-ventre était devenu une obsession.

Ensuite, on a un peu déconné.

Oh, rien de grave. On l'a juste vannée sur ses nouvelles fringues hypermoulantes.

C'est-à-dire que, bon. Même en étant super jolie, on ne montre pas son nombril quand on fait une taille 44. Surtout si ledit nombril a tendance à se cacher sous un petit bourrelet de graissouille.

Et voilà où ça nous mène.

Une journée entière à courir d'une clinique à l'autre.

Dans l'une, Daphné a mis au monde un petit Gontran Zébulon Chimchone Marciano-Schwarz complètement chauve, avec des petits doigts potelés et le plus minuscule nez du monde. L'accouchement s'est super bien passé. Indépendamment du fait que la péridurale a fonctionné sur une seule jambe. Et aussi que son mari Gaétan, insupportable à bondir partout le caméscope soudé à la main, a voulu immortaliser ce beau moment huit heures avant sa conclusion. La conclusion ayant été qu'au lieu de filmer la sortie du bébé, il a filmé la rupture de la poche des eaux, les pieds de Daphné dans les étriers, libérant d'un coup un grand jet de liquide amniotique sur ses chaussures.

Ça lui a fait tout drôle, à Gaétan. Je crois qu'il ne s'attendait pas du tout à ça. Coup de bol, il n'avait plus de bande, donc il n'aura pas non plus de souvenir visuel du contenu de son estomac, déversé tandis qu'il s'appuyait, verdâtre, contre un mur de la salle de travail. À mon avis, la psychothérapeute qui aura pour mission de les aider à reprendre une vie sexuelle est d'ores et déjà une femme riche.

Dans l'autre clinique, bien que la mise au monde d'un nouvel être ait été accomplie depuis des heures, c'est maintenant que les gémissements commencent.

– Aaaaaaarrrrggghh... es... espèce de pustule d'ébola mal désinfectée suintant des germes toxico-radioactifs de bouse de vaaaaache !!...

– Heu...

– Ooohhh... et toi, oui toooi... déchet d'hybride de poisson mutant sans écailles qui pisse partout du Fanta Orange... mmmfff... haann...

– ... Heu, Roxane ?

– Rhaaaa... sale cataracte lacérée par un éclat de plastique recouvert de rouille moisie... TU PUES DU CUL, T'ES MOCHE FACE DE FESSE !!! DÉGAAAAÂÂÂAAGE !!...

– Madame... qu'est-ce qui lui arrive, là, à ma copine ?

L'infirmière qui prend sa tension agit comme si elle manipulait un pantin désarticulé, sans s'offusquer le moins du monde de ce qu'elle entend. À ses côtés, l'aide-soignante qui arrange son oreiller pendant qu'elle se débat mollement n'a pas l'air de trouver la chose inhabituelle.

– Ne vous inquiétez pas, me répond l'infirmière. Elle est juste en phase de réveil. Dans une heure ou deux, elle aura tout oublié.

Les deux femmes sortent et me laissent seule dans la chambre en tête à tête avec Mrs. Hyde.

Je m'approche doucement de son lit, esquisse le geste de lui caresser les cheveux, mais n'en fais rien, impressionnée par tous ses bandages qui la font ressembler à la femme invisible. En nettement plus bruyante.

Au bout de longues minutes, Roxane finit par se calmer.

Elle murmure, dans une semi-torpeur :

– Charlotte... je veux ma Charlotte aux fraises à moi... rendez-moi ma Charlotte, misérables comédons...

Je la regarde, sans parvenir à savoir si elle réclame la poupée qu'elle avait quand elle était petite, ou bien si elle a la dalle. En fait, je ne sais pas quoi faire. À part m'enfuir à toutes jambes en espérant que son mari viendra s'occuper d'elle (c'est son job après tout, ho !).

Mais je soupire et tire une chaise sur laquelle je m'assois. Mon bouquet de fleurs m'encombre, alors je le pose sur le couvre-lit, attrape sa main et la lui caresse doucement.

Quelle conne.

Qu'est-ce qu'elle est venue faire ici, belle comme elle est, dans cette clinique pour gens pas malades ?

Tout à l'heure, en passant dans le couloir, j'ai croisé une femme dont la peau était si tendue, brillante et transparente, qu'elle avait l'air d'avoir été momifiée vivante.

Effacées, les traces de plusieurs décennies d'éclats de rire. Raboté, le nez qu'elle tenait de la famille de son père. Modifiées, les joues qui la faisaient tant ressembler à sa mère. Si cette femme semblait plus jeune, c'était au prix de lèvres bouffies de silicone et d'yeux étirés, comme scotchés sur les tempes, qui lui donnaient l'air d'un chat tenu par la peau du cou.

D'accord, la question n'est pas encore d'actualité, mais elles me plaisent bien, mes petites rides d'expression qui témoignent que j'existe, que j'ai vécu, que j'ai survécu, que je suis riche d'expérience et de souvenirs. Ça m'ennuierait de ne plus avoir d'expression du tout. Je veux bien changer de coiffure, changer de fringues, de maquillage, je veux bien faire du sport, je veux bien faire des régimes, pour me sentir mieux dans ma peau, mais je ne veux pas changer de peau.

Je l'aimais bien, ma Roxane, avec son gros cul et ses hanches imposantes.

Celle qui arrivait, malgré ses quinze kilos de trop, à être largement plus belle que nous, tant elle irradiait d'assurance et de personnalité. À côté d'elle, on avait beau faire deux tailles de moins, on se sentait quatre fois plus moches. Elle n'avait pas besoin de faire tout ça, cette idiote. Elle avait juste besoin d'un médecin qui l'aurait écoutée, au lieu de la suturer.

Maintenant la voilà, gisant et appelant sa poupée au secours, à défaut de son mari à qui elle a menti en lui faisant croire qu'elle partait se reposer quinze jours chez sa mère.

Pour lui faire la surprise, genre. Pour le reconquérir, oui. Pour reconquérir un type avec lequel elle prétend s'ennuyer. Allô ? SOS « je-ne-sais-pas-ce-que-je-veux » ? C'est pour une urgence.

On vit vraiment dans un monde où on ne sait plus regarder et apprécier ce que l'on a. Les célibataires se rêvent en couple, et les couples soupirent après leur liberté perdue. Les filles à cheveux frisés les voudraient raides, et les baguettes de tambour fantasment sur les poils de caniche. Les maigrichonnes voudraient des formes, et les dodues voudraient les voir fondre... Quitte à tenter d'imiter les autres, pourquoi ne pas commencer par imiter les gens qui s'assument ?

C'est une bonne idée, ça. Tiens, dès demain, je donne l'exemple à mes filles : j'arrête mon régime et je laisse tomber mes brushings. (Ou alors j'évite juste le sucre et je détends mes cheveux à la brosse carrée au lieu de ronde... bon, on verra. Il faut y aller progressivement...)

Je me penche, curieuse, et soulève un peu le drap qui recouvre le corps de Roxane.

Voyons, qu'est-ce qu'elle s'est fait faire, au juste... Culotte de cheval, ouais... Tout ça parce qu'elle ne fermait plus sa jupe. Au lieu de s'en acheter une la taille au-dessus, elle a préféré payer le prix de la boutique entière en frais d'intervention... Seins... Juste remontés on dirait, parce qu'ils sont toujours aussi plats... Nez... Nez ?! Mais il était super joli, son nez, avec sa minuscule bosse sur le dessus !! Nan mais il faut arrêter, là. Si on retire toutes les petites imperfections qui font la singularité d'un visage, où est le charme ?... Ou bien alors elle a fait retoucher ses yeux... On ne voit rien, avec tous ces pansements.

Sa main presse légèrement la mienne. Mon regard se pose dessus.

Ses ongles sont parfaits, jusqu'aux cuticules impeccablement repoussées. Ça me consterne, cette technique qui consiste, à l'aide d'un bâtonnet en bois, à rabattre les petites peaux des ongles qui mesurent un demi-millimètre de largeur. Ces cuticules dont seul un horloger obsessionnel, armé d'un instrument oscillant entre la loupe et le microscope, pourra discerner l'absence. Déjà un type, quand il lui manque un doigt, on peut mettre des jours avant de le remarquer. Alors une cuticule…

Bon, ça va maintenant Déborah, ho. Tu vas arrêter de faire ta vieille bique, un peu ? Tu nous gonfles, à la fin ! Sois moderne, deux minutes ! Tout le monde n'a pas forcément envie d'avoir des mains de camionneur juste pour rester « naturelle » ! Tu ferais mieux d'en prendre de la graine, tiens. Même Henri te reproche de manquer de féminité.

Quoi ? Parce que tu crois que c'est pratique, pour une mère de famille, de courir toute la journée habillée en Loana ?

Feignasse ! Roxane y arrive bien, elle !

Peut-être, mais c'est son job d'être belle, à celle-là. Elle est mannequin à la base, j'te f'rais dire.

Pfff ! Quelle mauvaise foi ! En fait, tu sais quoi ? T'es rien qu'une sale jalouse. T'aimerais bien, au fond, te faire faire une petite liposuccion du bidon, hein ? C'est juste que tu n'oses pas. Flippette, va !

N'importe quoi ! Courir le risque d'une anesthésie générale juste parce que je n'ai pas le courage d'aller remuer ma graisse ou de la faire fondre en me privant de Mars ou de Yabon, et puis quoi encore ?

Mais en quoi ça te défrise les aisselles que certaines aient des complexes qui les bouffent au point d'avoir besoin de la chirurgie pour les résoudre ?!

Mais-euh ! J'ai le droit d'avoir mon opinion, quand même ! Et puis je ne prétends pas détenir la vérité !

Hum-hum. (Je tousse mentalement.)

Bon. Je crois qu'il est urgent que j'arrête de me faire de grands débats dans la tête, sinon je vais devenir timbrée.

Roxane, réveille-toi, bordel ! Je n'ai personne pour me contredire !

Roxane ouvre laborieusement un œil, puis un autre. Elle me regarde, ne semblant pas me reconnaître. Puis elle percute, ses yeux s'illuminent et elle me sourit.

Moi (tendrement). – Alors ma grosse, comment tu te sens ?

Roxane. – Bof... pas terrible. J'ai mal partout...

Moi. – Normal. Ce sont les effets de l'anesthésie qui s'estompent. Dans quelques heures, là tu vas vraiment déguster.

Roxane. – Chouette...

Moi. – Et tous ces bleus... Tu vas sûrement rester défigurée pendant plusieurs jours.

Roxane. – Merci ma chérie. Ta sensibilité de bourreau me fait du bien.

Moi (en dégageant délicatement une mèche de son front). – À ton service...

Elle tente de se redresser sur son oreiller. Je l'aide en l'attrapant par le bras.

Moi. – Qu'est-ce que tu as fait à ton nez ? C'était pas prévu, ça ?

Roxane. – Je voulais juste faire redresser ma cloison nasale légèrement déviée, qui m'empêchait de respirer correctement... C'est pour ça que j'ai vu un chirurgien... Et puis une chose en entraînant une autre...

Moi. – Tu te retrouves avec un petit cul rond et des seins remontés jusqu'aux amygdales.

Roxane. – Voilà. Comme avant.

Je soupire. Même mince, elle a toujours eu un volumineux derrière. C'était sa marque de fabrique, dans le métier. Un peu comme les dents tordues de Laeticia Casta.

Moi. – Je sens qu'une journée shopping se profile, avec l'autre bedon flasque, là. Tu sais que pendant que tu mettais au monde ta cellulite, elle expulsait deux kilos neuf cents grammes de Gontran ?

Roxane (attendrie). – Comment il est, son petit ?

Moi. – Ben, petit.

Roxane. – Il faut que j'aille voir Daphné pour lui souhaiter la bienvenue au royaume des zombies et des dors-debout, avec les nuits blanches qui l'attendent…

Moi. – Ouais, ben en attendant, madame Jackson, tu te reposes le temps qu'il faut pour récupérer ton énergie au moins, à défaut de ton bon sens.

Roxane esquisse un hochement de tête, s'allonge contre son coussin et se pelotonne en ramenant son drap sous le menton.

Je dépose un baiser sur mes doigts, effleure sa joue avec, et quitte la chambre sans faire de bruit.

7

À toi je peux le confier

Quand je n'ai pas de petite copine, je me rase une jambe, comme ça, quand je dors j'ai l'impression d'être avec une femme.

Garry SHANDLING.

EXTRAIT DU JOURNAL INTIME DE GAÉTAN MARCIANO :

Cher Journal,

À toi je peux le confier, le jour de la naissance de mon fils fut un des plus beaux, mais aussi un des plus terribles moments de mon existence. Il y a certains souvenirs que l'on souhaiterait effacer de sa mémoire, tant ils nous brûlent la rétine. Mais on ne peut pas. Alors tant pis. Pour autant, ne souhaitant pas en garder de trace écrite, tu comprendras, mon fidèle confident, que je te taise cet épisode que je voudrais oublier pour toujours. Même si c'est la nature. Bref. J'ai vu tant de sang aujourd'hui, je ne sais pas si je m'en remettrai jamais. Et le bébé était si gluant et si laid quand il est sorti, oh... C'était répugnant. On aurait dit une tortue sans carapace trempée dans une flaque de confiture. Tel que tu me vois mon ami, je viens juste de rentrer à la maison. Je n'ai rien mangé depuis presque vingt-quatre heures, je suis sale, fatigué, j'ai juste envie de me coucher auprès de ma Daphné et de revenir trois mois en arrière dans ses bras, à l'époque où ses hormones la rendaient insatiable. Mais j'ai cru comprendre que ça ne va pas être possible avant… Enfin, ce n'est pas pour tout de suite, tout de suite, quoi. Je me sens super seul dans ce grand appartement vide. Je voudrais bien aller dormir chez mes parents ce soir, mais ils squattent la maternité. Impossible de les faire décoller de la chambre de leur petit-fils. Daphné a prétendu poliment qu'ils ne la dérangeaient pas, mais j'ai bien vu au regard noir qu'elle me lançait qu'elle mentait. Tu te rends compte ? Mes parents ont oublié qu'ils avaient aussi un fils !!

Me voilà seul, abandonné de tous.

8

Cet homme ne comprend rien aux nuances

Le problème avec les femmes, c'est qu'elles ne relèvent jamais la lunette des toilettes.

Simon NYE.

Ce qui est agaçant chez un homme, c'est qu'on peut difficilement faire les boutiques avec.

Déjà, les courses chez Carrefour, il les fait à trois cents à l'heure, agrippé à son chariot comme au volant d'une voiture de course. Alors qu'on a à peine eu le temps de lire la composition de deux ou trois produits, lui a déjà dévalisé les rayons eaux, gels douche, corn flakes, laitages et pâtes.

Lorsque Henri a besoin de nouveaux vêtements, il entre dans un magasin, se prend un jean, un costume, deux chemises, trois caleçons, et hop, c'est terminé. Temps écoulé, passage en caisse compris : dix minutes.

Seul souci (mais de taille) avec sa logique implacable : il attend de moi que je fasse pareil !

Je crois que cet individu a oublié de prendre en compte un ou deux détails non négligeables, tels que :

je suis une femme, et par conséquent je porte rarement des costumes qui ont tous la même tronche (sa seule excentricité : « Chérie, tu préfères les fines rayures blanches ou les fines rayures bleues sur ces vestes noires ? »).

Ai-je précisé que cet homme ne comprend rien aux nuances ? Il reste perplexe devant des mots comme « mordoré », « translucide », « irisé » ou « nacré ». Avec lui, il faut se contenter de parler de teintes primaires, rouge, bleu, jaune, au sens strict du terme. C'est-à-dire qu'une cravate n'est jamais vermillon, safran, lie-de-vin, écarlate, pourpre ou rubis. Pour lui, elle est juste ROUGE. Un vendeur lui proposerait-il une chemise lilas alors qu'il en avait demandé une bleue, il me regarderait pour que je lui traduise les propos de cet individu étrange qui n'a d'autre but dans la vie que de lui faire perdre son temps.

Je n'évoque même pas l'existence de textiles autres que le coton ou la soie, c'est inutile (oui parce que la différence entre une confortable chemise de nuit en coton et une réfrigérante nuisette en soie, ça par contre, il connaît…).

Est-ce que j'essaye de lui apprendre ? Même pas. À quoi bon perdre mon temps à enseigner l'art du goût à un être qui a été formaté pour jouer aux trains électriques ? Je préfère aller faire du shopping avec mes copines.

Parfois j'y vais avec ma mère, mais c'est plus compliqué.

Nos excursions, lorsque je veux acheter quelque chose, ressemblent généralement à des séances d'engueulade devant tout le monde.

– Mais où tu vas maman, laisse-moi payer mes courses…

– Non, non, laisse, c'est moi. La prochaine fois, tu te débrouilles !

– Mais non, maman, pousse-toi de devant la caisse !

– Mais non, enfin, voyons, je suis ta mère, laisse-moi payer, juste cette fois-ci !

– Mais maman, c'est gentil mais je ne veux pas, tu comprends ???

– Ah ! Tu ne vas pas m'énerver ou je ne sors plus avec toi !!!

– MAIS-EUH !

– Tenez madame. (Elle tend son billet à la caissière.)

– …

– …

– Bon, merci m'man.

– De rien ma chérie (sourire triomphant).

Résumé autrement, j'ai le choix entre passer pour une ingrate aux yeux de la caissière, ou me sentir piteuse de me faire entretenir par ma mère comme si j'avais cinq ans.

Non, vraiment, je crois que je préfère sortir avec mes copines.

Margot et Héloïse sont dans leur chambre.

J'entends Margot parler toute seule :

– Ça, ça se croise… Ça, ça se croise… Ça, ça se croise…

Je crie, depuis le salon :

– Qu'est-ce que tu fais mon bébé ?

Elle me répond :

– Rien, je fais des mots croisés.

Ah bon ? À peine en CP et elle a déjà appris à faire ça ? Ma fille est un génie ! Je cours la voir, et la trouve en train de tracer de grandes diagonales qui se coupent sur la grille de mots croisés du journal télé.

– Allez, venez les nioutes. Il est temps de s'habiller.

La voix de ma grande résonne dans mon dos :

– Chef oui chef !

C'est-à-dire qu'il faut partir tôt. Ce matin, on va faire les boutiques en emmenant nos petits poulets. Enfin, quand je dis « les boutiques », c'est un bien grand mot. Disons qu'on se fait un grand magasin qui a un peu de chaque boutique dedans, histoire d'aller plus vite.

On y trimballe mon Héloïse et ma Margot, le minuscule Gontran de Daphné, et puis Cerise et Bérengère, les deux dernières créations de Roxane. (Les trois premiers modèles étant à l'école. Béni soit Charlemagne. S'il n'avait pas eu cette idée folle, ce sont les mères qui le seraient devenues.)

Avec tout ce petit peuple à surveiller, mieux vaut ne pas tarder à partir, pour éviter de se retrouver coincés dans les embouteillages de gens.

À peine sommes-nous arrivés, avons-nous échangé les bises réglementaires, que déjà les fous rires commencent. Daphné semble s'être fait pipi dessus… par les seins. Et elle ne s'en est pas encore rendu compte.

Poussant Gontran dans un engin sans doute conçu par un ingénieur de la Nasa tant il est compliqué à replier, Daphné se perd dans la contemplation d'un étalage de bijoux psychédéliques en authentique toc.

Je décide d'être moins cruelle que Roxane, et de l'avertir.

– Psss… Daphné.

– Hum… ? Quoi ?

– Tu fuis.

– Hein ?

– Tes briques de lait… ça coule.

– Quelles briques de… oh. Ah ? OOHHH.

Elle referme vite sa veste sur son chemisier partiellement trempé, et toute notre petite troupe l'accompagne, tel un seul homme, aux toilettes. Il faut donc faire dévier la caravane. La double poussette de Roxane, contenant ses jumelles de deux ans, suit l'engin à roulettes de Daphné. Objectif : arrêt pipi général, cinq minutes à peine après être arrivés. Histoire de ne pas être freinées par les piaillements de notre couvée durant l'heure de shopping que nous espérons pouvoir, avec un peu de chance, nous accorder.

Ensuite, direction l'étage des maillots de bain.

Tous les plus de un mètre quarante ici présents ont besoin d'un nouveau maillot. Roxane et Daphné parce qu'elles ont changé de physionomie poitrinaire, moi parce que mes maillots datent du paléolithique.

Notre technique est simple mais ingénieuse : il faut beaucoup chercher, avant de repérer le bon. La prise en compte des facteurs indispensables à l'adéquation entre la coupe du vêtement et notre morphologie représente à elle seule une étude de marché.

Pas de soutien-gorge triangle si la poitrine est volumineuse, même si ça fait super joli sur les autres et qu'on est certaine d'en avoir déjà porté par le passé.

C'est vrai qu'on en avait un, mais on avait treize ans et un insolent 85 A qui pointait.

Pas de haut ampliforme si on veut faire autre chose que crâner au bord de la piscine, comme nager, par exemple. La mousse se remplit d'eau et on coule, entraînée par son torse.

Pas de haut bandeau si on a les seins qui tombent, sous peine de les retrouver écrasés sur son nombril après trois sautillements.

Quant aux culottes… Entre le slip brésilien qui exige des cuisses fuselées de grenouille sous peine d'être grotesque, le minislip qu'on a l'air d'avoir piqué à sa fille de neuf ans, ou la culotte *shorty* qui nous fait des jambes de nain de jardin…

Il ne reste qu'une seule option : le une-pièce.

Bon, il faut aimer le style bicolore, avec figure hâlée et tronc blanc. Mais dans la mesure où on n'avait pas l'intention de quitter son paréo quel que soit le maillot déniché, ça ne change pas grand-chose.

Ça tombe bien, je viens justement d'en trouver un qui comprime le ventre, redresse le dos, sculpte les fesses et fait pigeonner les seins. Certes, il est deux tailles trop petit, mais comme je compte accentuer mon régime d'ici aux vacances, ce n'est pas un problème.

Les nioutes, farfouillant parmi les portants, continuent de me montrer les maillots qui leur plaisent et qu'elles me verraient bien acheter. Tous sont hachurés, fluos ou avec des têtes de pirate dessus. Je leur explique que ce n'est pas trop le style de maman, puis rentre dans une cabine essayer mon sublime maillot noir uni.

Manifestement, je suis la dernière à avoir trouvé le

maillot de mes rêves. Dans les cabines d'à côté, Roxane et Daphné sont déjà en plein casting de bikinis. Les minus sont tous regroupés autour de nous, ce qui nous complique un peu la tâche, dans la mesure où il faut d'une main tenir le vêtement qu'on enfile, et de l'autre le rideau qui menace de s'écarter à chacun de leur chahut.

J'ai à peine eu le temps de retirer ma veste que Daphné, arborant un haut de maillot qui dissimule mal les reliefs de ses coussinets d'allaitement, fait irruption dans mon mètre carré.

– T'as vu ?! Je fais péter mon soutif rien qu'avec les montées de lait ! Il suffirait que je me cambre pour étouffer mon interlocuteur entre mes nichons !

Je tente de la calmer un peu :

– Profite, ma fille, profite… Plus dure sera la chute quand ils seront vidés…

Mais rien n'y fait, Daphné ne m'écoute pas, exultant de fierté devant (ou plutôt derrière) ses monstrueux roploplos gorgés de lait. Elle retourne dans sa cabine en fredonnant « boys, boys, boys… ». Je souris, et continue de me déshabiller.

Soudain, un tonitruant « Hé ! » retentit dans l'espace clos de Roxane.

Héloïse et Margot sursautent tandis que je passe la tête à travers le rideau pour voir de quoi il retourne. En fait, une vendeuse s'est permis d'ouvrir le rideau de sa cabine, dévoilant une Roxane qui n'a pas assez de ses deux bras pour tenter de contenir ce qui lui reste de dignité.

Alors qu'elle s'apprête à pousser une gueulante, la vendeuse la prend de vitesse en s'extasiant sur la forme parfaite de ses cuisses qui met si sublimement le maillot qu'elle porte en valeur.

– C'est in-cro-yâââble ! On dirait qu'il a été dessi-né pour vous !!

Touchée, Roxane se calme net et commence à se scruter devant la glace. Elle louche par-dessus son épaule, cherchant à apercevoir son postérieur, en murmurant un « Hum ?… Vous croyez ?… » déjà convaincu.

Je me ratatine au fond de ma cabine, espérant, en me collant ainsi au mur, que la vendeuse ne remarquera pas ma présence. Mais c'est sans compter celle de mes filles, qui s'ennuient et sortent s'amuser bruyamment avec les jumelles de Roxane.

Plus de temps à perdre. Si cette vendeuse pose la main sur une fibre du rideau de cette cabine, je lui épile les sourcils d'un coup sec avec l'adhésif protège-slip de mon maillot. Vite, je gigote frénétiquement pour m'extraire de mon une-pièce étriqué et plonger dans le voluptueux cocon de mon jean protecteur.

La vendeuse entrouvre ma cabine.

Trop taaaaard !

Je suis en train d'enfiler ma veste avec un sourire réjoui.

Ce n'est pas encore aujourd'hui qu'on pourra discuter publiquement de l'habillage de mes fesses, morue.

Une fois prêtes et notre troupeau de brebis regroupé au son de nos sifflements, direction l'étage du dessus, essayer des vêtements à nos nouvelles tailles (à ma future taille, en ce qui me concerne).

Nous grimpons sur l'escalator avec moult acrobaties pour faire tenir les poussettes.

Tandis que nous nous élevons, la fille qui est juste devant moi souffle à sa copine, en lui désignant son propre dos :

– Dis, tu peux regarder deux secondes si je ne suis pas tachée ? J'ai un string…

Je rêve. La fille porte une jupe blanche moulante avec un string malgré ses ragnagnas. Déjà, une jupe blanche à cette période de son cycle, faut avoir confiance en la vie. Mais… un string ? Elle veut exciter qui avec ça ? Un vampire ? Dommage que Roxane ne l'ait pas entendue, trop occupée à tenir les poignées de sa poussette double en équilibre, tandis que j'en supporte l'autre extrémité pour l'aider. Elle aurait bien rigolé. Remarque non, elle ne se moque plus des filles qui portent des strings depuis qu'elle parvient à nouveau à en mettre. Cette garce.

Arrivé dans le rayon « jolis habits », une dispute éclate entre mes filles. Je tente d'apaiser tout le monde à coups de « chuut », « mais calmez-vous, un peu », « c'est fini, oui ? », sans succès.

Héloïse (en criant). – Mais maman, c'est elle qui a commencé elle a même pas voulu que je touche la main de Gontran alors que c'est elle qui joue avec lui sans arrêt…

Margot (criant en même temps). – C'est même pas vrai c'est une sale menteuse c'est elle qui m'a même pas laissé toucher la main de Gontran alors que je voulais juste la caresser et d'abord…

Héloïse (les larmes aux yeux). – … Et pourquoi elle

dit que je suis une menteuse d'abord c'est même pas vrai et puis elle m'a donné son image Pokemon tout à l'heure et elle me l'a repris c'est une preuve que c'est elle la menteuse puisque donner c'est donner reprendre c'est voler…

Margot (fondant en larmes, pour surenchérir sur sa sœur). – Hiiinn je lui ai même pas donné mon image Pokemon je lui ai prêtée et elle veut pas me la reeendreee…

Je tiens mes filles par la main en parcourant les allées remplies de vêtements. Chacune utilise une de mes oreilles comme micro. Je sens mon cerveau se scinder en deux hémisphères bien distincts qui tentent d'assimiler cette stéréo dissonante. Impossible de les écouter en même temps ni même de comprendre ce qu'elles veulent, à part me rendre cinglée. Il ne me reste plus qu'une seule chose à faire : m'exprimer bruyamment à mon tour.

– STOOOP !! J'en peux plus, stop, chut, je ne veux plus rien entendre, taisez-vous.

Elles arrêtent net de pleurer, s'attendant à ce que l'autre subisse enfin la juste punition qu'elle mérite.

– Bon, pour Gontran, maintenant, il dort, alors le problème est réglé, personne ne lui caresse la main. Et pour cette carte Pokemon… Montre-la-moi.

Héloïse sort la carte de sa poche et me la tend. Je me penche, et regarde Margot droit dans les yeux.

– Est-ce que tu la lui as donnée, ou bien prêtée ?

Margot se renfrogne, et lâche un « je sais plus » de mauvaise foi. J'insiste. Elle finit par admettre que oui, elle la lui avait donnée, mais uniquement pour qu'elle joue avec à la maison. Je lui explique que ce n'est pas comme ça que ça marche, que donner c'est donner reprendre c'est voler, puis j'exige qu'elle demande pardon à sa grande sœur. Avec le fort tempérament qui la caractérise, Margot croise les bras et crache :

– Bon, je te pardonne ! Ça te va comme ça ? ALLEZ, JE T'EXCUSE !

Héloïse et moi nous regardons en gloussant. Margot n'arrive jamais à prononcer ses phrases de repentir dans le bon sens. Mais bon, elle est sincère, c'est déjà ça.

D'ailleurs ça y est, elles sont à nouveau copines. Je les vois s'échanger de ces infâmes bonbons acides dont elles raffolent (j'ai essayé d'en goûter un, une fois : ma langue a commencé à se dissoudre). D'un même élan, elles ont entamé une phrase en disant « Maman… » en cœur. Héloïse lance un tonitruant « Schweppes double canette !! », qui signifie, si j'ai bien compris les règles de leur langage de microbes, que puisqu'elles ont prononcé le même mot au même moment, elles doivent se taire et la première qui reparle a un gage. Béatitude pour mes oreilles que cette trêve sonore que l'on m'accorde.

Quinze minutes plus tard, c'est au tour de Daphné de piquer une crise.

– Y a pas ma taille !!

Fini la fanfaronnade avec ses gros lolos, la belle doit faire face aux dures réalités de la vie : les fringues pour grosses, dans les magasins traditionnels, ça n'existe pas.

Au-delà de la taille 42, en France, on n'est plus digne de porter des vêtements.

Certaines bonnes âmes de la confection vont jusqu'au 44, et encore, à peine quelques pièces en série limitée et juste pendant l'été, quand les 42 s'habillent large avec la chaleur.

Cette injustice vient cruellement de sauter au visage de Daphné, et de s'y agripper en lui faisant mal au pif. Soit elle reperd tous ses kilos et retrouve son poids d'avant grossesse dans les plus brefs délais, soit elle est condamnée à la robe de bure monacale ou au boubou africain.

Inutile de prolonger la torture plus longtemps, même si Roxane se pavane dans une petite jupe hypersexy qu'elle vient de dénicher, qui met en valeur ses courbes toutes neuves.

Mieux vaut quitter ce rayon, ou bien Daphné, rageuse, va faire tourner son lait.

Nous faisons la queue avec Roxane qui attend pour payer sa jupe, et qui essaye de remonter le moral de l'infortunée crémière.

Roxane. – Tu sais, Nicolas n'a pas eu la réaction que j'imaginais, après mes opérations…

Moi. – Normal qu'il ait été surpris, tu étais tellement couverte de bleus qu'on aurait dit un Schtroumpf.

Roxane. – Ce que je veux dire, c'est qu'il a été déçu. Il… Il m'a avoué qu'il me préférait avant.

Moi. – Avant ? Tu veux dire du temps de ta splendeur, quand tu défilais ?

Roxane. – Non, non, après les enfants. Mince je suis sublime, d'après lui, et il n'est pas le seul à le penser ! Mais dodue je serais, semble-t-il, plus excitante…

En gros (si je puis dire), il lui a caricaturé le milieu de la mode.

Tu as des seins : quel boudin. Tu as des hanches : faut qu'ça change. Tu as un léger renflement abdominal qu'on devine sous ta jupe taille 36 : cent cinquante abdos par jour, ou retourne bosser derrière ton guichet.

Son mari prétend qu'il faudrait expliquer aux ados qui s'acharnent à maigrir que les femmes qui font fantasmer les hommes ornent les pages des magazines sexy de leurs courbes opulentes. Ce n'est pas un raciste antimaigres, lui qui préfère mille fois la silhouette gracieuse d'une Audrey Hepburn à celle d'une nana qui aurait la forme d'un Barbapapa. C'est juste un homme qui suggère que l'on permette à chacune de se sentir belle avec sa morphologie, pas avec celle d'une photo retouchée qu'on lui impose comme modèle obligatoire.

Daphné. – Hum… Ça se tient. Et pourquoi tu t'es fait liposucer de partout, alors ?

Roxane réfléchit.

– Parce que je ne me sentais pas bien. L'impression de ne plus reconnaître mon corps après toutes ces grossesses. L'envie de séduire, aussi… Et puis si mon mari m'avait parlé comme ça avant, peut-être que je ne l'aurais pas fait…

Moi (dubitative). – Mouais. L'espace d'un instant, tu as presque failli me convaincre. Et puis finalement, non. Reprends tes kilos et ensuite on verra, félonne.

Roxane fait une moue de grand stratège de la communication, admettant implicitement que bien sûr elle l'aurait fait quand même.

Daphné me donne un petit coup de coude accompagné d'un signe de tête, pour attirer mon attention sur la scène qui se déroule sous nos yeux. Amusée, je presse le bras de Roxane pour qu'elle regarde aussi (ça s'appelle du morse tactile).

Devant nous, une fille semble avoir « oublié » son porte-monnaie, son chéquier et sa carte de crédit chez elle (le sac qui orne son épaule n'est probablement rempli que de sardines à l'huile ou de tomates en grappes : on est si distraite, parfois, en rangeant ses affaires…).

L'homme qui se tient à ses côtés et qui semble être son petit ami propose de lui prêter de l'argent, pour la dépanner. Elle fait mine de ne pas entendre, et se mord l'index replié en cherchant une solution. Alors son copain lui demande pour la forme, absolument pas motivé, si elle veut qu'il lui offre sa paire de bottes en cuir.

Cette fois la fille entend bien, se suspend au cou de son mec et sautille :

– C'est vrai ?! tu me les offres ?! Ooooooh… Merci merci merciiii !!

Le regard que nous nous lançons toutes les trois est une étincelle risquant à tout moment de faire exploser le rire que nous retenons difficilement. Puis Roxane lâche :

– Incroyable, nous venons d'assister à un braquage en direct…

La fille ne nous calcule pas, trop occupée à suivre des yeux la carte de crédit que son ami tend, d'un geste résigné, à la caissière.

Une petite halte au rayon parfumerie s'impose. Histoire de nous pschitter les poignets des nouvelles fragrances printemps-été que nous n'achèterons pas, fidèles à celles que nous mettons depuis des années.

Pour éviter que les cous des petites n'exhalent un mélange de quatre-vingt-dix senteurs différentes, je leur propose de pulvériser les parfums directement sur les papiers mis à notre disposition dans un minivase. Une vendeuse au look excessivement sophistiqué nous a repérées et s'avance dans notre direction, mi-affable, mi-stressée par le bordel qu'elle imagine que les enfants vont mettre. D'autant que les poussettes commencent à créer des bouchons dans les allées trop étroites du rayon. À son mielleux-venimeux « Puis-je vous aider ? », Roxane rétorque :

– Moi non, mais il y a des dizaines de nécessiteux, là dehors, qui seraient ravis d'une telle proposition.

La vendeuse cligne des yeux quelques secondes sans comprendre, puis fait comme si elle n'avait pas entendu et fond sur une autre proie plus malléable qui passait près d'elle. Pauvre vendeuse. Ça doit être ennuyeux pour elle de demander ça toute la journée, et ensuite de rentrer seule dans son petit appartement parisien.

Oui, je sais qu'elle vit seule, car ses sandales sont ouvertes devant et j'ai vu qu'elle avait une *french* manucure des orteils.

La *french* manucure des orteils, c'est le signe distinctif des filles célibataires. C'est vrai, quel mec accepterait de dormir auprès d'une nana aux ongles de pied si longs qu'ils vont lui labourer les mollets toute la nuit ?

Ce truc-là, c'est typiquement une invention des esthéticiennes pour rentabiliser leurs instituts de beauté. « Dis donc, Ginette, qu'est-ce qu'on pourrait *french* manucurer, à part les doigts ? Hé ! Et si on faisait aussi les orteils ? Mais non, ça ne fait pas pied simiesque… Et puis au pire, elles n'auront qu'à planquer ça sous une paire de chaussettes, hein, on s'en fout. Bon, et puis quoi d'autre encore ? Hein ? Les dents ? Tu voudrais qu'on lance la *french* manucure des dents ? Pas maaaaaal… De toute façon, il suffit qu'une cliente le fasse pour que les autres trouvent ça tendance, alors… Allez, viens par ici, cobaye, et retrousse bien tes babines… »

M'approchant d'un présentoir, je repère Hypnôse, contenu dans un joli flacon.

Après en avoir pschitté un coup sur une languette, je renifle…

– Huuum, ça sent bon !

Je tends le papier à Margot qui renifle et qui trouve que ça sent bon aussi. Quelques mètres plus loin, je craque sur Promesse… Un coup de pschitt :

– Regarde Héloïse, ça sent la rose !

Héloïse me tend en retour une languette qu'elle a pschittée, et me dit :

– Regarde, celui là aussi sent super bon !

– Ah oui, tu as raison ! C'est quoi le nom ?

Ma fille regarde le flacon, lit l'étiquette et me répond :

– C'est Testeur.

Le bébé de Daphné râle, importuné par toutes ces odeurs dont aucune ne s'apparente à celle d'un bon milk-shake à la maman. Aussi ne tardons-nous pas à toutes quitter les lieux (solidarité féminine oblige).

En sortant du grand magasin, je me prends la porte vitrée en pleine tronche.

Les nioutes, en plein débat existentiel visant à savoir qui est le plus petit, de la miette ou de la goutte d'eau, m'ont carrément oubliée. Je les engueule en frottant mon nez endolori :

– Eh ! surtout ne me tenez pas la porte, hein ! Vous risqueriez de me tenir la porte !

Retour à la maison après une dure journée de shopping.

Je lâche mes sacs dans l'entrée, vannée. Comme d'habitude, je ne me suis encore rien acheté. Sur le chemin du retour par contre, j'ai fait une halte chez Du Pareil Au Même pour les dévaliser en vêtements d'enfants. Et puis un saut au Monoprix où j'ai acheté des fromages qui schlinguent pour Henri, qui adore ça.

D'ailleurs, à peine est-il rentré du bureau que je lui saute dessus.

Tout en l'aidant à retirer sa veste, je me mets à lui raconter ma journée en une longue phrase ininterrompue de dix minutes, sans omettre aucun détail. Puis, après le résumé, j'attaque les commentaires des situations vécues, façon « bonus DVD ». Lorsque enfin j'arrive en rupture de stock de salive, je lui demande de me raconter sa journée à lui.

– Bof, rien de spécial…

Il ouvre le frigo, découvre les fromages qui puent et retrouve le sourire.

J'insiste. Ce n'est pas un résumé de journée, ça. C'est à peine le compte rendu d'une première heure de sommeil.

Il râle :

– Pfffff... j'ai passé une sale journée au boulot, je voudrais bien l'oublier à tes côtés... Je n'ai pas envie de la revivre une seconde fois en te la racontant.

Et voilà, c'est ça les mecs. Je n'en saurai pas plus.

D'autant que du coup, il est parti manger son assiette de fromages dans notre chambre. Et ça va sentir les pieds. Surtout qu'il y a du maroilles dans ma sélection. Ce fromage, c'est bien simple : imaginez un pauvre hère qui ne s'est pas lavé depuis disons trois mois. Imaginez que ce type, pendant ces trois mois, se soit amusé à porter des bottes en caoutchouc, sans chaussettes, par quarante degrés à l'ombre. Imaginez maintenant que ses pieds soient, en plus, fortement humides, et qu'à l'intérieur du plastique, ça macère. Eh bien le jour où le gars retire ses bottes, vous obtenez très exactement l'odeur du maroilles.

Notez que je n'ai pas fait l'expérience d'aller sniffer les pieds de qui que ce soit portant des bottes en caoutchouc pour étayer ma démonstration, hein. J'ai dû supporter assez d'odeurs de pieds dans ma vie comme ça, merci bien. Et non, il ne s'agit pas d'une allusion déguisée à mon frère Jonathan. Car en vérité, pour avoir partagé sa chambre durant toute notre adolescence, je peux vous certifier que le frérot a les pieds les moins odorants du monde. Parfaitement. Ou alors, si vraiment on se penche dessus et qu'on force un peu sur ses narines, on peut percevoir un léger fumet d'épices, de miel et de mimosa, tout à fait délectable. Un véritable enchantement pour les amatrices (dont je ne fais pas partie, heureusement).

Il est bien entendu que le frangin, lorsqu'il lira ces

lignes, n'omettra pas de libeller un chèque à l'ordre de Déborah Assouline, dont le montant sera pourvu d'un nombre quelconque du moment qu'il est à quatre chiffres et qu'il ne commence pas par un zéro. Merci d'avance.

En attendant, il faut vite que je trouve un moyen de détourner l'attention d'Henri pour rapatrier l'assiette dans la cuisine, ni vu ni connu j't'embrouille.

– Je te fais couler un bain, mon cœur ?

– Hum ? Mouais, merci… (Yes !)

– Avec de la mousse ?

– Oui, d'accord, plein, mais tu ne me mets pas ton truc qui schmecte le désodorisant pour toilettes, là…

Dans la salle de bains, je me penche au-dessus de la baignoire, place la bonde, ouvre le robinet et ajuste la température de l'eau.

– Tu n'y connais rien, petit. Tu préfères que je te mette de mon fluide moussant hydra-relaxant aux huiles essentielles supra-adoucissantes de protéines de fruits ?

– Mets-moi juste des huiles superflues, ça ira.

Je soupire, verse un peu de gel douche, et secoue l'eau avec ma main en levant les yeux au ciel.

9

J'aurais dû m'écouter

Si Dracula ne peut pas voir son reflet dans un miroir, comment se fait-il qu'il soit toujours si impeccablement coiffé ?

Steven WRIGHT.

– Alors, tu trouves ?

Non, Daphné ne trouve pas, on dirait.

Ça doit bien faire un quart d'heure qu'elle est penchée au-dessus de son moteur avec la microscopique lampe de poche accrochée à son porte-clés, à trifouiller dans les fils et à lacérer son chemisier de traces de cambouis.

– Désolée les filles, je crois qu'on va devoir appeler une dépanneuse, et ensuite un taxi.

J'aurais dû m'écouter.

Aaaah, j'aurais trop dû m'écouter.

Ce soir, je n'avais pas envie de sortir. Elles sont gentilles les fofolles, mais rien ne vaut une soirée en quadruple tête à tête avec ses nioutes et son chéri. Le problème c'est que ce week-end, les petites ont été invitées chez leurs grands-parents. Et Henri s'est fait embrigader par ses frères pour une bowling night. À laquelle il a eu la gentillesse de me proposer de participer, au passage. Le choix fut cornélien. C'était soit enfiler des chaussures parfumées aux mycoses pour me faire une hernie à lancer des boules qui atterriront de toute façon dans la gouttière, soit le resto avec les copines impliquant de devoir sortir du canapé où je suis mollement enfoncée. J'ai préféré la glandouille en pyjama, à tresser des scoubidous devant ma télé (c'est frustrant de ne pas savoir tricoter…).

Mais les copines ont insisté, ces glus. Et moi, faible, j'ai cédé.

Et nous voilà, en pleine nuit, sur une route obscure : trois patates penchées au-dessus d'un moteur en nous demandant où c'est cassé.

Là, d'un coup, je réalise combien les calèches manquent au paysage. Les chaises à porteurs aussi, si on va par là. Pas les vélos, hein. Quelle aberration de faire du vélo en ville ! Cette mode qui consiste à pédaler dans Paris, cheveux au vent, en slalomant allègrement entre les bus et les camions les bronches pleines à ras bord de gaz d'échappement, est d'une inconsciente dangerosité. Ou alors, il faudrait trouver un moyen de protéger sa tête, ses fesses, et de limiter le shoot à pleins poumons de substances toxiques. Ce moyen existe, il s'appelle une voiture.

Lesquelles ne marchent pas toujours. La preuve.

Atterrissage chez Daphné, ma susceptible camarade qui n'a pas trop apprécié que le type de la dépanneuse lui demande pourquoi elle préférait payer un remorquage, plutôt que d'aller chercher de l'essence deux cents mètres plus loin. Sans se démonter, elle lui a sorti son couplet sur ces sales machos qui se croyaient supérieurs aux femmes au volant mais qui, face à un bébé braillard, étaient incapables de changer une couche. Le type, estimant précisément qu'elle en tenait une, est reparti en maugréant et nous a laissé pousser la voiture toutes seules.

Une fois la bagnole remplie d'essence, nous préférons finir la soirée chez notre conductrice. On ne va tout de même pas se pointer au restaurant dans nos vêtements froissés et pleins de poussière…

Deux heures plus tard, me voilà affalée sur le canapé en velours beige de Daphné, sirotant un verre de vin en regardant la télé d'un œil morne. La maîtresse des lieux, assise à côté de moi, est penchée au-dessus d'un miroir de poche ouvert sur la table basse. De ses deux index, elle presse doucement ses globes oculaires pour faire gicler ses lentilles. Une fois l'opération effectuée, elle cligne des yeux, soulagée, et chausse ses lunettes de vue à monture noire.

Roxane s'amuse d'une idée qui vient de lui traverser l'esprit :

– Il va souvent les voir, ses parents, Gaétan ?

Daphné referme le boîtier de ses verres de contact :

– D'habitude non, sauf depuis qu'on a le bébé. Avec eux, ça frôle la garde alternée.

– Comment tu fais pour lui laisser le petit, tu as arrêté l'allaitement ? je demande, logique.

– Non, je me trais avec un tire-lait ! Après je congèle les biberons et hop, je suis tranquille pour plusieurs heures. Et toi, Henri ?

– Bah, moi je ne l'allaite plus… Il me faisait des crevasses…

– Tu l'as renvoyé chez sa nourrice ?

– Non, il joue dans son parc ce soir, avec ses boules de cinq kilos… (Je bois une gorgée de vin.) Et ton mari, Roxane ?

– En déplacement pour quelques jours. (Elle retire ses talons et se masse les pieds en soupirant d'aise.)

Daphné. – Seul, ou… ?

Roxane. – Comment ça, « seul, ou » ?

Daphné (embarrassée). – Non, non, rien, rien.

Roxane (intriguée). – Mais parle. Tu crois quoi, qu'il me trompe, c'est ça ?

Daphné (embarrassée). – Moi j'ai dit ça ? Ah non, ce n'est pas ce que j'ai dit, ou alors je l'ai mal dit… Hein, ce n'est pas ce que j'ai voulu dire, Déborah ?

Moi (qui n'en ai aucune idée). – Si tu le dis.

Roxane se met à triturer nerveusement un petit fil sur la manche de son pull en cachemire, les sourcils froncés mais le front totalement lisse à cause de ses injections de Botox. (Ça y est, elle a franchi le pas : elle est piquée.)

– Décidément, aux yeux de tout le monde, n'importe qui est capable d'avoir une aventure sauf moi, c'est ça ?

– Pff… mais non, le prends pas comme ça ma poulette, tu fais tout un drame de pas grand-chose, tempère Daphné, qui s'enfonce.

– Bien, lâche Roxane, cinglante. Je vois. Très bien.

Daphné se lève et va s'asseoir à la table du salon en se grattant la nuque, mal à l'aise, tandis que je tente de blaguer avec Roxane sur le ton d'un « mais qu'elle est bête, cette Daphné » de connivence. La gaffeuse pose son verre de jus de fruits à peine entamé puis, comme si elle se rappelait quelque chose, se relève d'un bond et ouvre les portes d'une petite commode juste à côté d'elle. Lorsqu'elle se retourne, elle tient dans ses mains un coffret de chocolats fourrés à la pâte d'amande, qu'elle pose à côté de son verre. Elle ouvre la boîte, saisit une bouchée et la dirige vers ses lèvres.

Muettes, Roxane et moi la regardons avec sur nos fronts inscrit en lettres fluos « et ton régime ? ». Elle répond à voix haute :

– J'allaite. Je peux.

Dégustant sa bouchée fondante en parodiant des grimaces d'extase, elle nous invite d'un geste impératif à venir la rejoindre. Sans traîner des pieds, nous venons à sa table et piochons avec gourmandise dans la boîte qu'elle nous tend, en souvenir de nos vieux allaitements à nous aussi.

Moi (la bouche pleine). – 'É two two booon…

Roxane (qui respire voluptueusement le parfum du chocolat avant de l'engloutir d'un coup sec). – Je vous ai dit que j'étais sortie une fois avec… huum (elle manque de s'étouffer)… Comment il s'appelle, le type qui jouait dans cette série sur les malades… Enfin, vous savez. George…

Daphné. – Clooney ?!

Roxane (qui déglutit). – Ouais, c'est ça. C'est lui.

On s'arrête net de mâcher.

Je donne une petite tape sur mon poignet (ma main droite tenant un chocolat) en guise d'applaudissement admiratif. Roxane lance un regard débordant de suffisance à Daphné, qui cette fois comprend et accentue sa mimique éblouie.

– Je suis certaine que s'il avait ton nouveau numéro de téléphone et qu'il était de passage à Paris, il te supplierait de sortir à nouveau avec lui, dis-je, exaltée. (J'en fais pas trop, là ?)

Daphné lance alors :

– Eh, j'ai une idée ! avant de se lever et de se ruer dans le couloir.

Je trépigne :

– Ah non ! Tu ne vas pas encore nous sortir tes vieux trente-trois tours de Marie-Paule Belle ou d'Annie Cordy…

– Non, j'ai mieux ! crie-t-elle de là où elle est.

Elle revient avec un sac contenant une flopée de bâtonnets d'encens et un stock de courtes bougies jaune pâle. Les bâtonnets, une fois allumés et disposés sur la table du salon, ne tardent pas à exhaler de longues fumées opalines.

Tandis que Roxane et moi continuons de glorifier nos canaux galactophores à grands coups de bouchées euphorisantes, Daphné dispose ses bougies parfumées un peu partout dans la pièce. Puis elle vire le vase et le téléphone qui trônaient sur un petit guéridon, les pose par terre, et tire le meuble qu'elle place quasiment au centre du salon.

Elle interrompt notre léchage de doigts en nous faisant signe d'approcher nos chaises du guéridon. On s'exécute sans comprendre, tandis qu'elle éteint la lumière.

L'atmosphère devient immédiatement mystérieuse. Limite angoissante, même.

Moi. – Tu sais, si tu ressens le besoin de faire un petit dodo, on peut partir et tu vas te coucher directement…

Daphné (contente). – Les filles, rien de tel qu'une petite séance de spiritisme pour trouver la réponse à toutes nos questions !

Je me lève d'un bond, pas rassurée :

– Hein ? Ah non, ah non non, ah désolée, mais non.

Roxane (excitée). – Mais oui, c'est sympa comme idée ! Pourquoi « non » ?

Moi. – Je ne peux pas faire ça, c'est… heu… interdit par ma religion.

Roxane me tire par la main pour me faire rasseoir :

– Quoi, ta religion t'interdit d'être une flippette ? Allez, viiieeens…

À contrecœur, je me replace derrière la petite table, non sans les traiter de sales gosses qui vont mettre le feu aux rideaux avec leurs gamineries. J'embraye sur un ultime « si c'est pas malheureux de jouer à des âneries pareilles alors que je vais bientôt avoir quarante ans » (dans sept ans), qui ne les fait pas changer d'avis. Comme elles me pressent d'un « Ooohh alleeez » laissant supposer que je ruine l'ambiance, de mauvaise grâce, avec un soupir, j'accepte de suivre les instructions de Daphné.

Comme elles, je place mes mains grandes ouvertes de sorte que les paumes effleurent le bois de la table devant moi. Puis je ferme les yeux, tout en me flagellant de ne pas être allée enchaîner les strikes et mettre la pâtée à Henri devant un public déchaîné qui aurait scandé mon nom au fil de mes victoires. Pff, non, je ne peux jamais gagner avec lui, de toute façon. Dès que je prends mon élan pour lancer une boule, il se colle à mon dos et me susurre à l'oreille le prénom d'une de ses ex. Et je lance à côté. Ça marche à chaque fois.

Je ne suis qu'une faible femme.

Daphné (concentrée, parle d'une voix profonde). – Eeeeesprit, es-tu làààà ?

Moi (ouvrant les yeux, paniquée). – Quoi esprit ? Quel esprit ? Précise, ho ! N'invite pas n'importe qui !

Daphné. – Rhooo… d'accord. Fais péter le bottin des Pages blanches de l'au-delà.

Roxane. – Ma tante avait des capacités de médium, à ce qu'il paraît. Et si on la contactait ?

Daphné. – Super ! Elle est morte depuis longtemps ?

Roxane. – Ah non, elle n'est pas morte, elle est juste très vieille.

Daphné. – T'as entendu parler du téléphone, bourrique ?

Roxane. – Mais elle est sourde ! Elle n'entend plus rien !

Moi. – J'ai une idée ! Et si tu contactais un gentil vieux inoffensif… je ne sais pas, moi, Merlin ou le magicien d'Oz…

Daphné. – Ou le Père Noël. Bon, fermez votre bouche, fermez vos yeux, ouvrez vos chakras et on y va.

Nous replaçons nos mains en position.

– Eeeesprit… hem… gentil, es-tu làààà ?

Le guéridon se met à chanceler légèrement.

Moi (paniquée). – C'était quoi, ça ?! C'était quoi, ça ?!

Daphné (chuchotant, les yeux toujours fermés). – Chuut, c'est sûrement Léonard de Vinci qui vient de se manifester. Je le connais bien. Nous avons déjà établi par le passé une connexion psychique.

Moi. – Tu te fous de ma gueule ?

Daphné (les yeux toujours fermés, à voix basse). – Non, non, je t'assure, il vient souvent me voir. Tiens, regarde (avec une voix gutturale) : Eeeeesprit, es-tu Léonard, mon ami ?

Tandis que nos mains l'effleurent, tout doucement, la table se met à trembler.

Roxane (excitée). – Eh, mais ça marche, ton histoire !! Tiens, et si tu essayais de contacter… heu… Elvis ?

Daphné. – Non, trop demandé. Il ne répond jamais.

Roxane. – Alors heu… attends, je cherche un beau mec… heuu…

Daphné. – Sans vouloir te décevoir, dans l'état où ils sont, ça n'a plus vraiment d'importance…

Je me lève en brandissant triomphalement une pièce de deux euros.

Moi. – Ah-aaaah !!

Daphné. – *Damned*. Je suis faite.

Irradiant de fierté et un sourire jusqu'au nombril, je m'accroupis près de la table branlante et glisse la pièce sous un des pieds légèrement trop courts. Puis je tente de faire bouger le meuble, qui reste désormais parfaitement immobile.

Moi. – Alors là, ma grosse, si tu croyais pouvoir piéger une lectrice assidue de Conan Doyle, tu t'es fourré le doigt dans l'œil gauche jusqu'à l'intestin grêle.

Daphné. – OK, je constate en effet que tu as retenu

un ou deux trucs du manuel des Castors Juniors. Et alors les rêves, tu y crois, aux rêves ?

Roxane. – Moi j'y crois.

Daphné. – Aux rêves ?

Roxane. – Non, à ça, là… au spiritisme. À la réincarnation, aux esprits, aux sorcières, tout ça.

Daphné. – Aux sorcières, j'y crois aussi. J'en ai d'ailleurs longuement fréquenté une, à la maternité. Quand tu veux je t'organise une rencontre.

Roxane réajuste sa chaise et se remet en position. Tête penchée, elle nous fait ses grands yeux de cocker pleins de mascara :

– Allez… venez. S'il vous plaît. L'idée m'amuse beaucoup.

Daphné et moi nous lançons un coup d'œil qui signifie « la pauvre, elle n'arrive même pas à tromper son mari malgré tout le mal qu'elle se donne », et nous asseyons avec un petit sourire compatissant dans sa direction.

Daphné. – Très bien. Plus de blagues, maintenant.

Moi. – OK, je suis prête.

Roxane. – Moi aussi.

L'ambiance ressemble de façon saisissante à celle qui précède de quelques secondes le décollage d'une fusée spatiale. Même si, intellectuellement parlant, nous sommes déjà en orbite.

Daphné (avec une grosse voix qu'elle pense impressionnante). – Eeeesprit, es-tu lààà ? (Silence.) Si tu es lààà, tape un coup.

Le silence se prolonge.

Roxane émet un bruit de gorge ressemblant à un gloussement retenu.

Quant à moi, je peine à maîtriser les muscles de mon visage qui vibrent et menacent de fondre en un tonitruant éclat de rire d'un instant à l'autre. Il ne faut surtout pas que nous nous regardions elle et moi, sinon on va exploser.

Soudain, un léger coup venu de nulle part se fait entendre.

Je sursaute :

– C'était quoi, ça ?

Daphné nous regarde, zen :

– C'est toi Roxane, non ? Tu as donné un coup de genou sous la table ?

Roxane nous regarde l'une et l'autre, avant de ricaner :

– OK, j'ai compris, c'est une soirée où on se fend la gueule. Ça me va !

Détendues, nous nous remettons en position. Cette fois, je ne ferme pas complètement les yeux et je surveille ces deux hyènes, pour démasquer la plus bruyante.

Daphné repose sa question, et à nouveau, au bout d'une minute, on entend un coup.

Là, ça rigole déjà moins. Je perds patience la première.

– Bon, Daphné, t'es lourde ! On avait dit plus de blagues !

Daphné s'offusque :

– Mais arrête, ho ! Je te jure que cette fois ce n'est pas moi !

– Ouais, style-genre…

– Déborah, je te jure que j'ai arrêté les blagues ! Crois-moi ! Tiens, je vais faire une chose que je ne fais jamais : je te le jure aussi sur la tête de mon pioupiou. Tu me crois, maintenant ?

Daphné ne plaisante jamais avec la tête de son pioupiou. Elle semble sincère.

On décide quand même de reculer nos chaises, afin que nos jambes ne frôlent pas sans le faire exprès les pieds de la table.

– Eeeesprit… heu… acceptes-tu de répondre à nos questions ? Si oui, tape une fois.

Le coup ne tarde pas à se faire entendre, plus sonore que les précédents.

Daphné reste stoïque, mais une légère chair de poule se déploie sur la peau de ses bras.

Roxane (impatiente). – Esprit, est-ce que Nicolas me trompe ? Si oui, tape une fois.

Une longue minute s'écoule dans un silence pesant.

Et puis on entend un « bong ». Un seul.

Panique à bord. Roxane se lève :

– Bon, allez les filles, assez rigolé. Ce n'est pas drôle, moi je me casse.

Je la retiens et la pousse à reprendre sa place, mue par un esprit si cartésien que, chez moi, ça en frôle le surnaturel.

– Écoute, il y a forcément une explication logique à tout ça. Peut-être la machine à laver des voisins qui a des ratés, et qui fait un bruit que l'on interprète comme une réponse. Hein, Daphné, c'est possible, non ?

Daphné réfléchit. Puis se lève brusquement.

– Où vas-tu ? je demande.

– Inspecter la maison. À tous les coups c'est Gaétan qui est revenu plus tôt et qui nous fait une blague.

Je ne lui propose pas de l'accompagner, trop

occupée à rassurer Roxane en me blottissant contre elle. Plusieurs longues, très longues minutes plus tard, Daphné est de retour. Son verdict tombe : elle a fouillé partout, l'appartement est vide, il n'y a que nous trois.

L'atmosphère est devenue oppressante, surtout avec les lumières vacillantes de ces bougies qui puent la vanille de synthèse. Pour en avoir le cœur net, elle décide tout de même de passer un coup de fil à son mari, sur la ligne fixe de ses parents.

C'est lui-même qui décroche. Il est bien chez eux. Il en profite d'ailleurs pour la prévenir qu'il a oublié de faire le plein de la voiture comme il l'avait promis, et qu'il faudra qu'elle y pense. Mais Daphné est trop contrariée pour lui faire une scène. Elle raccroche, inquiète.

– Qu'est-ce qu'on fait ?

Roxane relève la tête, et lâche :

– En ce moment, j'hésite entre divorcer et appeler SOS Fantômes. Alors avant de prendre la moindre décision, permettez-moi de m'assurer de la véracité de ces informations.

Sans conviction, nous nous remettons en place. Je sors mon portable pour passer un petit coup de fil à Henri et lui enjoindre de venir me chercher au plus vite, mais son mobile est éteint. Il ne doit pas capter. Je respire un grand coup, puis nos mains tremblantes se déploient.

Roxane attaque :

– Esprit, si tu es là, combien ai-je d'enfants ?

Silence. Puis retentissent cinq petits coups qui résonnent dans l'air, tels ceux de la vieille horloge d'un manoir hanté égrenant les douze coups de minuit.

C'est bon, ce n'est pas une machine à laver, là. Ou alors elle est en mode essorage, mais essorage super rapide, en cinq temps. Remarquez, c'est possible avec la technologie actuelle, j'en suis sûre. Avec beaucoup d'optimisme, on pourrait même imaginer qu'il s'agit du voisin d'en bas, qui donne des coups de balai sur son plafond parce que nous ne faisons pas assez de bruit. Non, ce n'est pas très crédible tout ça, hein ? Même moi je n'y crois pas.

Soudain, un petit cadre, accroché à l'entrée du salon, tombe et se brise, nous faisant toutes sursauter en criant.

Dans d'autres circonstances, mon premier réflexe aurait été d'aider en allant chercher une balayette, pour ne pas que quelqu'un se blesse avec les morceaux de verre. Mais bizarrement, je suis incapable de bouger de mon siège.

Daphné ne se lève pas non plus. Livide, elle trouve la force de poser une ultime question. J'aurais dû me jeter sur elle pour la bâillonner avec le bavoir de son fils, mais elle m'a prise de court.

– Eeeesprit, heu… tu es évidemment un esprit bienveillant, hein ? Si oui, tape une fois.

Un long silence s'ensuit, au point qu'elle s'apprête à reformuler sa phrase.

Puis résonne un coup. Nous respirons. Roxane, qui ouvre la bouche pour poser une question, est interrompue par un second coup. Deux coups. Notre souffle est coupé et notre sang glacé.

Pâles et pétrifiées, nos mains se détachent les unes des autres. Roxane s'apprête à se lever, plus déterminée que jamais à rentrer chez elle. Mais aussitôt, un rire de fou résonne dans la pièce. Un rire sorti du néant qui nous fait dresser les cheveux sur la tête et les poils sur les jambes (pour celles qui ne s'étaient pas épilées).

Alors, il apparaît.

Une sorte de fantôme, blanc et vaporeux, se dirige lentement vers nous.

Nous bondissons et, cramponnées à toutes les épaules et à tous les dos que nous trouvons, nous nous mettons à hurler à nous en faire péter les poumons, à hurler si aigu qu'on pourrait faire exploser les verres en cristal que Daphné ne possède pas, heureusement.

Aussitôt, le drap se baisse et apparaît la tête tout ébouriffée de Régis, le jeune frère de Daphné.

Plié en deux de rire. Il se tient les côtes en suffoquant et en nous montrant du doigt, les yeux noyés de larmes d'hilarité.

Pendant quelques secondes nous restons sidérées, avant que notre cœur se remette à battre et que nous explosions dans un concert d'injures en lui balançant au visage tout ce qui nous tombe sous la main.

Il se protège comme il peut, tandis que sa sœur le martèle avec une vieille boîte à pizza, sans se soucier des giclées de miettes qui s'en échappent à chaque coup qu'elle lui donne.

Daphné (hurlante, hystérique). – Mais comment ?! Pourquoi ?! Pourquoi t'as fait ça espèce de taré ?! Où t'étais ? J'ai cherché dans toute la maison, j'ai vu personne !!

Régis. – Aïe ! Aïe ! Arrête, pas la tête ! J'étais planqué sous ton lit ! Mais aïïïe-eeeuh !

J'esquisse un pas pour retenir Daphné qui risque de le blesser tant elle est déchaînée.

Ho, et puis non finalement, je vais attendre un peu.

D'autant que Roxane plaque le bras de Régis derrière son dos façon clé de catch. On a eu si peur à cause de cet abruti, qu'à tous les coups on est parties pour se faire une poussée de racines blanches.

La rage de Daphné et la nôtre s'apaisent lorsqu'une goutte de sang perle au nez du fantôme d'opérette. Régis, un coton dans la narine fourni (généreusement) par sa sœur, accepte de nous expliquer ce qui s'est réellement passé.

Imaginant qu'elle serait toute la soirée dehors et sachant Gaétan absent – informations obtenues par leur mère, à qui Daphné avait téléphoné juste avant de sortir, Régis, qui a un double des clés, est venu jouer à la Playstation. Ladite console se trouvant dans la chambre à coucher.

En nous entendant rentrer plus tôt, avec son QI de petit frère, il a tout éteint et s'est planqué sous le lit pour nous surprendre. Lorsqu'il a compris ce que nous nous apprêtions à faire, il a décidé de s'amuser un peu en donnant des coups dans le parquet.

Roxane. – Mais… et le cadre qui s'est décroché, c'était toi, aussi ?

Régis (tout fier, avec son coton dans le nez). – Ouais !

Moi. – Comment tu as fait ? T'es pas rentré dans le salon, on t'aurait vu, quand même.

Régis. – J'étais planqué dans le couloir. Un élastique, un ticket de métro plié en huit, des heures d'entraînement au tir pendant les cours, et le tour est joué !

Daphné (sentant remonter l'hystérie). – Mais pourquoi t'as fait ça, bordel ?!

Régis (soudain sérieux). – Pourquoi j'ai fait ça ? Tu veux savoir pourquoi j'ai fait ça, hein ?

Daphné (lui postillonnant dessus à deux centimètres du visage). – Ouaaaaais !

Régis. – Tu te souviens, quand on était jeunes et qu'on habitait encore chez nos parents ?

Daphné. – Ouais, eh ben ?!

Régis. – Tu te souviens de la fois où je traînais en caleçon, près du canapé ? La fois où tu as glissé sous mes fesses la boule d'aiguilles que maman gardait dans sa boîte à couture, alors que je m'affalais dessus de tout mon poids ? Eh ben demande aux cicatrices que j'ai sur le cul de te répondre…

10

Le couple, c'est un bras de fer dans un gant d'amour

Placez votre main sur un poêle une minute et ça vous semble durer une heure. Asseyez-vous auprès d'une jolie fille une heure et ça vous semble durer une minute. C'est cela, la relativité.

Albert EINSTEIN.

Henri ne félicite pas Régis, mais alors pas du tout.

À cause de ses blagues stupides, il partage désormais ses nuits avec un morceau de scotch humain littéralement soudé à lui. Ce qui aurait pu être une sensuelle promiscuité s'avérant à la longue de l'ordre du lourd sac à dos greffé à sa colonne vertébrale, tout ceci commence à lui peser (dans tous les sens du terme). Alors il ne se gratte pas pour me dire tout le bien qu'il ne pense pas de mes copines et de leurs soirées farfelues.

Ça, c'est une des choses que je trouve particulièrement désagréables, chez lui. Cette façon qu'il a de décider ce qui est amusant, en faisant preuve de la plus parfaite partialité.

Par exemple, à peine la télé est-elle allumée dans la pièce où je me trouve, que je me vois accusée d'y suivre le feuilleton débile diffusé à ce moment-là (en réalité c'est souvent faux, j'attends le suivant). Par contre, cet homme qui clame rêver de vivre sans téléviseur peut, sans le moindre complexe, se mater en boucle ses six DVD de *Stars Wars* qu'il a déjà vus plusieurs centaines de fois. Gare à moi si j'ai l'audace de railler les deux gugusses costumés comme des daltoniens qui font pif paf avec leurs sabres lasers (j'ignorais que le néon de ma cuisine était une arme dangereuse), car alors il m'explique avec la dernière énergie combien je suis sotte. Que *Star Wars* parle de philosophie, de combat universel du Bien contre le Mal, de gens de mille races différentes qui parviennent à vivre ensemble, blablabla… (Je fais semblant de l'écouter en me remémorant ma liste de courses à faire quand il aura fini de parler.)

Moi, gentille, je ne me permets ni de critiquer ses copains, ni d'être effarée devant le niveau consternant de leurs conversations (ça doit jacter de filles, de filles, et parfois de nanas quand ils se voient, à tous les coups).

Et pourtant, je pourrais être effarée. Mais non. Lui aussi a besoin de se faire ses petits shampooings de cerveau régressifs de temps en temps, histoire de se laver les idées noires. Alors pourquoi moi je n'en aurais pas le droit ? J'ai bien une réponse, mais elle est trop horrible : parce que c'est comme ça.

Le couple, c'est un bras de fer dans un gant d'amour.

Henri, pour instaurer une trêve dans nos accrochages, me propose une partie de Uno, mais je refuse. Pas de temps à perdre à perdre.

Vous connaissez bien sûr le Uno, ce fameux jeu de cartes qui consiste à être le premier à se débarrasser de la totalité de son jeu ?

En fait, j'ai fini par réaliser pourquoi avec lui je perdais tout le temps.

Henri possède un nombre incalculable de techniques lui permettant de « gagner » sans trop faire appel au hasard. Fort heureusement, je suis parvenue à les démasquer au fil des parties, et je peux même en énumérer quelques-unes. Voyez plutôt :

– Henri sort une carte de son jeu qu'il ne compte pas utiliser, et la planque discrètement sous sa cuisse. Ça fera toujours une carte en moins. Et puis, au cas où, il pourra toujours la ressortir lors d'une seconde partie.

– Il ne faut jamais le laisser distribuer : il se prend sept cartes et m'en donne huit.

– Henri balance avec assurance des 6 à la place des 9 ou même des cartes qui ne se ressemblent pas quand le jeu va très vite, et, forcément, je ne m'en aperçois pas.

– Parfois, il reconnaît qu'il triche un peu, et il dit : « Bon, allez, j'arrête de déconner. » Alors il récupère ses cartes et les miennes pour les mélanger et en redistribuer de nouvelles. Mais en réalité, c'était juste parce qu'il avait un mauvais jeu.

– Il balance deux cartes l'une sur l'autre au lieu d'une.

– Lorsqu'il doit tirer une carte, il tend la main vers la pioche, laquelle contient, dans sa paume, une carte de son propre jeu. Puis il fait semblant de piocher alors qu'en fait il ne prend rien.

Entre son habileté au bluff, lorsqu'il joue au poker, et son agilité quand il me prend au Uno, on comprendra aisément pourquoi je n'ai jamais parié contre lui. Au pire ai-je parfois tenté de bluffer moi aussi, en cherchant à l'impressionner.

Tout est dans le ton.

« Eh, minus ? Tu veux qu'on joue… pardon… "que je t'éclate" au Uno ? Que je te mette une pâtée, une rouste, une treha ? » Et là, pour déconcentrer encore plus mon adversaire, l'air absolument convaincu de mon inéluctable succès, je me promène devant lui et fredonne en bougeant des fesses : « That's the way aha-aha I like it aha-aha… »

Force est d'admettre, grâce à ses méthodes de jeu qui frôlent la prestidigitation, que bien souvent c'est lui qui finit la partie en clamant narquoisement : « That's the way aha-aha I like it aha-aha… »

Donc ce soir, plutôt que de jouer aux cartes, on a préféré s'engueuler.

J'avais juste besoin d'un peu d'écoute, mais c'est une chose qu'il ne sait pas faire sans se sentir obligé de m'imposer son point de vue. Alors la discussion a dégénéré.

– Hier je suis allée prendre un café avec Daphné, ah lala, je ne la supporte plus…

– Hooo vous, les nanas, vous êtes toutes des casse-bonbons. Vous vous prenez la tête pour des détails, vous passez votre temps à tout critiquer, à vous surveiller, à médire : « Machine m'a payé un café à un euro cinquante, alors que moi je lui avais quand même offert un jus d'orange à cinq euros cinquante, cette sale radine... »

– Moi ?! Mais je n'ai jamais...

– ... Vous êtes mesquines, hypocrites, pinailleuses, et vous vous engueulez sans arrêt ! Regarde Sacha et moi, même s'il a des défauts, même si des trucs me gonflent chez lui, eh bien c'est mon meilleur ami depuis des années et j'y tiens. Dans ma relation avec lui, j'ai cinquante tiroirs différents, un pour chaque état d'esprit...

– Attends...

– ... bien sûr que nous aussi on s'engueule, mais dans ce cas, j'ouvre le tiroir « engueulade », je le referme quand c'est fini et c'est oublié. Toi, avec tes copines, tu n'as que deux tiroirs : « amie » et « connasse ». Quand tu t'engueules avec une copine, elle passe directement dans le tiroir « connasse », et elle n'en sort plus. Les filles sont vraiment trop pénibles...

– Ça y est, je peux parler ? Daphné ne peut pas te blairer, je ne sais pas pourquoi, elle est convaincue que je perds mon temps avec toi, et du coup...

– Largue-la, cette connasse.

– HA ! J'EN ÉTAIS SÛRE ! C'est faux, elle n'a jamais dit ça, c'était un pièèège et tu es tombé dedans !

Le ton est monté, on s'est jeté quelques reproches à la figure, chacun accusant l'autre de ne pas le comprendre, et puis mes larmes ont monté, et lui a commencé à faire la tronche.

Le truc que je ne supporte pas chez Henri (le second truc, je veux dire), c'est qu'il est capable de me voir éclater en sanglots sans réagir. Sa technique : attendre que ça passe.

Au moins, Jean-Louis craquait toujours et venait me consoler, même si c'était pour reprendre la bagarre ensuite exactement où on l'avait laissée. Je crois que mon ex-mari aimait ceinturer le lycanthrope et le voir tout doucement passer de loup-garou hurlant à femme blessée dans ses bras. Mais Henri n'est pas aussi téméraire. Ses yeux s'agrandissent simplement d'effroi au fur et à mesure que ma voix monte dans les aigus et que des larmes commencent à jaillir. Il perd tous ses moyens, gêné, regardant à droite et à gauche si quelqu'un pourrait lui venir en aide (non, personne), et choisit la solution la plus confortable pour lui (et la moins dangereuse) : il me regarde sans broncher et attend que je redevienne normale.

Alors j'ai trouvé une autre technique. Quand on s'engueule, je me casse. J'enfile mes baskets, je prends mon sac et je sors. Je sais qu'il ne supporte pas de ne pas savoir où je suis, ça le rend dingue. Généralement, le temps d'enfiler ma veste, il m'a déjà rattrapée. Là, je lui fais quand même le petit coup des larmes, pour la forme, on discute, puis on se réconcilie. La classe. Parfois, il n'est pas assez rapide pour me retenir, ou bien je suis trop énervée, et je franchis le seuil de la maison. Pour aller où ? Peu importe, je marche dans la rue, je rentre dans une librairie, je m'évade devant une vitrine. En fait, je m'embête grave à marcher toute seule comme une idiote, mais je jubile rien qu'à l'idée qu'il s'inquiète de ne pas savoir où (ni surtout avec qui...) je suis.

Souvent je me fais des petits délires en imaginant

que je me blesse ou un truc comme ça, et qu'il vient me chercher, fou d'angoisse, à l'hôpital, en me suppliant de lui pardonner d'avoir été aussi stupide, et du coup, si je suis déjà en train de sangloter, ça me fait sangloter encore plus. À la fin de la journée, j'ai tellement marché que j'ai les jambes en compote. Mais au moins, je lui ai donné une bonne leçon.

Assise à la terrasse d'une brasserie à quelques mètres de chez moi, je sirote une Évian en faisant le point. Si j'avais pu finir ma phrase, on n'en serait pas arrivés là. Je voulais simplement lui dire que je ne supportais plus la façon qu'avait Daphné d'arriver systématiquement en retard. C'est une manie qu'elle a depuis des années, de faire attendre tout le monde. Pas très longtemps, hein, juste suffisamment pour faire sentir à son rendez-vous qu'elle a plus urgent à faire que de le rejoindre. Et moi qui suis tout le temps en avance partout, ça me débecte. Mais comme c'est une fille qui possède plein d'autres qualités, je supporte. Et puis ce n'est pas si grave que ça non plus. Ce n'est pas comme ma voisine Brigitte, qui accepte que son mari lui hurle dessus sans arrêt et qui m'explique, quand je la croise, qu'elle sait qu'il a besoin d'elle au fond. Quand on manque de confiance en soi, on croit qu'on se valorise en résistant aux insultes et aux humiliations de l'autre. On se croit fort, alors qu'en réalité on est super faible de ne pas l'envoyer péter. Les forts, eux, ne toléreraient jamais cela.

Heeu… de quoi je parlais, déjà ?

Ah oui ! de Daphné. Ma super copine à moi que j'ai.

Mon portable sonne.

Aaaah, ça doit être Henri qui m'appelle pour s'excuser et me supplier de revenir. Je vais répondre à la troisième sonnerie, histoire de ne pas faire celle qui se jette sur son téléphone comme si elle attendait désespérément son appel (même si c'est vrai).

Zut, c'est Roxane. Pfff, elle a pas une vie, celle-là ?

Moi (souriante dans le combiné). – Salut ma poulette !

Roxane (enrouée). – Aaaah, ma belle ! Il faut que je te raconte la nuit pourrie que je viens de passer...

– Oh, c'est quoi cette voix ? Tu es malade ?

– *Oui ! J'ai attrapé la crève, j'en peux pluuus !*

S'ensuit le long récit de Roxane, que je savoure puisqu'il me donne une contenance, assise toute seule à cette terrasse. Le portable collé contre l'oreille, la main feuilletant mon *Voici*, j'ai l'air très occupé.

– *Alors Nicolas a décrété que bon, on ne va pas en faire toute une histoire pour un nez qui coule, et du coup, j'ai été obligée de vaquer à mes occupations comme si j'allais bien. Mon nez est si rouge à force de me moucher que je ressemble à un clown avec des seins. Quant à ma gorge, elle est si irritée que quand je gueule sur mes enfants, je chuchote.*

Moi (absorbée par ma lecture de la rubrique « qui couche avec qui »). – Han-han...

Roxane. – Je respire à peine, quand mes narines ne coulent pas, elles sont si congestionnées que je survis en apnée grâce à ma bouche. J'en peux plus de me traîner avec deux de tension, et d'abandonner dans mon sillage le PIB du Mexique en Kleenex usagés. Écoute, je suis en train de me déshydrater sévèrement par le nez. Il n'empêche que si Nicolas pose parfois les yeux sur moi, c'est juste pour vérifier que je suis bien à distance suffisante de lui pour ne pas le contaminer avec mes microbes. Mais ça c'est pas grave, j'ai déjà vécu pire...

Moi (petit rire intérieur, on voit sur une photo la cellulite d'une présentatrice que je n'aime pas en gros plan). – Ma pauvre...

Roxane. – Une gastro par exemple. Une gastro, avec diarrhée et vomissements, c'est pénible. Mais jongler entre ma gastro et celle de Cerise quand mon mari est en voyage d'affaires et les domestiques en congé, là c'est fortiche. Rappelle-toi, il y a deux mois : je vomissais au-dessus des toilettes, puis j'allais succinctement me laver la bouche et les mains, avant de foncer dans la chambre de ma gamine nettoyer d'une main le vomi qu'elle avait mis par terre, tout en retirant de l'autre main son pyjama souillé, dans la semi-obscurité pour ne pas réveiller la jumelle qui dormait. À peine le temps de finir, qu'il fallait à nouveau retourner vomir au-dessus des toilettes...

Tandis qu'elle parle, sans lâcher le téléphone, j'ouvre mon sac et en sors un kit mains libres que j'accroche à mon oreille. Il s'agit d'une merveille de miniaturisation qui fonctionne sans fil. Mes cheveux, détachés, le masquent totalement. L'inconvénient du bidule, c'est que quand je réponds à mon interlocuteur, vu que l'appareil est invisible, j'ai l'air d'une folle qui parle toute seule. Mais Roxane est lancée, alors j'en ai pour un moment avant de pouvoir en placer une. Ce qui, entre nous, m'arrange assez.

Roxane. – Emmener la petite se doucher, lui mettre un nouveau pyjama, la recoucher, foncer aux toilettes les intestins vrillés, puis ressortir en courant me laver les mains, et aller à nouveau emmener la petite sous la douche qui a recommencé à vomir et s'est encore salie. Le tout, quatre fois de suite. J'ai finalement dû la coucher enveloppée dans une de mes chemises de nuit à moi, faute de pyjama propre. Je n'ai pu m'effondrer qu'à 5 heures du matin, exténuée et vidée, en m'ovationnant de ne pas avoir réveillé les quatre autres. Alors quand Nicolas, qui a juste mal à la gorge, ne peut plus se lever, geint, feint le mourant, quand sa vieille mère l'appelle sans arrêt comme s'il était retenu chez des talibans qui le privent de soins et de nourriture, permets-moi d'être consternée. Comme je ne suis plus à un gosse près, je lui ai proposé des suppositoires pour dégager ses voies respiratoires. Eh bien tu sais quoi ? Même s'il était atteint de la peste bubonique et que c'était l'unique façon de le sauver, même si de se l'administrer lui octroyait la jeunesse éternelle ou la fortune de Bill Gates : plutôt crever. Personne ne s'approchera de ses fesses, sous peine de se faire casser le bras. T'as le même à la maison, toi ?

Moi (lisant mon horoscope). – Han-han…

Une voix (près de mon oreille). – Poissons : aujourd'hui, c'est votre jour de chance…

Je lève les yeux et les cligne plusieurs fois, éblouie par le soleil qui me cache le visage de celui qui vient de me parler. L'homme à qui appartient la voix prend une chaise et s'installe tout naturellement à ma table. Je reste bouche bée, les mains égarées sur mon magazine people.

Roxane. – C'était qui, cette voix ?

Je regarde à droite et à gauche, pour voir si je n'hallucine pas. Mais non, c'est bien lui. Me fixant d'un regard où se mêlent l'ironie et la satisfaction de me voir si surprise. J'essaye de réaliser et de ravaler mon expression stupéfaite, mais je crois que ça fonctionnerait mieux si je me mettais deux petites claques sur les joues. Vite, état général de mon look : jean, chemisier moche, ho non... mais heureusement je suis maquillée (yes !).

J'éclate de rire nerveusement.

– Fabien... mais... qu'est-ce que tu fais là ?

À l'oreille, une voix plus du tout enrouée me perce le tympan :

– *Quoi, Fabien ?! C'est lui ? Ah punaise, c'te surpriiiiise !!*

Magnifique dans son costume gris impeccablement coupé, il me répond qu'il était en voiture, arrêté à un feu rouge, lorsqu'il m'a aperçue. Il n'a pas mis une minute pour aller se garer sur un emplacement livraison et venir me rejoindre. Ç'aurait pu être tellement romantique, si ça ne m'était pas autant égal. Fabien se tourne pour appeler le serveur.

– Tu bois quelque chose ?

Je lui montre mon eau minérale :

– Non, ça y est, merci.

Roxane. – Ouais, fais-lui plutôt commander une bouteille de champagne millésimé super chère pour fêter vos retrouvailles, à ce rustre...

Le type avec un tablier s'approche, le rustre se tourne vers lui et commande deux verres de vin pétillant. Je ne viens pas de lui dire « non merci », là ? M'en fiche, je n'y toucherai pas.

Fabien, le type dont j'étais folle amoureuse avant de

rencontrer Henri, me scrute ardemment. Trop dommage, les séducteurs à la Aldo Maccione me laissent de glace.

Ai-je précisé qu'il s'était comporté comme un cloporte la dernière fois que nous nous sommes vus ? Non ? C'est normal. En réalité, il s'est comporté comme une armée de cloportes. Il me semblait bien que je lui faisais la gueule, d'ailleurs. Je ne suis pas supposée ne plus lui parler ? Si, hein ? Dans ce cas, je vais le lui dire.

Fabien (gentil). – Tu as l'air en forme…

Moi (prenant une grande inspiration, avant de me dégonfler). – Merci.

Fabien (encore plus gentil). – Non, c'est vrai, j'aime beaucoup ce que tu as fait à tes cheveux… Ça te va bien.

Moi (les touchant). – Oh ? ça ? Ah-ah… heu, ils ont juste poussé.

Fabien (« trop » gentil). – Alors ? Qu'est-ce que tu deviens ? Tu as quelqu'un dans ta vie ?

Roxane. – HA ! Le temps de la revanche a sonné ! Prends l'air nonchalant pour lui répondre. Comme si tu croisais tes ex plusieurs fois par semaine et qu'ils te posaient tous la même question.

Je souris à Roxane (c'est-à-dire dans le vide) en tripotant mon verre et mes cheveux, inquiète à l'idée qu'il ne découvre mon oreillette planquée. Du bout des doigts je frôle l'objet et ramène quelques mèches vers l'avant en les ébouriffant.

Moi. – Ouiiiii… Oui, bien sûr, j'ai quelqu'un dans ma vie. Un homme formidable. D'ailleurs, nous allons même nous marier.

Roxane. – Quoooiiiii ?! Et je ne l'apprends que maintenant, chiennasse ? Comment as-tu pu me cacher une nouvelle pareille ? Dire que tu prétendais ne pas vouloir te remarier ! Traîtresse ! Reprends-toi ! Fuis pendant qu'il en est encore temps ! Regarde ce que le mariage a fait de moi !!…

En réalité c'est faux, mais je vais difficilement pouvoir l'expliquer à l'autre excitée qui m'invective dans l'oreille. Certes Henri me taquine constamment au sujet du mariage. Parfois, il me teste pour savoir quelle sorte de demande je voudrais qu'il me fasse. Par texto sur mon portable ? Par avion qui fait des loopings dans le ciel en écrivant avec sa fumée ? Par l'intermédiaire de mon père à qui il irait demander ma main ? Par un anneau glissé dans ma flûte de champagne avec lequel je m'étranglerais ? Par une annonce dans le journal pour que ma concierge en soit informée avant moi ?…

Et puis une fois que j'ai choisi, il me dit qu'il ne m'épousera que quand je saurai faire le ménage convenablement. Soi-disant qu'il n'en peut plus de me voir frotter le sol avec des mouchoirs en papier (c'est pour que ça sèche plus vite), ou de boucher l'aspirateur avec ses chaussettes qui traînent (comme ça au moins, elles sont rangées).

Personnellement ça m'est égal, dans la mesure où je ne suis pas du tout pressée de me faire passer la bague au doigt. En fait, l'idée de m'engager officiellement me fait trembler. Même pas besoin de prendre exemple sur la vie maritale de mes copines, la mienne est tout aussi significative. Je me suis déjà trompée une fois, je ne m'accorde pas le droit de me tromper une seconde fois, voilà.

Mine de rien, cet argument agace pas mal celui qui partage ma vie.

D'après monsieur, j'inverse les rôles. Ce sont les hommes qui flippent de se marier, normalement, et ce sont les femmes qui essayent par tous les moyens de leur passer la corde au cou. Et au lasso, s'il le faut. Mais je suis une petite vachette rebelle, moi, et tant que je laisserai des tonnes d'assiettes sales s'empiler dans l'évier, je serai tranquille.

Fabien, à l'annonce de cette nouvelle, semble légèrement décontenancé. Il se reprend très vite. Attrapant ma main nue, il ironise :

– Jolie, ta bague de fiançailles…

Roxane (hurlant dans mon oreille). – Ah parce que en plus Henri t'a offert une bague et tu ne nous l'as même pas montrée ???

Je retire prestement mes doigts des siens, priant pour qu'il n'ait pas entendu la voix de crécelle de mon copilote :

– J'ai enlevé ma bague pour faire la vaisselle, et j'ai oublié de la remettre, voilà tout.

Je souris en plaquant ma main contre mon oreille, tout en appuyant mon coude sur la table, l'air nonchalant. Soupirant comme pour moi-même, mais avec un ton légèrement modifié car directement adressé à Roxane :

– Haah… TAIS-TOI, va…

Roxane (tout bas). – Message reçu. Je la boucle. Pardon. Il a entendu quelque chose ?

Moi (toujours les yeux dans le vague). – Non, non,

c'est bon… b… bizarre, je veux dire. Je ne m'attendais pas à te revoir.

Fabien me lance encore son long regard indéchiffrable et parfaitement irrésistible. Surtout accompagné de ce petit plissement des commissures, là. L'espace d'une fraction de seconde, je suis presque troublée. J'avais oublié à quel point il était séduisant. En fait, j'ai même tout oublié : les heures passées à attendre ses coups de fil, son attitude minable, ses fausses promesses, nos engueulades, je ne me souviens plus de rien.

Et Henri qui ne m'appelle pas, aucun double appel en vue ni le moindre bip du plus petit texto… ah lui ! Quand il fait la tronche, il la fait comme un professionnel médaillé d'or olympique catégorie premier de la classe.

Tant pis pour lui. L'air est doux, il y a une belle lumière, le son des voitures me berce, je vais rester encore un peu, finalement.

Fabien me pose des questions, élude les miennes. Roxane me souffle à l'oreille de l'envoyer péter, mais je continue pourtant à lui parler. Même si, au fond, je ne me sens pas à l'aise. Henri me manque, j'aimerais vraiment qu'il se manifeste. Un peu de culpabilité, sans doute. D'une certaine façon, je ne devrais pas.

Il y a quelques semaines, ce même Henri m'avait fait croire qu'il avait embauché une nouvelle assistante, essentiellement recrutée sur ses aptitudes physiques : bonne tenue sur talons aiguilles, port du tailleur impeccablement sexy, cheveux dorés à l'or fin. Une fille qui « présente bien » (expression gentille pour dire « canon ») devant les clients.

Ma jalousie n'a fait qu'un tour. Je lui ai fait une scène en le menaçant d'assiéger ses bureaux en état de grève de la faim jusqu'à ce qu'il la vire. Au nom de toutes les femmes qui s'étaient fait piquer leur mec par des petites secrétaires excitées et sans scrupules. Le côté grève de la faim ne l'ayant pas tellement impressionné (je ne suis pas très crédible avec tous mes régimes ratés), il a préféré m'ignorer. Henri joue avec ma jalousie comme un dompteur avec son fauve. Officiellement, cette jalousie l'insupporte. Officieusement, il a un besoin viscéral de s'assurer de sa présence constante. Si je m'amuse à jouer les indifférentes, ça le met dans tous ses états et il me demande pourquoi je ne suis pas un peu plus possessive, quoi, à la fin.

Donc après s'être bien délecté de mon inquiétude (et me voyant brandir quelques assiettes que je menaçais de fracasser par terre), il a fini par admettre avoir choisi une secrétaire de type antilibido. En souvenir de la jeune bombasse embauchée par le passé, qui avait été la cause d'une chute spectaculaire de la productivité de sa boîte d'informatique. Les membres de son équipe intégralement masculine – de jeunes gars plutôt fougueux (pour ne pas dire puceaux) – ayant passé leurs journées à roucouler autour de la belle au lieu de bosser. Pas fou, il avait préféré ne pas réitérer l'expérience.

Est-ce qu'elle est vraiment moche, sa nouvelle secrétaire ? Depuis, bien sûr, je suis passée vérifier. Et je l'ai vue. Il ment. Elle est pire. Mais j'ai bien flippé. Donc vengeance.

Fabien. – Je reste à Paris, ce soir. Accepterais-tu de dîner avec moi ? En souvenir du bon vieux temps…

Moi (quel « bon vieux temps » ?). – Eh bien, c'est-à-dire que…

Roxane. – Dis-lui que tu n'es pas dispo ! Non mais il se croit où celui-là ? Au supermarché ? « Servez-vous, c'est sur le présentoir »... pff...

Fabien (avec un sourire énigmatique). – Après tout, tu n'es pas encore mariée… »

La voix de Roxane me tambourine le conduit auditif :

– *Attention ! Il te drague !* IL TE DRAAAAGUE À MOOORT *! Tu m'entends ?!*

Je réponds aux deux en même temps, déconcentrée :

– Oui… oui-oui, j'entends bien… c'est vrai que je ne suis pas encore mariée.

Quelques secondes plus tôt, je n'avais pu m'empêcher de remarquer que Fabien avait les yeux couleur homme de l'Atlantide, scintillant d'incroyables reflets irisés. Je m'étais même surprise à étudier ses mains, pour voir si elles étaient palmées. Mais là, tout d'un coup, retentit dans ma tête (en plus de la voix stridente d'un ex-top-modèle) la petite musique des *Dents de la mer*.

J'ai l'impression d'être schizo, avec la Roxane qui s'excite sur son téléphone et qui braille au creux de mon cerveau :

– *Envoie le chieeer !!*

Moi (touchant mes cheveux). – Écoute, ça ne me dit rien, merci.

Fabien sort un paquet de cigarettes et m'en tend une. Je refuse poliment. Il se marre doucement, avec un curieux mouvement des sourcils, et soupire. Puis il enchaîne :

– J'aimerais beaucoup te revoir, tu sais. Bien sûr, tu n'es pas obligée d'en parler à ton… fiancé.

Roxane. – Si t'es obligée ! T'ES OBLIGÉE ! D'ailleurs si tu ne le fais pas, moi je le fais !! Attends, mais qu'est-ce que c'est que ces envies d'aller voir ailleurs, madame ? Depuis quand tu marches sur mes plates-bandes ? Mais dis-moi, toi... tu ne te serais pas engueulée avec ton mec, par hasard ?

Moi (à Roxane). – Si…

Fabien. – Écoute, je n'ai aucun problème avec ça. Si tu dois rendre des comptes, vas-y. Moi j'assume.

Roxane. – Oh la folle ! Tu vas me faire le plaisir de rentrer immédiatement chez toi, petite dévergondée.

Moi (tout bas, à Roxane). – Mais non, ce n'est pas ce que tu crois…

Fabien. – Je crois ce que je vois. Et je vois une ravissante jeune femme assise seule à la terrasse d'un café, sans personne pour lui tenir compagnie. De toute façon, je te propose juste un dîner. Nous ne faisons rien de mal (il me lance un super regard torride)… pour l'instant.

Roxane. – Aahahahahahahaha ! J'adore le « pour l'instant », tout en finesse !

Moi (qui murmure entre mes dents en me retenant de rigoler). – Mais-euh, arrête de rire…

Fabien – À qui tu parles ?

Moi (bredouillant). – Heeu… à moi. Je me parle à moi-même. Je dis à mon cerveau « arrête de rire », parce que tu es très drôle, tu sais.

Il n'a pas dû comprendre ce qu'il y avait de drôle, mais il s'est dit que « femme qui rit est à moitié dans ton lit ». Et c'est tout ce qui lui importe.

Ses doigts s'avancent et effleurent les miens. Leur contact me fait tressaillir. Je décide que ça suffit et me lève pour rentrer.

Fabien. – Où vas-tu ? Reste encore un peu.

Moi. – Non, il se fait tard, Henri m'attend.

Fabien (désignant mon sac d'un mouvement du menton). – Il n'a pas l'air de s'affoler, ton Henri. Il ne t'a même pas appelée. Allez, reste…

Roxane. – Non, rentre ! Rentre ! Un Henri vaut mieux que deux Fabien tu l'auras !

Moi (avec un sourire). – Non, je t'assure, je vais rentrer, j'ai des trucs à faire.

Fabien (en secouant la tête). – Ah, ma petite Déborah, tu ne changeras jamais, toujours aussi coincée…

Je me rassois immédiatement.

– Pardon ?

Le menton posé dans la paume de sa main, il avance son visage vers moi avec bravade.

Fabien. – Et pourtant, ton côté inhibé me plaît beaucoup…

Moi. – Inhibée, moi ? Où ça ?

Roxane. – Ahahahahahahahahaha…

Je me recule immédiatement. Trop tard. Il regarde autour de lui et demande :

– C'était quoi, ce bruit ? On aurait dit un rire… Ou non, plutôt une sorte de caquètement…

Moi (blême). – Ah bon ? Non, je n'ai rien entendu… Remarque, il y a une ferme expérimentale, dans le coin, alors peut-être que…

Roxane (chuchotant à voix super basse). – Désolée désolée désolée désolée désolée…

Fabien. – Une « ferme » tu dis ? Où ça ?

J'indique une direction au hasard :

– Là, dans cette rue, à gauche…

Il se penche en fronçant les sourcils, lève la tête vers la façade d'un immeuble tandis que je vire cramoisie. La carte de la brasserie posée devant moi me sert d'éventail, histoire de vite retrouver la couleur de mon fond de teint.

Autour de nous, les serveurs s'activent. Une brise fraîche me caresse le dos. Des gens trinquent sans retirer leurs lunettes de soleil (peut-être sommes-nous entourés de stars, qui sait ?), d'autres lisent leur journal ou s'abîment dans la contemplation des passants.

Une petite fille court entre les tables, sa maman à ses trousses. La chipie parvient à s'esquiver jusqu'à son siège, et crie à sa mère essoufflée : « Prem's ! j'tai eue ! ah-aaah ! »

Fabien se tourne alors vers moi, et me souffle :

– Une nuit. Passe une nuit avec moi, et je sors de ta vie. Ni ton mec ni ma femme n'en sauront jamais rien. Une nuit inoubliable, rien que pour nous, pour clore notre histoire…

Sidérée, ma gorge serrée émet un étrange bruit désaccordé :

– Hein ? Tu es marié ?

Roxane (qui hurle dans mon conduit auditif). – Putain je le savais !! J'aurais dû parier ma bague Mauboussin dessus !

Fabien. – Oui, oui mais bon… Ça ne va pas très fort, entre nous, tu sais.

Roxane. – Ahaha… J'adore ! J'adore le culot de ce mec ! Il est génial !

Abasourdie, je parle à Roxane sans m'en rendre compte :

– Putain, il est marié…

Je me reprends, avant de m'adresser cette fois à lui :

– Mais dis-moi… tu étais déjà marié, quand nous avons eu ce simulacre de relation, il y a trois ans ?

Fabien semble mal à l'aise.

– Heu… non, non, lâche-t-il avant de se ressaisir et de se rapprocher de moi. De toute façon ne compare pas, toi et moi, c'était particulier.

Je me recule, pour ne pas qu'il entende Roxane hurler de rire.

– Je te l'accorde, c'était particulièrement nul.

Fabien accuse le coup en se rejetant lui aussi contre le dossier de sa chaise. Il se passe la langue sur les lèvres en baissant le regard, cherchant à rassembler ses arguments. Ça ne lui prend que quelques secondes. Il repasse à l'attaque en me saisissant par les sentiments.

– Déborah, nous nous connaissons depuis l'adolescence, on ne va pas s'en tenir là, c'est hors de question. Je veux te revoir. Et tu le veux aussi, ne mens pas, je le lis dans tes yeux.

– Tu ne lis rien du tout. C'est juste le reflet de mes lentilles.

– Très bien. J'avais cru que…

– Tu avais cru ?

– Que tu aurais su saisir cette opportunité…

– Cette « opportunité » ?

– J'avais tort, excuse-moi. Nous ne sommes vraiment pas pareils, toi et moi.

Roxane. – Oui, toi tu es marié, crétin.

– Bien. Cette fois je vais rentrer.

Je fais mine de me lever de mon siège, et puis finalement non. Les nerfs en pelote, je décide de me rasseoir une minute.

– Mais auparavant, laisse-moi te dire qu'être monogame et ne concevoir l'amour que dans la fidélité n'est pas une chose dont je puisse avoir honte.

Roxane. – Non, tire-toi ! Allez ! On s'en fout, de ce qu'il pense !

L'œil de Fabien brille d'une lueur que je n'arrive pas à définir. Peut-être jubile-t-il à l'idée de m'avoir mise hors de moi. Allez savoir ce qui se passe dans la tête d'un homme (l'endroit de son corps le plus compliqué à déchiffrer).

Frondeur, il me lance :

– Tu as raison, il ne faut jamais avoir honte de ses faiblesses.

– Je ne comprends pas bien, là.

– Tu pourrais être tellement plus sexy, si tu assumais cette facette de ta personnalité, au lieu, par exemple, de toujours porter tes inévitables jeans.

– Mais de quoi je me… figure-toi que je n'ai pas besoin de marquer sur mon front que je suis un bon coup pour que les gens me témoignent de l'intérêt. Ça s'appelle de la pudeur, crétin !

Roxane. – On appelle ça des « complexes » en ce qui te concerne, ma chérie, pas de la pudeur.

Fabien (sourire vicieux). – Pudique et un peu coincée, non ?

Moi (furax). – Mais c'est faux, arrête un peu de dire ça !

Fabien (me fixant droit dans les yeux). – Alors prouve-le.

Roxane. – Il te provoque ! Ne cède pas à son petit jeu mina... eh, zuuuuuut ! Y a une des petites qui s'est réveillée ! Bouge pas, je reviens tout de suite !

Moi. – Tu veux que je te le prouve ?

Fabien. – Chiche.

Je lui lance un monumental regard incandescent.

– Alors je vais te le prouver.

Je me penche pour attraper le portable qui est dans mon sac. Une fois localisé, je le saisis, me redresse avec, et commence à rédiger un long texto. Au bout de quelques minutes, j'appuie sur la touche « envoie » et range mon téléphone avec un large sourire satisfait.

Fabien. – C'était quoi, ça ?

Moi. – Ça ? C'était le programme des réjouissances de la soirée que j'ai envoyé à Henri. Un programme particulièrement chaud, lubrique et indécent. Tu lui demanderas si je suis coincée, hein, il te racontera. (En réalité, je me suis trompée de touche et l'ai envoyé à mon frère Jonathan, mais je ne l'apprendrai, épouvantée, que dix minutes plus tard.)

Fabien cherche à reprendre l'avantage :

– Tu devrais boire un peu, je te sens tendue, là.

Il pousse délicatement mon verre dans ma direction.

– Tu prends tout trop au sérieux. Je te taquinais, je voulais juste...

Moi (pas calmée). – Lâche-moi, avec ton verre. Je n'ai pas besoin de fonctionner avec trois neurones qui clignotent en grillant tous les autres pour voir le monde à travers un prisme déformant, si tu permets.

Fabien (ironique). – Tu es belle, quand tu es énervée...

Moi. – Mais non ! Je ne suis pas belle...

Roxane (revenue au téléphone, avec dans les bras une de ses filles qui chouine). – Tu n'étais pas obligée de lui faire découvrir ton côté complexé tout de suite...

– Je suis juste une femme ordinaire et terriblement banale qui n'a rien à prouver à personne. Je me fous complètement de ceux qui voudraient m'imposer leurs vices sous prétexte qu'ils sont tendance, et qui me traitent de ringarde si je ne suis pas aussi conne qu'eux...

Mon portable émet deux bips successifs. Plongeant à nouveau la main dans mon sac, je le saisis et regarde l'écran. Un message s'affiche : « Bon, tu rentres, grosse nase ? »

Mue par une décharge de bonheur, je me lève et, tout en agitant mon mobile, lâche :

– Il est temps pour moi de retourner à ma vie austère de femme soumise et belle quand elle est énervée...

Empoignant ma veste et mon sac, je tourne les talons tandis que Roxane, rassurée sur son statut d'unique femme fatale de notre bande, me chante à tue-tête dans l'oreille :

– ... *Weeee are the chaaaampions*...

Fabien, affalé sur sa chaise, rit de bon cœur et m'apostrophe, tandis que je m'éloigne :

– Sale petite bêcheuse... TU NE SAIS PAS CE QUE TU RATES !!

Retour à la maison.

Je me suis mise à courir dès que je suis sortie de son champ de vision (... enfin, j'espère !).

Raccrochage avec Roxane, en lui faisant jurer le secret absolu sur la scène à laquelle elle venait d'assister auditivement. Puis découverte du texto de mon frère, qui prétend avoir eu un tel choc en lisant mon message qu'il a failli en devenir aveugle, et menace de le faire lire à nos parents qui ont, eux aussi, le droit de savoir que leur fille est une détraquée sexuelle.

Sauf si j'accepte de lui organiser un rendez-vous avec ma copine Peggy (le prix de son silence). Je lui écris à toute allure que je préfère encore lui payer des séances d'hypnose pour lui faire oublier ce qu'il a lu, mes copines n'ayant pas à être punies à ma place. Quant aux parents, s'il l'ouvre, je leur dis que leur fils étudie en secret le bouddhisme pour devenir moine. Pour le coup, il va les avoir sur le dos vingt-quatre heures sur vingt-quatre ! Et qu'il ne me sous-estime pas : je suis experte en fabrication de fausses preuves.

Le frangin calmé, revenons à Henri. Il est hors de question de lui raconter cette rencontre, il risquerait de me faire une scène de jalousie monstrueuse. À trois jours de partir en vacances, ça m'embêterait qu'il annule tout.

Je glisse la clé dans la serrure, mais il m'attendait derrière la porte et l'ouvre avant que je n'aie pu terminer mon geste.

Il me sourit :

– Tu as fait vite. Tu étais à côté ?

Je lui réponds en lui donnant un bisou :

– Oui.

Pénétrant dans la cuisine, je marque un temps d'arrêt, stupéfaite par l'incroyable vision qui s'offre à moi.

Henri lâche, irradiant de fierté et prêt à recevoir de plein fouet l'écho de ma vibrante gratitude :

– Regarde, je t'ai fait la vaisselle ! (Je « t'ai » fait ??)

Content, il ajoute :

– Tu as vu ? Tout est *clean*, je t'ai tout rangé, tu as vu, hein ?

Oui mon amour. J'ai vu.

J'ai vu aussi que si je soulignais avec autant d'emphase chacun des travaux ménagers que j'effectue au quotidien, j'éructerais toute la journée d'un ton monocorde une litanie ininterrompue de tâches assommantes. Mais comme certains réflexes doivent être inscrits dans le génome masculin, je ne m'en offusque pas. D'autant que quand il s'y met, c'est fou ce qu'il range mieux que moi. Dommage qu'il ne le fasse qu'en guise de cadeau de réconciliation. Même qu'il « me » le fasse, peu importe, du moment qu'il « le » fait.

Allez, ayons l'air visiblement reconnaissante. Le plus visiblement possible, vu qu'il reste un peu de bordel dans le salon et que je suis trop fatiguée pour m'en occuper.

– Ooooh merci mon amour ! Marchi ! Marchi ! Et tu sais quoi ? J'ai des fans qui couchent sur mon paillasson et qui se battent pour devenir mes esclaves sexuels, j'en ai d'ailleurs rencontré un tout à l'heure mais je suis quand même revenue vers toi, aussi pure et immaculée que quand on s'est quittés, tu as vu combien je suis un modèle de fidélité ?

C'est bien, j'ai battu mon record. J'ai tenu ma langue trente-sept secondes.

Henri me regarde avec son fameux air « Mais qu'est-ce que cette femme me raconte ? ».

– Tu n'es pas jaloux ?!

– De quoi ? Tu t'es fait draguer par un serveur dans un café ? Hoooou, je treeemble !

– Fabien.

– Quoi Fabien ? (Là il ne rigole plus, là.)

– J'ai rencontré Fabien ! Il m'a fait des avances... hou lala, si jamais je te dis ce qu'il m'a proposé, tu vas devenir fou. Héhéhé !

Henri me fixe pour essayer de savoir si je bluffe.

– Je ne te crois pas.

– Alors là ! (Je jubile.) Ah-aaah ! Je-te-le-jure !!

– Tu peux. Mais je ne te crois toujours pas.

– Tu sais quoi ? Tu peux aller voir, si ça se trouve il est encore assis à la brasserie d'à côté !

L'épisode de scrutation intense est désormais terminé.

Henri sait que je n'arrive pas bluffer plus d'une demi-minute sans finir par me trahir en pouffant de rire. Et là, je ne ris pas, j'exulte juste.

Fronçant les sourcils, il se dirige vers le portemanteau de l'entrée, saisit brutalement sa veste, et l'enfile d'un geste vif.

Deux pensées s'entrechoquent au même moment dans ma petite tête de femme : « Ouah génial il va se battre pour moi j'ai toujours rêvé qu'un homme se batte pour moi oh non c'est trop dangereux de se battre il pourrait donner un mauvais coup ou s'en prendre un. »

À peine n'ai-je pas eu le temps de terminer ma pensée que mue par un réflexe de mère juive protectrice je saute devant la porte et lui en barre l'accès les bras écartés. J'en rajoute un peu, dans ma supplication de le retenir d'aller casser la gueule à celui qui a tenté de me ravir à lui, sachant qu'il n'obtempérera pas à un ordre non enrobé de flatterie.

J'ai raison : Henri tente de passer quand même.

Cherchant à atteindre la poignée de porte, il prétend qu'il ne veut pas le frapper, il veut juste insister pour qu'il le débarrasse de moi. Quitte à lui faire un prix de gros s'il le faut.

Outrée qu'il évoque mes sensuelles rondeurs en des termes aussi crus, je fais mine de m'offusquer tout en glissant ma main derrière mon dos. Une seconde me suffit pour tourner la clé qui était fichée dans la serrure. La manœuvre faite, je brandis le trousseau de clés sous son nez, gigote un coup pour affirmer ma victoire, et fonce à travers la cuisine dans l'idée d'atteindre la chambre pour y planquer le précieux trousseau sous le matelas.

Course-poursuite dans l'appartement, sous les yeux médusés d'Héloïse et de Margot qui ne comprennent pas pourquoi nous on a le droit de galoper comme des fous dans la maison alors qu'on le leur interdit.

Henri me rattrape avant que je n'aie eu le temps de fermer la porte de la chambre, m'empoigne le bras, me plaque contre le mur et tente de se saisir des clés. Il est plus fort que moi, mais je suis plus agile. Je tords mon poignet, laisse tomber les clés dans mon autre main que je cache derrière mon dos, avant de faire le geste de les balancer sur l'édredon.

En réalité, je les ai fait glisser à l'intérieur de mon jean. Mon jaloux tourne la tête vers la couverture du lit (que j'ai oublié de faire, ça tombe bien comme ça il y a encore plus de plis). À peine ai-je esquissé un mouvement pour m'enfuir que les clés dégringolent le long de ma jambe et tombent à mon pied.

Henri baisse les yeux vers le trousseau, incrédule, puis les lève vers moi, secoue la tête et dépose tendrement un baiser sur mes lèvres en me traitant de schmock. Aussitôt, deux petites frimousses apparaissent dans l'encadrement de la porte, nous pointent du doigt et émettent un « Houhouhou ! Ils s'embraaaaassent ! » moqueur.

11

Yes ! Nous voilà arrivés à Perros-Guirec !

Elle chante tellement faux que même les sourds refusent de regarder ses lèvres bouger.

Woody ALLEN.

SAMEDI 16 JUILLET – 14 HEURES

Hier, j'ai perdu un pari.

Un pari si simple que j'aurais pu le gagner les doigts dans le nez, à cloche-pied, les yeux bandés, avec une main accrochée dans le dos.

Il s'agissait d'indiquer la direction du restaurant Quick de la rue Saint-Michel. Pour moi, il se situait en bas de façon catégorique. Pour Henri, il était plus haut.

Pas con, il avait parié gros. Crâneuse, j'ai relevé le défi.

Je n'aurais pas dû.

Résultat : me voilà coincée en voiture, privée de chanter sur la musique diffusée par l'autoradio pendant le trajet des vacances. Par miracle, je n'avais parié que l'aller. Ouf.

Mais quelle torture…

Et Henri qui en rajoute. Sur le CD des musiques qu'il a compilées, il y a Cindy Lauper, Kate Bush, Billy Joël, Nik Kershaw, Duran-Duran, Bananarama… Pour affiner sa torture, il a fait exprès de choisir de la pop des années 80 dont je connais les paroles par cœur. Charitable, il m'a quand même épargné son habituelle musique classique. Non, mais parce que se taper sept heures de trajet sur du Rachmaninov, ça va, hein !

En attendant, je suis frustrée, dégoûtée, mais lui jubile. Et les enfants aussi !

C'est incroyable. Mais pourquoi ma famille est-elle la seule à ne pas se rendre compte que je chante super bien ? (Je ne suis pas sourde ! je m'entends moi aussi !)

M'en fiche, je ne me laisserai pas faire. Le temps de la résistance a sonné. Puisque c'est comme ça, je décide de chanter sans utiliser mes cordes vocales, en exhalant juste un souffle d'air silencieux.

À l'arrière, Diane, treize ans, la fille d'Henri, est plongée dans ses pensées d'adolescente, les écouteurs de son walkman profondément vissés sur ses oreilles. Margot regarde passer les vaches pour oublier qu'elle a envie de vomir, et Héloïse essaye d'empêcher ma main de lui caresser la jambe.

Gigotant pour me narguer derrière son volant, mon mec est en train de se la donner à pleins poumons sur les airs que je suis privée de fredonner. Très bien, il l'aura voulu. Je me mets aussi à danser. Hochements de tête, mouvements des épaules, mes mains chaloupent comme des papillons dans l'habitacle.

– On est sur l'autoroute, il y a des caméras de surveillance partout, tu sais. Les types devant leurs écrans de contrôle doivent bien se marrer, lâche-t-il, railleur.

Je défais les liens de mes espadrilles à talons compensés et, toujours en rythme, fais participer à la fête mes pieds aux ongles rouges, posés sur le dessus de la boîte à gants.

Si seulement les conducteurs qui nous croisent savaient que la joyeuse furie qu'ils aperçoivent danser et chanter à tue-tête ne produit en réalité aucun son… la honte pour mon homme.

– Oh allez chéri, juste un microscopique « *On the radio* », pitié…

– Juste une seule chanson ? Même pas en rêve.

Chouettes vacances qui commencent.

16 H 15

Pause pipi sur l'autoroute.

Je ne peux m'empêcher d'envier les hommes, qui ont cette chance folle de pouvoir utiliser leur tuyau d'arrosage debout. Au moins, ils ne risquent pas de se salir (surtout s'ils se lavent les mains en sortant des toilettes, sinon mieux vaut éviter de partager leur sandwich ensuite).

Henri, passage au lavabo inclus, boucle sa petite affaire en deux minutes. Il en faut quatre de plus aux filles que nous sommes pour momifier de papier rêche le trône sur lequel, de toute façon, nous n'allons pas nous asseoir. Et beaucoup d'équilibre pour rester suspendues au-dessus de la cuvette, les cuisses bandées et le fessier cambré vers le centre, cherchant à éviter de mouiller notre culotte et nos chaussures (ou l'art de savoir viser sans utiliser ses yeux). Ensuite, vite, vite, la sortie s'effectue en courant, vaguement dégoûtées, au cas où un microbe nous poursuivrait encore.

17 HEURES

Tiens, il paraît qu'on a failli se tuer à cause de moi !

La mauvaise foi masculine vient de franchir, une fois de plus, un pas supplémentaire dans les tréfonds de l'infiniment grand. Mais bon, on ne va pas se plaindre : c'est ça ou le célibat.

Henri a fait un début de sortie de route à force de se pencher sur ma carte pour vérifier que ce que je lui indiquais était juste. Même pas confiance en son copilote. (Titre, d'ailleurs, qu'il refuse farouchement de m'attribuer, dans la mesure où je n'ai pas mon permis de conduire. Comme s'il fallait avoir son permis pour repérer des noms écrits en minuscule sur une carte routière, et surveiller du coin de l'œil un cadran de vitesse...)

Donc, si je traduis bien ce qu'il a voulu exprimer en m'engueulant comme un sauvage, je n'aurais pas dû hurler en constatant son grave défaut d'inattention.

J'aurais dû calmement lui indiquer, avec une voix d'hôtesse de l'air : « Hum-hum, j'attire ton attention. Mon chéri, il me semble que tu ne regardes plus la route et que tu coupes une voie, risquant par là même de nous mettre en danger mortel. Toutefois mon amour, n'ayant aucune expérience de la conduite automobile, je ne garantis pas l'exactitude de cette information. »

Si je l'avais prévenu de cette façon courtoise et modeste, au lieu de brailler « haaaaaaaaaaaaaaa ! », alors il n'aurait pas donné ce furieux coup de volant qui a failli provoquer un arrêt de mon cœur.

Donc c'est de ma faute.

CQFD.

17 H 10

Engueulade finie aussi vite qu'elle a commencé.

Dans la mesure où nous avons promis aux petites un billet de dix euros à chacune de nos disputes, histoire de ne pas pénaliser leurs vacances par nos chamailleries, nous avons donc le choix entre le sourire ou la ruine. On a choisi le sourire, ayant déjà évité la ruine grâce à Miguel, le copain d'Henri, qui nous prête gracieusement sa maison en Bretagne.

Le rêve : une vraie maison individuelle avec trois chambres, située à quelques mètres de la mer, du calme, du soleil, que demander de plus ? (À part un jacuzzi, je veux dire.) Aucun frais d'hôtel : comble du luxe pour cinq personnes, avides de se ressourcer en famille, et aussi de tester les spécialités locales, comme l'air à l'oxygène ou les gens souriants.

21 HEURES

Yes ! Nous voilà arrivés à Perros-Guirec !

Ça tombe bien, je commençais à avoir mal à la gorge à force de chanter du vide.

L'endroit est une petite ville toute jolie, fleurie à outrance, parsemée de charmantes maisonnettes que nous scrutons avec gourmandise, nous demandant laquelle nous sera attribuée par un destin clément. Préférerons-nous celle avec les jolis volets bruns et les cascades de fleurs sur les rebords des fenêtres, ou devrons-nous nous contenter de la merveille aux murs blancs et aux volutes florales dégoulinant sur le parvis ?

Les trois poulettes, à l'arrière, qui ont salué la vision de la mer à l'horizon à coups de grands cris de joie, ont hâte d'arriver.

21 H 30

Nous avons un peu tourné, demandé notre chemin à des passants (les seuls à s'être arrêtés nous ont expliqué qu'ils ne parlaient pas français), mais nous avons fini par trouver la fameuse rue des Tourments. Et son numéro 36. Dans la voiture, l'enthousiasme est retombé net. La maison semble vieille. Très vieille. Et si elle a jamais été ornée de fleurs un jour, celles-ci sont retournées à l'état de fumier pour fleurir les maisons d'à côté depuis belle lurette.

Le pavillon est effectivement tout près de la mer. Miguel a juste omis de préciser qu'il s'agissait d'un port, et non d'une plage. Pire, ce qu'il a aussi oublié de mentionner, c'est que la maison est située juste en face d'un cimetière.

En l'apercevant, je me fige et jette un coup d'œil inquiet à Henri, qui, lui, reste impassible.

La nuit commence à tomber, ce n'est pas le moment d'affoler les enfants avec mes peurs irrationnelles. Restons calme. Voilà ce que c'est que d'habiter une grande ville. On est tellement déconnectés des réalités de la vie, qu'on flippe pour un rien. Allez, allez, on est arrivés, on va passer de bonnes vacances, c'est le principal.

21 H 35

Nous avons sorti nos valises du coffre, et avançons vers le perron.

Dessus, nous découvrons une sorte de petit animal mort, avec une araignée qui s'agite dedans.

Concert de hurlements. Sauf Henri qui balaye d'un coup de pied la touffe de poil, laquelle n'était en réalité qu'une broussaille séchée de quelque plante exotique du coin. Enfin je crois.

Puis Henri écrase sèchement un truc. C'était l'araignée, qui n'avait pas dégagé et continuait à nous narguer en dansant avec ses sales petites pattes poilues pour nous impressionner.

Sympa, le comité d'accueil.

21 H 37

Oh mon Dieu !

Henri vient d'ouvrir la porte.

Vous voyez la maison de *Psychose* ? Eh bien imaginez la même en plus petite, plus sombre, plus glauque, habitée par des centaines d'araignées qui grouillent partout, et vous obtiendrez une idée assez précise de notre nouveau lieu de vacances.

Lequel est probablement inoccupé depuis plusieurs années.

Autour de nous, les papiers peints aux motifs vieillots se décollent, abîmés par l'humidité et les moisissures, mais ce n'est pas grave parce que les murs sont recouverts de rideaux de toiles filandreuses, réputées décoratives (chez les insectes).

Un escalier de bois brun trône dans l'entrée, menant vers des hauteurs où je ne me sens pas le courage d'aller sans être accompagnée par une escouade de gardes du corps armés jusqu'aux dents. Derrière l'escalier, on aperçoit une petite porte, légèrement entrouverte, laissant la voie libre à toutes les suppositions horrifiques possibles (je vous rappelle que c'est derrière une porte identique qu'on a retrouvé le squelette de la mère de Norman Bates…).

Sans perdre une seconde, Henri fait un pas dans sa direction et l'ouvre pour me rassurer. (Raté.)

La porte donne sur une sorte de petite cave (à l'intérieur de la maison, donc… brrr…).

Je ne veux même pas aller voir. Les bagages que je tiens touchent à peine le sol poussiéreux, je n'ose pas les poser. M'avançant stoïquement de quelques pas, je manque de m'évanouir en découvrant le « salon ».

Des dizaines d'icônes religieuses trônent sur la cheminée, et au moins autant de croix ornent les murs. Pas d'autres décorations. Pas de bibelots du genre poupée bigouden, cendrier en coquillages ou assiette en faïence représentant un moineau. Rien. *Nada*. Ce qui m'amène à conclure que soit les habitants du coin sont particulièrement bigots, soit il y a des vampires dans les environs. D'ailleurs, ils sont où les habitants du coin, au fait ? Je réalise soudain que le quartier était désert, quand nous sommes arrivés. Vite, penser à autre chose.

Allez, pour les enfants, je me dois de rester calme.

Je n'y arrive pas.

J'éclate d'un rire nerveux, immédiatement repris en écho par Diane qui me colle aux fesses. Son portable plaqué contre l'oreille, la gamine est en train de raconter à sa mère le résultat de nos deux mètres d'exploration dans ce Club Med pour fantômes.

Mes nioutes, elles, sont accrochées aux basques d'Henri. Inquiètes, elles contemplent leur mère virer dingo en temps réel.

Mon rire monte dans les aigus au fur et à mesure que l'hystérie me gagne lorsque je découvre, après avoir traversé la cuisine, une salle de bains, dans la baignoire de laquelle trône une monstrueuse araignée noire.

21 H 40

La tarentule ou la mygale, quel que soit son nom, est devenue une attraction pour les petites. Henri, qui se retrouve, à la nuit tombée, dans une maison inconnue avec trois enfants et une femme arachnophobique qui vire maboul à vue d'œil, tente de dédramatiser la situation. Il entraîne Margot et Héloïse par la main pour leur montrer comment tuer la bête.

Je découvre et j'admire le stoïcisme de mon Héloïse, bientôt neuf ans, qui surmonte sa peur avec panache. Ma Margot, âgée de six ans, n'est pas très rassurée, malgré son « Moi, maman, je ne m'inquiète pas. Je ne crains pas les insectes, parce que les animaux sont mes amis ».

Ouais, Peter Parker pensait ça, aussi.

Avant de devenir Spiderman.

21 H 45

Henri commence à s'énerver. Il me fait les gros yeux pour que je me calme et que j'arrête de rire et de crier en même temps. Désolée, mon chéri : un après-midi entier à chanter sur la tonalité du vent, mes cordes vocales à nouveau libres sont déchaînées.

D'ailleurs elles exultent, écoute : Ahahahahahaha…

21 H 46

Henri propose d'aller explorer le premier étage. Sans conviction, les trois petites grimpent les escaliers à sa suite, et moi je reste derrière, montant à reculons, pour faire rempart de mon corps au cas où, je ne sais pas, moi, un truc voudrait les approcher.

21 H 50

Au premier étage, nous découvrons deux chambres (et non pas trois…) ainsi qu'une toute petite pièce ressemblant à une sorte de trou de souris géant. Basse de plafond, elle comporte des toilettes en son centre et un lavabo collé au mur.

Pour dormir, nous avons donc le choix entre une chambre poussiéreuse ayant pour tout mobilier un lit recouvert d'un couvre-lit, ou une autre chambre avec un lit, un matelas nu, une commode et rien d'autre.

La prochaine fois qu'Henri critiquera mes copines, je lui rappellerai le bon souvenir de son camarade qui nous a prêté sa maison en pensant que nous étions des adeptes du camping intra-muros.

22 H 05

Personne ne veut dormir ici.

Qu'est-ce qu'on va faire ???

22 H 10

Mon mec, crevé par sept heures de conduite, me laisse le choix : soit on reprend immédiatement la route vers Paris, et tant pis pour les vacances (oh, nooon !), soit on dort cette nuit à l'hôtel, demain on achète draps et serviettes, et on nettoie la maison de sorte qu'elle soit habitable pour la semaine que nous comptons y passer.

Cris de joie, tout le monde se rue dehors : ON SE TIRE D'ICI !!

23 H 30

Retour piteux dans « la maison de l'horreur ». (Ainsi baptisée par Margot.)

Tous les hôtels de la région sont complets, du une au quatre-étoiles.

Pas étonnant : un samedi du mois de juillet, à 23 heures, au bord de la mer (même si c'est un port).

Je suggère, sans espoir, de dormir dans la voiture, suggestion reprise en chœur par les enfants.

Henri me lance un de ses désormais fameux regards noirs, et déclare que mon comportement est inadmissible pour une mère de famille responsable.

Pardon ? Je suis supposée faire quoi, là ? Surmonter ma répulsion et me forcer à trouver les lieux très… heu… conviviaux ?

Très bien, je vais essayer.

Eh non, décidément, je n'y arrive pas.

MINUIT

Je suis sûre que plus tard, ce sera un formidable souvenir dont nous rigolerons bien.

Mais pour l'instant, nous sommes au cœur d'un épouvantable cauchemar dont il va falloir s'accommoder, puisque nous n'avons pas le choix.

À défaut d'accepter de dormir à cinq dans le même lit (regard noir d'Henri), Diane, Héloïse et Margot vont dormir ensemble, tandis qu'Henri et moi occuperons le lit à matelas nu.

00 H 01

Je me penche vers notre lit, et qu'est-ce que je découvre dedans ???

Rien. Mais j'aurais pu.

00 H 05

Aux grands maux les grands remèdes : je couvre les trois poulettes comme si elles allaient faire du ski. Munies de chaussettes, pantalons, gilets, et les cheveux attachés, le trio s'allonge par-dessus la couette pour ne pas trop la toucher (oui, je sais…).

Henri et moi investissons l'autre lit, recouvert sommairement d'un drap trouvé miraculeusement dans l'armoire. Nous nous y effondrons d'épuisement. Enfin, moi je m'effondre d'épuisement. Henri, lui, insomniaque et énervé, fait des mots croisés la lumière allumée, m'empêchant au passage de dormir.

Quel râleur celui-là !

DIMANCHE 17 JUILLET – 8 HEURES

Les volets ouverts sur la lumière du jour, la maison nous paraît un peu plus accueillante (les toiles d'araignées se voient moins).

Débriefing dans le « salon » avec Henri. Ce matin, il file à la supérette du coin acheter le minimum vital : produits ménagers et serviettes propres. Pour le reste, on passera nos journées dehors et on ne rentrera que pour dormir. Donc on va se forcer à supporter la maison, pour le peu de temps qu'on passera dedans.

Oui mon capitaine !

9 H 21

Tandis que nous passons un coup de balai sur le sol, Henri insiste pour que nous fassions bien attention à ne pas tout déranger. Nous devons laisser la maison de son copain dans l'état où nous l'avons trouvée. Cela implique-t-il d'aller cueillir des araignées dans le jardin d'à côté pour remplacer toutes celles que nous avons tuées depuis notre arrivée ?

Je m'interroge.

9 H 35

En déballant les valises, une réalité atroce me saute au visage : j'ai oublié les adresses pour les cartes postales !! Et comment je me débrouille pour faire bisquer mes copines en leur racontant les vacances de rêve que nous passons en Bretagne, hein ?

Aaaah, je suis dégoûtée.

10 HEURES

Margot s'est réveillée. Elle m'appelle en criant. Je monte à l'étage en courant comme une dératée. Elle sort des toilettes, et me dit qu'il y a du caca dans le lavabo. Je regarde l'évier qui est vide. Il n'y a rien. Héloïse, debout derrière moi, me dit que Margot a raison, elle aussi l'a vu, le caca dans l'évier. Je ne comprends absolument pas de quoi elles parlent.

Allez hop, toutes en bas pour le petit déjeuner.

10 H 15

Cris de Diane à l'étage. Je remonte l'escalier en courant comme une folle. Diane sort des toilettes. Écœurée, elle me dit en tirant la chasse :

– Regarde.

La chasse d'eau fait un bruit épouvantable… et de l'eau remplie de caca reflue dans le lavabo. Je pousse un cri alertant Henri, qui rapplique en grognant. Étonné par ce qu'on lui raconte, il tire lui aussi la chasse d'eau pour assister au spectacle du « caca baladeur ». Je pense qu'on va être obligés d'utiliser les toilettes du rez-de-chaussée. J'ai hâte de rentrer à Paris pour dire deux mots à ce farceur de Miguel.

14 HEURES

On voulait aller à la plage, mais le ciel est couvert, alors on ira demain. Ça ne nous empêche pas de sortir faire un tour. À peine avons-nous ouvert la porte d'entrée qu'une petite vieille qui en était très proche (l'oreille collée dessus ?) sursaute en nous apercevant. Comme on la regarde, elle hausse le menton et poursuit son chemin. On se lance des coups d'œil un peu stupéfaits. Il est sympa le voisinage, par ici.

J'attrape un pack de bouteilles d'eau et me dirige, les bras chargés, vers la voiture, tandis qu'Henri rassemble notre troupeau de filles et donne un coup de clé dans la serrure. En traversant, je croise deux passantes qui discutent face à notre maison. Elles n'ont, semble-t-il, pas vu que j'en sortais. L'une dit à l'autre, en jetant un regard lourd de reproches vers Henri et les enfants :

– Je ne savais pas que des gens habitaient dans cette maison délabrée…

L'autre lui répond :

– Pff… tu as vu ça ? Ils ont tout dégradé, c'est une honte.

Non, vraiment, extra le voisinage.

14 H 10

Moi (assise à l'avant). – Les filles, vous êtes bien attachées ?

Réponse collective. – Ouiiiii…

Moi (histoire d'être sûre). – Héloïse, tu es bien attachée ? Fais voir…

Héloïse. – Mais oui maman, tu me prends pour un bébé, ou quoi ?

Moi. – Margot, tu es bien attachée ?

Margot. – Pfff… oui maman…

Moi. – Diane, ma chérie, tu es bien attachée au moins ?

Diane (me montrant l'attache de sa ceinture, avec un regard consterné). – …

Moi. – Chéri ? Tu es…

Henri. – Ého, ça va, hein !

15 HEURES

Visite d'exploration des environs en voiture. La Bretagne, c'est joli, d'ailleurs tout le monde le dit. Et il s'avère que c'est vrai. Qu'ils sont incroyables ces monceaux de fleurs, dont j'ignore le nom, qui ornent les devantures et les buissons des maisons devant lesquelles nous passons. Elles sont de toutes les nuances possibles, avec des couleurs parfois inimaginables dans la nature.

Henri, à qui je pose la question, m'explique que ce

sont des caminés, une espèce de fleurs de la famille des camélias. Elles ont été créées par un illustre botaniste, un certain Jim, ou James Twayllet, qui en a inondé la région en 1852.

– Ah bon ? lui dis-je, admirative devant sa très grande culture. Ah ben, rappelle-moi d'aller acheter de ces caminés de Twayllet quand nous serons de retour à Paris.

Quelques secondes passent, puis je percute.

– HOO T'ES BÊTE ! Tu imagines si j'avais demandé ça à un fleuriste ?! La honte !

Dans la voiture, tout le monde se marre.

23 H 14

– Chéri ? T'as des nouvelles de Sacha ?

Allongé à plat ventre sur le lit, Henri est concentré sur sa grille de mots croisés qu'il remplit à une vitesse impressionnante, quasiment sans réfléchir.

– Oui, il va bien, pourquoi ?

– Non, ça je m'en fous, je voudrais juste savoir si tu as eu des échos de sa relation avec Noémie.

– Mmh… il ne m'en parle pas. Tu le connais, il est sûrement passé à autre chose…

– Justement, j'ai eu Noémie tout à l'heure au téléphone. Elle m'a dit que Sacha la harcèle de manière gluante, elle pense qu'il est fou amoureux.

– Ouais, bon, tu connais Sacha… toujours excessif.

– Il paraît qu'il veut la présenter à sa mère.

– Hum… Ça a l'air sérieux, finalement.

– Et sinon, y a quoi à voir à la télé ?

– Chérie, y a pas de télé.

– Je plaisantais. Alors on se blottit l'un contre l'autre sous les couvertures ?

– Y a pas non plus de couvertures. Tiens, mets un deuxième pull.

– C'était une façon détournée de te demander de me prendre dans tes bras.

– Ah. (Il pose sa grille de mots croisés sur l'oreiller en soupirant.) Ben viens, alors.

– Non merci, je ne voudrais surtout pas que tu te sentes obligé. Bonne nuit.

Henri n'aime pas être déconcentré quand il fait ses mots croisés. Ça tombe mal, parce que moi j'adore venir le déconcentrer quand il fait ses mots croisés.

Mais comme au fond il aime un petit peu bien, il jette son journal sur le sol avec un grognement amusé, avant de se tourner vers moi et de me prendre dans ses bras avec une moue signifiant « allez viens, ma chieuse ».

Je le repousse avec orgueil.

Il m'attrape et me serre plus fort contre lui. Les bras immobilisés, je presse son mollet entre mes orteils pour me dégager. (Il déteste ça.) Il étouffe un juron sans me lâcher, descend sa main le long de ma cuisse, et me pince la cellulite à l'intérieur de la jambe (hyper-douloureux). Je me débats (peu, j'aime bien quand il me tient comme un gros ours qui aurait capturé un saumon frétillant) et tente de répliquer en lui infligeant un « baiser de la mort » (un bisou dans l'oreille : l'aspiration de l'air dans le tympan rend sourd pendant plusieurs secondes. Atroce). J'y parviens au bout de quelques tortillements. Il grimace de souffrance et me promet des représailles dont je n'ai même pas idée. Ah-aah ! Même pas peur !

Mais au cas où, je tente quand même de m'esquiver. Il me maintient sans efforts, me mord le bras et l'épaule en haletant combien il adore me mordre, puis brusquement saisit mon poignet des deux mains (non ! pas le poignet !) et m'administre un de ses redoutables « bracelets chinois » (en serrant fort, la première de ses mains tourne dans un sens, la seconde tourne à l'opposé, ma peau rougit, et moi je ne peux qu'attendre qu'il termine sa torture en échafaudant des plans de vengeance).

À peine a-t-il lâché mon bras, satisfait, que je lui saute à califourchon sur le ventre et, sans lui laisser le temps de réagir, pose mes phalanges sur son front pour le gratifier d'un « frottement qui tue » (sensation équivalant à l'application d'un xylophone sur la figure).

Il rouspète que je n'ai pas le droit (pourquoi ? parce que j'ai gagné ?), m'embrasse pour signer la trêve (tentant au passage un ultime « baiser de la mort », sans succès, j'avais prévu le coup), et nous nous endormons dans les bras l'un de l'autre, épuisés.

12

« Chèr papa. Je n'arraite pas de tué des araignait »

Il n'est pas nécessaire de nager plus vite que le requin, il faut juste nager plus vite que le type qui se trouve à côté de vous.

Peter BENCHLEY.

LUNDI 18 JUILLET – 10 HEURES

Tiens, on a trouvé un nouveau truc marrant, dans la maison. Le plafond du rez-de-chaussée fuit sur nos têtes lorsqu'on passe en dessous pour entrer dans le salon (du coup, on entre en diagonale). Des gouttes tombent depuis l'emplacement exact où se trouvent les toilettes du dessus (bouchées, d'ailleurs). Nous sommes nombreux à penser qu'il s'agit de gouttes de pipi cacaoutées. De toute façon, on en avait assez d'assister à ce reflux ignoble dans le lavabo. On utilise désormais les toilettes de la salle de bains, à côté de la cuisine (où nous ne cuisinons pas, d'ailleurs ; on n'ose même pas imaginer ce qui a pu faire son nid à l'intérieur des vieilles casseroles dans le placard).

10 H 30

En parlant de cabinet, Henri fulmine sans arrêt parce que les petites ne tirent pas la chasse d'eau des toilettes d'en bas. C'est normal, les pauvres. Elles (on) font pipi à toute vitesse, puis elles (on) s'enfuient ensuite en courant, de peur de croiser une araignée.

14 HEURES

Bon, vu le temps, aujourd'hui on ne va pas aller à la plage, finalement.

15 HEURES

Les premiers témoignages commencent à apparaître sur les cartes postales (de ceux dont je connais l'adresse par cœur).

Pris sous la dictée :

Bonjour papa. Les vacances sont un peu nulles, mais je t'ai acheté un cadeau. Mais les vacances sont quand même un peu top, parce que nous sommes allés deux fois au Mc Do pour l'instant. Je te fais de gros bisous, Margot.

Écrit avec application :

Chèr papa. Je n'arraite pas de tué des araignait. La honte ! Maman a peur des araignait. Gro bisous, Héloïse.

Ou encore :

Cher Albert, je passe de bonnes vacances en Bretagne et je m'amuse comme une folle ! La mer est froide, mais c'est quand même bien, même s'il pleut. Gros bisous, Héloïse.

(Fautes corrigées pour ne pas que la mère de son

copain s'imagine que ma fille travaille moins bien que son fils à l'école.)

Bouteille à la mer :

Chère maman, j'en peux plus, ma chambre me manque trop ! Vivement le retour à la maison ! PS : Tu pourras m'acheter le nouvel album des Blue, pour m'aider à supporter ces vacances idylliques ? J'ai des marques partout sur les jambes, à force de me prendre des coups de pied la nuit par les petites qui gigotent dans le lit... Oui, parce qu'on partage le même lit à trois !! Réflexion faite, rajoute aussi un baladeur MP3 et quelques colliers de chez Claire's, je le mérite bien. Ta fille qui t'aime, Diane.

MARDI 19 JUILLET – 11 HEURES

Après avoir roulé longtemps au hasard, nous venons de trouver une plage magnifique, absolument sublime. Et totalement déserte.

Pourtant il fait beau. (Enfin, il y a de gros nuages lourds. Mais « faire beau » dans la région, ça veut dire qu'il ne pleut pas.) Les vagues sont minuscules, et un drapeau vert flotte dans les airs. Je n'arrête pas de me demander pourquoi il n'y a personne sur cette plage sublime.

Henri suggère que c'est peut-être à cause de l'arrivée récente d'un grand requin blanc, égaré dans le coin.

Oh non, je n'aime pas quand il plaisante avec ça.

Quand j'étais ado, on m'avait raconté l'histoire d'une fille qui était allée faire quelques brasses en mer. Comme elle finissait ses règles, elle a attiré un requin rendu fou par l'odeur du sang, qui lui a bouffé une jambe. On peut dire ce qu'on veut, mais je ne tiens pas à vérifier l'authenticité de cette anecdote. Aussi depuis, je fais scrupuleusement attention à la date de mon cycle avant d'aller me baigner.

Tout en parlant, Henri avance d'un pas conquérant vers les flots, accompagné des petites qui crient de joie en bondissant partout. Derrière lui, je trottine en trimballant difficilement un lourd sac contenant tout le nécessaire pour survivre sur une plage : paréo, serviettes, crème solaire, seaux et pelles, caméscope, bouteilles d'eau, magazines, etc.

Plus mon sac à main. Plus ma paillasse. J'ai l'impression d'être leur caddie.

Retenant un soupir de nostalgie, je me remémore avec émotion les doux temps de mon enfance où c'était ma mère qui se coltinait ce rôle ingrat de chameau (vous savez, l'animal qui foule le sable avec l'équivalent d'une caravane sur son dos). Et sans se plaindre, encore. Bravo maman !

Mais je n'ai pas hérité de son courage, et je ne me prive pas de le faire savoir.

11 H 10

C'est une fois que nous sommes arrivés, les cinq paillasses étalées et nos affaires sommairement posées dessus, que le vent se met à souffler.

Pas dans le genre petite brise guillerette, hein, plutôt dans le style bourrasque précyclonique.

D'un seul coup, tout s'envole : paillasses, robes, tongs, mais tout le monde s'en fiche, parce que tout le monde est en train de s'envoyer des coups de pied dans l'eau, loin devant, tandis que je pique une crise à essayer de tout retenir avec seulement quatre membres.

Finalement, magnanime (et alertée par mes hurlements furieux), la bande des joyeux vacanciers me ramène de gros galets pour caler nos affaires dessous. Henri ne manque pas de souligner combien je manque d'organisation, et combien je me noie facilement dans un verre d'eau. Je décide qu'il est plus sage de vite lâcher le gros caillou que je tiens à la main.

Une fois leurs pierres déposées, les Parisiens m'oublient et repartent en courant s'envoyer de l'eau dans les yeux.

11 H 20

Pour la peine, je dégaine le caméscope, histoire d'immortaliser la scène de bataille aquatique qui se déroule sous mon nez. (« Alleez ! Toutes contre Henriiiii ! Wouééééé ! »)

Je filme mon homme remuant dans son nouveau bermuda bleu canard et ses sandales qui laissent dépasser ses orteils. (Il n'y avait pas de pointure plus grande que 45. Ou alors si, mais c'étaient plus des sandales, c'étaient des palmes.)

Éblouie par le raffinement de sa tenue – il ne lui manque que le bob Ricard et la gourmette en argent –, j'accompagne mon reportage d'un savoureux commentaire en voix *off* : « PSG, PSG, PSGéééééé… PSG, PSG, PSGéééééé-euuuh… », commentaire que je ne cesserai de chantonner tout le reste de la journée.

Du coup, Henri, pour justifier pleinement le rôle de beauf que je lui attribue, éructera des commentaires graveleux sur la plastique de toutes les nanas qu'il verra passer (accompagnés des regards lubriques adéquats, bien entendu).

Ma jalousie étant supérieure à sa susceptibilité (et à ma dignité), au bout de deux petites heures de ce manège, je n'ai plus qu'une seule idée en tête : le faire cesser.

Mais il ne suffit pas de l'exiger, ce serait trop facile. En compensation du préjudice subi par cet homme habituellement sobre et élégant, contraint aujourd'hui par le climat de s'habiller court (même des chaussures), je me vois mise en demeure d'invoquer la formule (bien humiliante) suivante, à haute et intelligible voix : « Pardon, ô grand maître vénéré, pour le coup du PSG... »

Trois fois de suite.

11 H 50

Entre deux coups de caméscope, je sers aussi de distributeur automatique de trucs.

– ... Déborah, tu peux me passer ma montre, s'il te plaît, dans ton sac ?

– ... Maman, tu as des Kleenex ?

– ... Chérie, tu me files mes lunettes de soleil, please, à côté de toi ?

– ... Maman, il est où mon *Journal de Mickey* ?

Même pas en rêve je peux imaginer poser une fesse sereine et détendue sur le sable.

Henri, jamais avare d'une bonne vanne, m'a d'ailleurs surnommée « la femme couteau-suisse ». (Ah-ah, j'en peux plus, j'ai mal aux abdos. Pff.)

La seule qui ne me demande rien, c'est Diane.

Allongée près de moi, son éternel walkman enfoncé

dans les oreilles, elle épluche consciencieusement les derniers potins sur les jumelles Mary-Kate et Ashley Olsen dans son magazine pour ados.

Pour mon anniversaire, il faudra que je pense à demander un walkman, moi aussi.

12 H 15

Aaaaah, tout le monde a tout ce qu'il veut, je peux enfin me plonger dans la lecture vivifiante de mon *Marie-Claire*.

Ah, ben non.

Henri, sans doute attiré par l'absence d'activité frénétique sur mon carré de sable, débarque, s'ébroue au-dessus de mon magazine, et m'interroge :

– Mais comment font les nanas pour lire toutes ces conneries ?

Agacée, je lève la tête, baisse mes lunettes de soleil, et lâche :

– Figure-toi que « les nanas » portent les enfants, les élèvent, se tapent travail à l'extérieur et gestion des tâches ménagères, trouvent du temps pour leur p'tit mari et se farcissent la belle-famille. Cela demande une organisation sans failles, une responsabilité de tous les instants et des nerfs d'acier. Alors quand elles peuvent s'octroyer un moment de détente, bizarrement, elles évitent de se plonger dans un rapport sur les fluctuations économiques en Asie du Sud-Est. Les hommes, par contre, lisent tous les jours le journal en se donnant l'air important. Pour « savoir ce qui se passe dans le monde », comme ils disent. Et alors ? Et ensuite ? En quoi cela influence-t-il leur journée ? En rien. Les hommes sont des enfants qui jouent à être de grandes personnes. Les femmes n'ont pas le temps de jouer, elles.

Henri, et c'est suffisamment exceptionnel pour être souligné, ne trouve rien à répondre.

Penaud mais digne, il repart en courant chahuter avec les petites dans l'eau glacée.

Je mime un geste de haut en bas du tranchant de la main : « casséééé ».

23 H 12

Allongés sur le lit, nous regardons le plafond en écoutant la poussière qui tombe et le bruit des araignées qui copulent.

Henri. – Dis, pour le mariage…

Moi. – Quel mariage ? Je n'ai pas encore dit « oui », que je sache !

Henri. – Normal, femme, je ne te l'ai pas encore proposé.

Moi. – Normal, gros nase, tu as trop peur que je refuse.

Henri. – Ahahaha !

Moi. – Bon, tu disais ?

Henri. – Ben je disais que Sacha me proposera certainement de faire un enterrement de vie de garçon…

Moi. – Ahahaha, même pas en rêve. Fais ça, et ce n'est pas l'enterrement de ta vie de garçon que tu vas célébrer, mais la naissance de ta vie de vieux garçon.

Henri (l'œil brillant). – Il connaît une boîte…

Moi (un peu énervée). – Attends, mais tu sais ce que c'est, un enterrement de vie de garçon ? Je te préviens, Henri. Si tu fais ça, je choppe Daphné et Roxane, et je me fais un enterrement de vie de jeune fille aussi. Tu sais comment ça se passe, un enterrement de vie de jeune fille ?

Henri. – Non… il y a quoi ? Un strip-teaseur ?

Moi. – Aaaah, mais pas que ça, monsieur ! D'abord, le type fait asseoir la fille sur une chaise. Ensuite, juste vêtu d'un string, il se frotte contre elle, lui prend la main et la met sur son slip, lui caresse les seins, et tout. J'ai vu ça dans une émission, à la télé. Le lendemain, la nana qui s'était fait tripoter par le strip-teaseur était morte de honte. Sache que je suis prête à mourir de honte, s'il le faut.

Henri (toujours enjoué). – Mais ouais, c'est ça… De toute façon je n'y pourrai rien, le cadeau d'un ami, ça ne se refuse pas.

Moi. – Fais-le, et je sais ce que je vais t'offrir, mon amour, pour ta petite party prénuptiale.

Henri (souriant). – Quoi, une strip-teaseuse ?

Moi. – Non. Une castration chimique.

Henri (qui jubile). – Mais écoute, ce sera juste une… ou deux… filles pour la dernière fois, avant de ne me consacrer qu'à une seule pour le reste de ma vie. Et puis, tiens, pour t'honorer, je les choisirai brunes. Je renonce aux blondes. C'est pas une preuve d'amour, ça ?

Moi (me collant à lui, et passant tendrement ma main sur son torse). – Tu sais ce que je vais faire ? Je vais faire en sorte que tu n'aies plus jamais envie d'une autre femme que moi. Même pas pour enterrer ta vie de garçon.

Henri (les yeux fermés, ravi). – Hum… qu'est-ce que tu vas faire ?

Moi (me redressant brusquement). – Je vais tordre ton sboub en deux jusqu'à ce qu'il casse !

Henri. – Ah ? Ce n'est pas exactement ce que j'avais en tête…

Moi (suppliante). – Mais allez !! Tiens, ça me rappelle un épisode de *Friends*, avec Monica qui offre à Chandler une strip-teaseuse pour enterrer sa vie de garçon, mais elle se trompe et la fille était une prostituée, en réalité.

Henri. – Super ! Tu comptes m'offrir la même ?

Moi. – Mon amour… c'est vrai que tu as encore tant de choses à apprendre… mais laisse-moi te les enseigner moi-même…

Henri. – Ahahaha ! Grosse nase, va.

(Bruit de bisous.)

1 H 57

Je déteste quand Henri me parle d'un projet uniquement pour me faire flipper, et qu'ensuite il y renonce, magnanime, attendant de me voir éperdue de reconnaissance à son égard.

Alors qu'en réalité, il n'avait jamais eu l'intention de le faire.

2 H 01

Pourquoi est-ce que je tombe toujours dans le panneau ?

MERCREDI 20 JUILLET – 9 HEURES

Il y a un rat dans la maison !!

C'est Henri qui l'a entendu cette nuit, sous le toit. Les nioutes sont folles de joie, car les souris en cage qu'elles ont chez leur père leur manquent. Personnellement, je me demande si je vais longtemps supporter ce *Fear Factor* version caméra cachée. L'ombre de Marcel Béliveau plane dans les parages, je le sais, je le sens. Ce n'est pas possible autrement. Ou alors nous venons de pénétrer dans un monde parallèle rempli de trucs dégoûtants. C'est plausible, n'empêche, vu le décor.

10 HEURES

La lutte contre les araignées continue.

Nous nous sommes un peu habitués, et si nous ne dormons toujours pas sous les couvertures, nous acceptons de poser la tête, cheveux attachés, sur un coussin. (Il n'y en a qu'un seul par lit. Bonjour les épidémies de torticolis.)

Parfois, dans la maison, retentissent des hurlements : « Heeeee ! Lààà, y en a uuuuune ! Elle est trop grosse, je ne peux pas la tuer ! » (Héloïse.) « Henriiiiiii ! Vas-y chéri, s'il te plaît, viiiiite ! » (Moi, sans même voir l'animal.)

Henri a été promu exterminateur officiel de bidules à huit pattes. Il n'a pas le choix de toute façon, personne d'autre ne s'est dévoué. C'est ça ou supporter nos piaillements de terreur pendant qu'il est au téléphone, à remercier gentiment Miguel de nous avoir prêté sa maison.

10 H 15

En plus d'abriter plusieurs millions d'êtres vivants (dont une majorité d'insectes), la maison dans laquelle nous logeons possède un étage. Ce qui signifie que si l'on veut descendre dans la salle de bains prendre une douche, et que l'on a oublié, je ne sais pas, moi, son après-shampooing, il faut remonter le chercher dans sa chambre, puis redescendre encore. Pour se rendre compte qu'on a oublié de prendre une culotte propre, et donc remonter la chercher et redescendre encore. Tout ça, plus d'une dizaine de fois par jour.

Résultat : j'ai des cuisses en béton armé, je souffre de crampes et de douleurs diverses (l'épuisement, sans doute), sans compter que je dois bien brûler mille huit cent calories à chaque aller-retour, au bas mot.

Il faudra que je pense à faire installer un escalier dans ma prochaine maison.

14 HEURES

Aujourd'hui, nous allons visiter un château.

On voulait faire plage, mais le package temps pourri + vagues froides nous a moyennement emballés. On voulait aussi visiter une ferme géniale pour les enfants, mais au milieu de notre centaine de prospectus, guides et brochures diverses, impossible de retrouver l'adresse de la ferme en question.

Donc, nous allons explorer le plus beau château de toute la région. Mais avant cela, Henri propose de faire un tour dans les jardins moyenâgeux qui le bordent.

Chouette, une balade !

15 H 30

La balade se transforme rapidement en expédition, car les jardins ne sont pas moyenâgeux pour rien : c'est une vraie jungle, là-dedans. Bien luxuriante, avec ça.

Les petites sont folles de joie, elles suivent Henri qui

avance à grands pas, tandis que Diane et moi progressons avec précaution pour ne pas salir nos baskets blanches dans la boue.

Oui, parce qu'il a plu. Encore.

Je parie que les seules paires de lunettes de soleil en circulation dans la région doivent appartenir à des aveugles.

Partout nous croisons des cascades et de mignons petits cours d'eau que nous devons enjamber en nous retenant de glisser. Mes nioutes se prennent pour des mini-Indiana Jones, tandis que je peste devant tous ces escaliers, construits avec des morceaux d'arbre, que nous devons gravir en direction du château (trois mille kilomètres plus haut).

16 HEURES

Ah, tiens ! Encore des escaliers en bois ! Que c'est dépaysant !

Je suis si fatiguée que j'ai l'impression d'avoir de la purée de muscles dans les guiboles. Diane sursaute à chaque mouvement d'insecte que nous croisons, et ils sont nombreux.

Sans exagérer, le paysage offre une ressemblance saisissante avec l'Amazonie. Force est de constater que les variétés de végétaux sont innombrables, et surtout incroyablement belles. Bon, c'est vrai qu'à Paris, si on veut approcher la nature, on a le choix entre les platanes ou les géraniums accrochés sur les rebords de fenêtres. Après ça, même une fane de carotte nous paraît exotique. Si on pouvait juste trouver des plantes dépourvues d'insectes, ce serait parfait : combien de fois devons-nous fermer la bouche en croisant un nuage de moucherons, priant pour qu'aucun d'eux ne reste collé à notre gloss…

16 H 30

J'ai l'impression grisante d'être dans *Koh-Lanta*. D'autant que nous nous perdons plusieurs fois avant de retrouver notre chemin.

Margot exulte, en s'imaginant vivre de palpitantes aventures dans la forêt :

– Eh, on dirait qu'on dormirait ici, et qu'on se ferait un lit sur les branches d'arbres, et on dirait qu'on verrait des ours, et…

Héloïse, qui trottine beaucoup plus vite que nous, jubile :

– Ah, les nulles ! Vous êtes trop nulles, maman et Diane ! Allez, dépêchez-vous bande de nulles !

16 H 45

Diane s'arrête parfois, figée d'horreur devant une chenille couleur caca d'oie ou un vers tortillant et poilu. Je tempère son dégoût :

– Allez, fais pas cette tête, dans *Koh-Lanta*, ils sont obligés de les bouffer.

On rigole en traitant les candidats de l'émission de nuls, parce qu'ils vont à l'autre bout du monde se goinfrer de limaces, alors qu'il y en a d'excellentes en Bretagne.

16 H 50

Je caricature un peu mon côté feignasse pour ne pas laisser Diane isolée, et partager avec elle son sentiment de révolte typiquement adolescent : « Mon père m'ennuie, tout ce qu'on fait c'est chiant, je serais bien mieux dans ma chambre en train d'écouter Kyo. »

Mais mon plan de rapprochement belle-mère/belle-fille marche très moyennement.

Arrivée au pied du château, Diane en veut à son père de marcher trop vite et de ne pas s'occuper d'elle. Henri insiste pour qu'elle fasse le reste du chemin avec lui, il rêverait d'avancer en tête à tête avec sa fille, mais elle refuse. Éternelle incomprise qui désire ce qu'elle n'a pas, et n'en veut plus lorsqu'on la supplie de l'accepter.

Je sais qu'Héloïse et Margot passeront bientôt par là, et j'en frémis d'avance. Surtout lorsque je me souviens de cette période que j'ai également traversée lorsque j'avais l'âge de Diane. Capricieuse, perpétuellement renfrognée, et surtout… tout dans le regard ! Lequel devait être sombre, désespéré, belliqueux et le plus souvent adressé à mon père, dont je recherchais l'affection autant que je semblais la rejeter.

16 H 57

Ça me rappelle une émission que j'ai vue il y a quelques mois, dans laquelle une bonne femme affirmait sans rougir pouvoir parfaitement aimer son mec, divorcé, sans jamais aimer ses enfants à lui. Elle disait qu'elle n'était pas obligée de les supporter puisqu'elle ne les avait pas choisis, et qu'ils resteraient toujours des étrangers. Ses propos m'avaient choquée. Est-ce qu'on peut trouver un homme physiquement sublime, à part son grain de beauté sur le menton qui nous révulse et son absence de poils aux jambes qui nous glace le sang, mais pour le reste, c'est le plus bel homme du monde ? (À part aussi ses doigts trop courts et ses affreux yeux marron plutôt que bleus.) Je veux dire, les enfants ne sont pas les accessoires amovibles d'un M. Patate, que je sache.

Pourquoi dans ce cas ne pas opter pour un traditionnel cinq à sept lui permettant de profiter de la peau de son chéri sans s'imposer ses verrues ? Au lieu de travailler, patiemment, à obtenir l'affection de la chair de son grand amour, elle préférait leur fermer la porte de son cœur au nez. Personne ne lui demandait d'adopter ses gosses non plus, hein, mais juste de se comporter avec eux en tenant compte de ce qu'ils étaient : des enfants souffrant de l'éloignement d'avec leur père, et de cette proximité avec une inconnue méfiante dans un milieu hostile (vu que la mère doit leur bourrer le mou).

Est-ce si difficile que ça de se mettre à leur place ?

Si cette femme est capable d'irradier une amabilité servile envers des collègues de bureau qu'elle ne peut pas encadrer, je suis sûre qu'en se forçant un peu, elle y arrivera aussi pour des enfants qui auraient pu être les siens.

17 H 15

Aaaah, nous sommes enfin arrivés au château !

À peine avons-nous fait quelques pas à l'intérieur qu'il faut déjà emprunter d'étroits escaliers en pierre d'époque, qui montent en colimaçon serré, pour continuer la visite.

Génial, des escaliers ! Non, mais ça m'aurait trop manqué, sinon.

17 h 25

Pour atteindre chaque étage, il faut suer pendant une demi-heure. L'escalade du Machu Picchu, à côté de ce que j'endure, c'est la montée des marches du Festival de Cannes.

Mon souffle charrie une coulée d'air liquide semblable à de la lave brûlante, tandis que je grimpe ces millions de marches en suffoquant d'épuisement. Quand j'étais au lycée, ma prof de gym criait : « Trouvez votre second souffle ! Trouvez votre second souffle ! » Il faut faire vite, car j'ai complètement perdu le premier.

Je réalise soudain que je suis la seule à me plaindre (plus précisément, « on » me le fait réaliser). Serais-je réellement la feignasse que je tentais de caricaturer tout à l'heure, en gémissant auprès de Diane ?

Il faudra que je me penche sur la question.

Un jour.

17 h 30

Nous visitons chaque étage avec délice. Henri essaye bien de me perdre une fois ou deux en chuchotant aux filles : « Eh, venez, on abandonne maman ! », mais ça ne fonctionne jamais, parce que je cours partout jusqu'à les retrouver.

17 h 40

À cet étage est organisée une exposition de peinture, où, comme d'habitude, le pire côtoie le meilleur. Certaines toiles sont d'une beauté à couper le souffle. Nous nous arrêtons pour les contempler longuement et nous en imprégner.

D'autres tableaux sont juste moches et prétentieux. Souvent, il s'agit d'art moderne. « Moderne » est visiblement le mot gentil pour dire « ridicule » sans effrayer d'éventuels acheteurs.

17 H 55

Au troisième étage, surprise, nous pénétrons dans une salle qui respire la sérénité.

Dans une petite pièce aux murs de pierre taillée, haute de plafond, nous découvrons une sorte de bibliothèque de livres sur la région, mis à la libre disposition des visiteurs.

De magnifiques coussins aux couleurs chatoyantes sont jetés à même le sol, parsemant aussi bancs et fauteuils qui nous invitent à faire une halte. Quelques personnes sont assises, d'autres lisent, certaines discutent. Nous nous affalons, contents (et les jambes endolories, en ce qui me concerne, si ça intéresse quelqu'un).

Juste devant nous se trouve une table basse en bois brun patiné, sur laquelle est disposé un somptueux jeu d'échecs. C'est incroyable. Je ne peux imaginer pareil endroit à Paris, il y aurait forcément des pièces d'échec volées, des coussins salis et abîmés, des livres aux pages froissées. Ici, il n'y a même pas de caméra de surveillance, la confiance règne tout simplement.

Henri me pose une question absurde. Il me demande si je sais jouer aux échecs.

– Ah-aaah ! je lui réponds, non seulement je sais jouer aux échecs, mais attends-toi à ce que je te déchire la tronche !

Son œil pétille lorsqu'il me répond :

– Femme, apprête-toi à mordre la poussière. Je vais t'aplatir, te pulvériser, te…

– Ah ouais ? Eh bien moi, pire, je vais…

Henri, confortablement installé dans son fauteuil, lève la main et me coupe dans mon élan destructeur.

– Attends, je veux un enjeu d'abord. On parie quoi ? On parie ton silence sur le trajet du retour ?

– Nan, trop fastoche, on va placer la barre plus haut. Disons que si je gagne… non, pardon, quand je gagnerai, je veux que…

On parle, on parle, et pendant ce temps, un petit garçon s'installe devant la table d'échecs, et propose une partie à Héloïse qui accepte, ravie.

Ouf ! Henri l'a échappé belle.

18 H 15

Penchés au-dessus de son épaule, nous suivons avec passion la partie d'Héloïse et du petit garçon. C'est qu'il joue super bien, le bougre ! Je constate avec plaisir que mon Héloïse ne se défend pas si mal, même si elle perd de plus en plus de pièces. J'ai envie de l'encourager, mais j'ai peur que les parents du petit garçon ne le prennent mal. Oh, et puis tant pis.

Je souffle à son oreille :

– Vas-y ma chérie, c'est bien, super.

Continuer avec « Allez, mets-lui une tannée à ce gnome, sois la digne fille de ta mère ! » me semble toutefois un peu déplacé. D'autant que la maman du petit garçon suit elle aussi la partie en souriant gentiment.

Lorsque Héloïse commence à perdre un peu trop de pièces pour que ce soit le simple fruit du hasard, la maman, voyant ma tête, me glisse :

– Ne vous inquiétez pas, mon garçon est champion de France d'échecs dans sa catégorie…

Je soupire jusqu'à en avoir un ventre taille 38.

J'en profite pour intimer à Henri :

– Regarde un peu comment il fait et prends-en de la graine, freluquet, ça te sera utile si tu veux m'affronter un jour.

Ne jamais perdre une occasion de déstabiliser l'adversaire quand on a peu de chance de gagner contre lui.

20 HEURES

Diane et Henri sont sortis en amoureux chercher des McDo. Ça me donne l'occasion de passer un peu de temps seule avec mes clones.

On se serait bien assises sur le canapé du salon pour papoter, mais il n'y en a pas. Il y a la cuisine, où on aurait pu s'attabler devant un grand verre de n'importe quoi, mais elle ne possède ni table, ni verres. Tant qu'à être hors de Paris, c'était l'occasion ou jamais de prendre l'air dans le jardin, sauf qu'il ne semble pas avoir été défriché depuis les années 50. Quant à aller faire un tour dehors, à la vitesse où refroidissent les McDo, il serait trop risqué de louper le retour des Boublil. Alors je me fais une place au milieu des exemplaires de *Picsou Magazine* de mes princesses, de leurs livres *Totally Spies* et *Jojo Lapin*, de leurs feutres, crayons de couleurs, chien et ours en peluche, qui parsèment leur grand lit.

20 H 10

Moi. – Allez les filles, racontez-moi.

Héloïse est en train d'écrire son nom sur la carte

d'agent secret reçue en cadeau dans son *Journal de Mickey*.

– Quoi maman ?

Moi. – Eh bien, je ne sais pas, moi. Racontez-moi votre vie. Ça va bien, à l'école ?

Margot. – Mamaaan ! C'est les vacances, y a plus d'école !

Moi. – Oui, je sais bien, mais… vos amis vous manquent ?

Margot. – Tu veux dire Juju, Philou, Agla, Lu, Base de contrôle, et Églan ?

Moi. – Heu… qui sont tous ces gens ?

Margot. – Mais maman ! Tu sais bien ! (À peine six ans, et déjà elle me parle comme si elle en avait seize.) Mes copains Juliette, Philippe, Aglaé, Lucas, Basile, et Églantine !

J'adore littéralement quand Margot résume les mots qu'elle emploie.

Chez elle, les spaghettis bolognaise (son plat préféré) deviennent des spaguett'bolo, le mouchoir devient un mouch', et le cartable est rebaptisé le cart'. Parfois, elle est à la limite de créer un nouveau langage lorsqu'elle me dit : « Bon, maman, je mets mon pyj pour aller do, baisse un peu la tel stepl'. »

Moi. – Et toi, Héloïsounette ?

Héloïse dessine maintenant son portrait à l'emplacement de la photo, sur sa carte d'agent secret.

– Moi ? Ben rien… Ah si ! Ma copine, tu sais, Helena ? Eh bien Vincent lui a dit qu'il était amoureux d'elle.

Hou la. Ça y est, ça va commencer les histoires de cœur ? À même pas neuf ans ? Alors qu'elles ont la bouche encore pleine de dents de lait ? Je sens qu'il va falloir que je surveille mon Héloïse de très près. Le temps qu'elle soit assez mûre pour ça. Au moins jusqu'à ses... trente-cinq ou trente-six ans.

Moi. – Et... hem... ils se font des bisous, ou ils se tiennent juste la main ?

Héloïse (avec une moue dégoûtée). – Pas du tout ! Tu sais ce qu'Helena a fait, quand Vincent lui a dit qu'il l'aimait ?

Moi. – Non, quoi ?

Héloïse. – Eh bien elle l'a attrapé, l'a collé contre un mur et lui a mis des coups de pieds !

Moi (étonnée). – Mais pourquoi elle lui a fait ça ?

Héloïse lève les yeux au ciel comme si j'avais le QI de son chien en peluche.

– Ben réfléchis maman, c'était pour le plaquer !

Moi (écroulée de rire). – Mais... mais plaquer un garçon, c'est pas le plaquer contre un mur ! Ahahahaha... (Devant son regard courroucé, je me calme *illico*.) Hum. Et dis-moi, ma chérie, toi, les garçons...

Héloïse. – Ah moi, j'aime les garçons avec les cheveux qui forment une petite pointe sur la nuque.

Moi. – Justement, il y en a un à l'école, qui te plaît ?

Héloïse. – Il y en a un, ça se voit trop qu'il est amoureux de moi. Comment il fait son intéressant quand je passe à côté de lui ! (Elle se marre.) D'ailleurs, avant les vacances, je suis allée le voir à la récré et je lui ai dit : « Alleeez, ça va, laisse tomber, j'ai compris que tu étais amoureux de moi. »

Moi (me retenant de pouffer). – Et alors ?

Héloïse. – Alors on a fait connaissance. On s'est assis sur un banc, et on s'est raconté nos vies.

Moi (curieuse). – Qu'est-ce que vous vous êtes dit ?

Héloïse. – Eh ben lui il m'a dit qu'à la maison, c'était triste, sa mère lui faisait tout le temps du riz et du steak haché, et je lui ai dit que chez moi ça allait, on mangeait aussi des frites et des pâtes.

20 H 22

Moi (l'air de rien). – Dites, les filles… vous en penseriez quoi, si je me mariais avec Henri ?

Mes deux fillettes très occupées relèvent instantanément la tête, un sourire heureux illuminant leur visage. Héloïse dresse son petit doigt, l'approche de son oreille, fait semblant d'écouter, et annonce :

– Mon petit doigt m'a dit qu'il serait super content !

Ravie, je me tourne vers Margot. Elle dresse son pouce contre son oreille, son index, son majeur, comme si chacun de ses doigts lui répondait, en faisant à chaque fois « oui ! oui ! ». (Dix fois, donc.)

13

La mer est montée. Il paraît que ça s'appelle la marée

Le flux et le reflux me font « marée ».

Raymond DEVOS.

JEUDI 21 JUILLET – 8 H 45

Je… je rêve. Non mais dites-moi que je rêve.

Il fait beau ! Pas un seul nuage à l'horizon !

Cela signifie-t-il que nous allons pouvoir profiter d'une belle journée à la plage ? La seconde depuis notre arrivée ? C'est trop de bonheur. Vite, tout le monde sur le pont avant que le soleil ne change d'avis !

10 H 09

J'ai dit « vite ».

10 H 35

– Ça va ? Tout le monde est bien attaché, à l'arrière ?

– OUUUUUUUUUIIIII !!!!

(Petite voix). – Maman, t'es lourde.

– Qui a dit ça ?!

11 H 02
Ça fait au moins trois heures que l'on tourne, et on ne trouve toujours pas. Enfin Henri, lui, a trouvé depuis longtemps : trois bouts d'algues, une flaque de sable, et il est content. Mais moi non. Je veux une plage, une vraie, une noire de monde avec plein de parasols et de vendeurs de beignets qui crient et des serviettes étalées partout et…

11 H 05
Finalement, je réalise que la Bretagne ce n'était peut-être pas une super idée pour ce genre de vacances.

11 H 10
D'autant qu'au départ, nous, on avait dans l'idée de suivre les traces des chevaliers de la Table ronde… de nous perdre dans la forêt de Brocéliande… de rencontrer des druides, des menhirs…

11 H 12
Et puis, Miguel nous a prêté sa maison, à trois cents kilomètres de tous ces endroits légendaires.

11 H 15
Remarque, pour m'immerger dans le paranormal, je peux toujours allumer la télé et me plonger dans mes séries préférées : les *4400*, *Médium* et… *Desperate Housewives*, aussi. Parce qu'avec leurs vies incroyables de femmes au foyer, on trouve aussi son compte en matière de surnaturel.

11 H 20

Enfin, une plage.

Complètement absolument immensément vide. Avec la mer tellement loin qu'on dirait un mirage dans un désert de sable.

Allez, ça ira.

12 H 27

Et qui c'est qui est de corvée pour aller chercher des sandwichs et des glaces à la buvette quatorze kilomètres plus loin sous un soleil de plomb ? Devinez.

13 H 40

Le soleil tape fort et… horreur ! Dans mon immense sac rempli de serviettes, de seaux et de lunettes de soleil, je réalise que j'ai oublié de prendre les crèmes solaires ! Aïe-aïe-aïe !

C'est-à-dire que techniquement, on ne peut pas m'en vouloir : j'ai emporté absolument tout le mobilier de la maison sauf ça. Henri, toujours fort à propos, ne manque pas de me faire remarquer combien je suis irresponsable d'être sortie sans ces crèmes.

Hé ! Ho ! On n'est pas en plein Sahara, là, on est en Bre-ta-gne !

C'est-à-dire que statistiquement, on a plus de chance de mouiller nos maillots avec de l'eau de pluie que d'attraper un coup de soleil.

Heureusement, HEUREUSEMENT, j'ai déniché un stick de protection indice 20 dans une des poches secrètes de mon sac à main, au milieu de mes pansements, lingettes désinfectantes, serviettes hygiéniques, sparadraps antiampoules, sachets d'aspirine, dosettes de sérum physiologique, etc., que je trimballe partout.

Si un inconnu fouillait mon sac, il croirait qu'il appartient à l'infirmière chtarbée de *Misery*, qui pique des médicaments dans les hôpitaux pour torturer des écrivains célèbres.

Pas très pratique à appliquer (le stick est supposé couvrir le nez et les pommettes quand on fait du ski), j'en tartine généreusement les épaules, nuques, et zones T du visage de chacun. Très vite, il n'y en a plus assez pour moi. Tant pis, ça me fera du bien de prendre un peu de soleil. Et puis je suis une brune. Non seulement je ne compte pas pour des prunes, mais je suis aussi génétiquement protégée. (Je ne suis pas seulement génétiquement poilue…)

14 H 29

Quelques premiers signes de maux de ventre apparaissent, parmi les membres du troupeau à poils sombres dont je fais partie. Était-ce bien prudent d'engloutir des sandwichs contenant de la mayonnaise par cette chaleur ? Nous le saurons dès les premiers vomissements.

16 HEURES

La mer est montée. Il paraît que ça s'appelle la marée. C'est curieux comme phénomène. À Paris, quand la Seine monte, c'est plutôt en hauteur. Ou alors il y a la Méditerranée, plus pratique : quand tu trouves un endroit où poser ta serviette, tu n'en bouges plus de toute la journée. Ton seul problème : trouver un endroit où poser ta serviette, vu le monde.

Ici, la mer, qu'on appelle plutôt l'océan d'ailleurs, on la regardait avancer en rigolant.

On a le temps de reculer… on a le temps… plouf, on patauge, on fait la planche, zou, on se balance de l'eau dans la figure, ah-ah, on hurle « Attention mes lentilles, merde ! », bref, on s'amuse bien.

Et puis d'un seul coup, je constate que la plage est nettement plus peuplée qu'au moment de notre arrivée. Bizarrement, je réalise que nos serviettes sont celles situées le plus près des vagues.

– Henri, tu as vu ?

Oui, Henri a vu les flots engloutir nos magazines, lécher nos espadrilles, inonder nos sacs… on court, aussi vite que possible, sauver ce qui peut l'être. Pour ensuite remplir le coffre de la voiture d'un magma de trucs détrempés et pleins de sable.

19 HEURES

Je pense que nous devons être les seules personnes sur cette planète à avoir réussi à nous choper des coups de soleil en Bretagne. Et pas n'importe quels coups de soleil, hein. Des zébrés ! Oui, parce que seuls les endroits où j'ai appliqué le stick de protection solaire ont été miraculeusement préservés. Les autres sont rôtis. Héloïse et Margot ont le dos cuit, pour Diane, restée allongée sur le dos avec son magazine au-dessus de la figure, ce sont les jambes qui ont morflé, quant à Henri et moi… deux homards avec quelques bandes de peau intacte doucement rosie de-ci, de-là.

Très particulier, comme look.

21 HEURES

Dans le salon, les malabars sirotent un verre de thé brûlant pendant que les gringalets prennent leur douche. En réalité, il ne s'agit pas de verres mais de mugs que nous avons achetés dans une immense boutique « souvenirs de Bretagne », tels de parfaits pigeons parisiens. Nous accompagnons notre thé d'une grosse boîte de galettes bretonnes pur beurre.

C'est toujours agréable de tester la gastronomie indigène.

Par exemple nous avons découvert qu'ici, tous les restaurants proposent leurs plats emballés dans des crêpes. Au début ça fait bizarre, mais on s'habitue très vite à ces paquets cadeaux culinaires.

Remarquez, c'est plus efficace. Plutôt que de se demander : « Qu'est-ce que je mange de bon, aujourd'hui ? », on va directement à l'essentiel : « Qu'est-ce que je mange ? »

J'imagine avec effroi ce qu'aurait donné un mélange entre la cuisine séfarade et la cuisine bretonne : si on a de la chance, on tombe sur une galette emballant une délicieuse portion de chakchouka. Dans le cas contraire, on découvre (trop tard) que notre crêpe était fourrée à la harissa. Le cauchemar.

Quant aux pâtisseries locales, elles sont succulentes. Surtout si on aime le beurre avec des traces de gâteau dedans. De toute façon, les meilleurs desserts ne sont jamais *light*.

Ou alors ce sont des fruits, mais alors ça ne s'appelle plus un dessert, ça s'appelle un régime.

21 H 03

Moi. – Dis, si on se… hum-hum…

Henri. – Si on se quoi ?

Moi. – Eh bien tu sais… si on se… je ne peux pas dire le mot, parce que tu ne me l'as pas encore officiellement demandé, donc je ne suis pas encore officiellement au courant.

Henri sourit.

Moi. – Il va falloir que tu apprennes à valser, quand même, pour faire l'ouverture de la soirée de hum-hum.

Henri. – Je t'arrête tout de suite. Je n'ai jamais dansé de ma vie, ce n'est pas maintenant que je vais commencer.

Moi. – Quoi, même pas à ta bar-mitzvah ?

Henri. – *Niet.* J'ai joué aux cartes avec mes cousins dans un coin de la salle, pendant que les invités dansaient la *hora*.

Moi (vaguement inquiète). – Tu veux dire que tu ne danseras jamais avec moi, même si on se hum-hum ?!

Henri. – Eeeh non.

Moi (moqueuse). – Tu veux dire que je serai obligée de danser avec tes copains… y compris avec Tom, le mec le plus beau que j'aie jamais vu de ma vie – à part toi, mon chéri ?

Henri. – Si tu veux, je m'en fous. Les gens sont tellement ridicules quand ils dansent, ils me font pitié.

J'entame un léger twist des épaules, sans le quitter du regard.

Henri. – Ridicule.

J'attaque une série de mouvements oscillant entre le mash-potatoes, le madison et les claquettes.

Henri. – Si je te filme et que j'envoie la cassette à

Vidéo Gag, tu ne pourras plus te montrer dans la rue sans que les gens te jettent des pièces.

Gigotant sur place, je secoue furieusement mes cheveux en passant mes doigts en V devant mes yeux.

Henri. – RI-DI-CULE ! (Il s'esclaffe.)

21 H 30

Tous en voiture ! Le chef de meute a décidé de faire une surprise aux minus.

En vacances, dents de lapin's man a instauré un jour entier dédié à chacun de nous.

Pendant cette journée-là, la personne désignée est le roi (ou la reine) et décide du programme des douze prochaines heures. Tout lui est permis. C'est lui qui choisit où nous allons (parmi les propositions sélectionnées par les adultes…) et où nous nous restaurons (inutile de préciser que quand c'est la journée des poulettes, on se tape du Quick ou du McDo à tous les étages).

Aujourd'hui, comme c'est le tour de Margot, Henri lui explique en conduisant qu'il l'emmène visiter une usine de loupes.

Protestations de l'intéressée, qui se moque de cet instrument à peu près autant que de la culture de la courge en Nouvelle-Calédonie. Margot désapprouve même de plus en plus bruyamment tandis qu'Henri lui vante les mérites de la loupe à travers les âges. Sur la banquette arrière, si Diane n'entend rien, toujours perdue dans ses pensées avec son walkman, Héloïse par contre commence à s'inquiéter de nos idées farfelues.

C'est le moment que je choisis pour détourner

l'attention de tout le monde, en proposant à mes filles de trouver un surnom à Henri.

Oui, parce que si je me hum-hum avec lui (j'ai pas encore dit « oui », hein) et qu'il devient officiellement leur beau-père, les petites ne pourront pas l'appeler « papa » parce qu'elles en ont déjà un, ni « Henri » qui manque un peu de tendresse. Et Henri, précisément, aimerait bien qu'elles emploient pour le nommer un terme plus affectueux.

Aussitôt, les propositions fusent dans une joyeuse cacophonie. Héloïse propose : Doudou, Riri, Tigrou, Mimi… Margot lui coupe la parole avec des : Spiderman, Obi-Wan Kenobi, Roi Lion, propositions toutes refusées à l'unanimité par le beau-père qui va finir, s'il continue à se montrer aussi intransigeant, par se faire appeler tout bêtement par son prénom.

Soudain, j'ai une idée de génie. Et si on lui trouvait un surnom inspiré de ses goûts ?

Voyons voir. Qu'est-ce qu'il aime, à part moi ? Hum… l'informatique… mais on ne va pas l'appeler PC, quand même. La musique jazz… hum… Jaja ? Ahah, non, grotesque, ça fait poivrot en plus. Peut-être… le sudoku ? Hey, Sudo ! Ça ressemble à Sumo. Nul. Hum… à moins que… il adore le miel… Mais oui ! Ce sera Miellou ! Voté à l'unanimité par des petites filles hystériques, moins une voix, celle d'Henri qui s'insurge contre ce sobriquet ridicule, mais on s'en fiche on ne lui a pas demandé son avis.

Diane se marre en répétant :

– Miellou… ahaha papa, ça te va trop bien… Miellou ahaha…

Tiens, je croyais qu'elle n'entendait rien, avec son walkman ?

21 H 45

La voiture se gare dans un miniparking désert.

Nous sommes arrivés dans un endroit rocailleux, au paysage sauvage planté d'herbes folles.

Au loin, on aperçoit une petite maison isolée. Dans la lumière déclinante du soleil couchant, le panorama est à couper le souffle. L'air sent bon, il est pur et caressé de brises marines. Henri nous fait signe de le suivre. Nous marchons dans la direction opposée à la maison, jusqu'à atteindre l'endroit où la mer apparaît.

Non loin de nous, au bout d'une avancée rocheuse, se trouve un phare.

Margot sort de son petit sac la carte postale, ornée d'un phare, qui la fascine depuis notre arrivée dans la région. Elle est émue et impressionnée de voir l'édifice pour de vrai.

Je regarde Miellou. Je l'aime.

VENDREDI 22 JUILLET – 6 H 42

Aïe-aïe-aïe, ça brûle… houuu… Vite la Biafine… Pour le faire taire, j'en étale d'abord sur le dos et les épaules de l'homme, qui râle que tout est de ma faute (il n'avait qu'à partir en vacances avec une présentatrice météo). Il s'allonge sur une serviette posée sur le matelas, tandis que je lui applique la pommade sur le dos en l'effleurant du bout des doigts.

« Aïe-aïe-aïe… » C'est qu'il est douillet, mon poulet. Après avoir fait succinctement pénétrer le baume (je ne peux pas trop le toucher, sinon il crie « aïe »),

Henri se tourne péniblement sur le dos pour me présenter son gros ventre que je masse à nouveau. La crème se mélange à ses poils, ce n'est pas très pratique et ça le soulage à peine. Je le laisse râler et rebouche le tube afin d'en garder pour les chatons, lorsqu'ils se réveilleront.

Il a beau me raconter combien il souffre, ce n'est pas lui qui va être obligé, pas plus tard que tout de suite, d'enfiler un soutien-gorge dont les bretelles vont lui charcuter la peau rougie et chaude des épaules et du dos. Serrant les dents, j'enfile mon instrument antigravitationnel avec des mouvements lents et précautionneux, ouyouyouïe, non sans avoir une pensée envieuse pour les femmes à faibles roberts.

7 H 13

Henri et moi sommes d'accord. On a assez profité de la plage. Aujourd'hui, on sort tous se balader. Bien couverts. (Comme le ciel, d'ailleurs, qui menace de nous tomber sur la tête.)

7 H 42

Tiens, aujourd'hui j'ai pris ma douche en tête à tête avec une araignée.

J'ai fait des progrès en matière de self-control, depuis mon arrivée dans « la maison de l'horreur ». Ayant aperçu la bête alors que je me passais de l'eau sur le corps debout dans la baignoire, je n'ai pas fui en hurlant et en appelant ma mère. Je n'ai même pas dirigé le jet d'eau contre elle (l'idée que son cadavre glisse ensuite à mes pieds m'a révulsée). Je suis restée stoïque, mâchoires serrées, sans la quitter du regard.

Bien sûr j'ai un peu écourté ma douche (de quatre-vingt-dix pour cent), mais j'ai complètement surmonté ma peur. Limite j'aurais presque pu la caresser.

Non, je déconne.

8 H 06

Discussion entre Henri et moi dans la chambre, à voix basse pour ne pas réveiller notre descendance qui roupille dans la pièce d'en face.

– Qu'est-ce que t'en penses, toi ?

– J'en pense que c'est la plus merveilleuse idée que tu aies eue depuis celle où tu nous as proposé des vacances dans la maison de ton copain, mon amour.

– Tu commences à préparer les affaires, je réveille les petites pour le leur annoncer ?

– D'accord…

On entend des pas derrière la porte, et des chuchotements suivis de rires étouffés qui s'éloignent en courant. Je me lève pour suivre Henri qui, en poussant la porte de leur chambre, découvre deux tignasses ébouriffées surmontant un visage radieux au sourire réjoui. La troisième tignasse, surmontant un visage tout aussi radieux (pour la première fois de notre séjour), range avec application tous ses vernis à ongles dans sa trousse à maquillage.

Henri veut faire durer le plaisir, mais je me faufile devant lui et le prends de vitesse.

– Les filles !! Faites vos bagages, ON SE CASSE !!!

10 H 45

Il est absolument incroyable de constater avec quelle rapidité les valises ont été bouclées. Les petites n'ont sans doute jamais été aussi motivées de leur vie.

Après tout, ces quelques jours en Bretagne n'ont pas été si insupportables que ça (je veux dire, à part l'hébergement). Cette petite pause hors de la capitale nous a même plutôt fait du bien. Nous avons respiré un air frais et vivifiant, et arpenté les trottoirs de rues incroyablement propres. Nous avons vu des monceaux de fleurs partout et sommes passés devant de charmantes maisons de poupées. Sans compter la lecture des faits divers dans les journaux locaux qui nous ont bien fait rigoler (tout un article sur le vol de l'autoradio dans la voiture de M. Guillou, quelques lignes sur le chat de Mme Le Guennec qui a disparu… on frise le grand banditisme !).

Mais il faut se rendre à l'évidence : les crottes de chien sous nos semelles nous manquent trop. Sans parler des gens agressifs, du coût de la vie prohibitif, des conducteurs qui s'engueulent, de l'absence de parfums et de fleurs dans le paysage…

Que voulez-vous ? On a ses petites habitudes.

11 HEURES

Dans la voiture, c'est l'hystérie. Tout le monde est déchaîné.

Les petites font des signes aux passants à travers la vitre, tandis que nous hurlons à tue-tête : « Au revoir, maison de l'horreur ! », « Au revoir, les araignées ! », « Au revoir, sandwichs qui font vomir ! », « Au revoir, vieille dame qui nous espionne ! », « Au revoir, les coups de soleil ! », « Au revoir, rat qui court sur le toit ! ».

11 H 30

Henri nous coupe et avoue que le coup du rat, c'était une blague pour me faire peur. Il n'y a jamais eu de rat sur le toit, ni autre part d'ailleurs.

11 H 31

Han !!! Pour le coup, il va m'entendre.

15 HEURES

… BABY I LOVE YOU COOOOME, COOOOME, COME INTO MY ARMS, LET ME KNOW THE WONDER OF ALL OF YOOOOUUUUUUU…

14

Non mais, dites-moi que je rêve

> *J'ai dit à ma belle-mère que ma maison était sa maison.*
> *Elle m'a répondu : « Dans ce cas, foutez le camp de chez moi ! »*
>
> Joan RIVERS.

– Attends, tu prétends qu'elle a essayé de te tuer ?

– Et comment tu appelles ça, toi ? Servir à sa belle-fille un aliment suspect qu'elle dispose, comme par hasard, uniquement dans mon plat ?

– Mais c'était un truc avarié, c'est ça ? je demande, inquiète.

– Pire. Je soupçonne un machin décongelé-recongelé. Le crime parfait, quoi.

Daphné essaye de soulever un haltère trop lourd, le repose, enlève un poids et réessaye. Debout près d'elle, je prends la pose ma serviette sur l'épaule, attendant qu'une machine se libère. Ah ? En voilà une. Non, elle est trop loin, on ne pourra pas se parler. Je vais attendre la prochaine. Près de nous, Roxane, en sueur, s'échine sur un stepper. Je me penche pour renouer mes baskets neuves, puis réajuste mon chignon savamment décoiffé.

– Mais Gaétan, qu'est-ce qu'il a dit ?

– Rien, qu'est-ce que tu veux qu'il dise ? Il a pris la défense de sa mère, comme d'habitude.

– Même quand il a vu ce qui est arrivé au chien ?

– Même. Il prétend que non, que le chien de ses parents a eu une crise d'appendicite, voilà tout. Il ne veut pas entendre que j'ai glissé au clébard le truc suspect que sa mère avait mis dans mon assiette, et que c'est à la suite de ça que le chien a commencé à se tordre de douleur...

– Mais c'est horrible !

– Oui, t'as vu cette belle-mère que...

– Non, je veux dire : le chien ! Le pauvre...

Roxane me coupe :

– Qu'est-ce que tu vas faire, maintenant ?

Daphné repose son haltère, et se redresse.

– Ben j'ai pas trop le choix, à moins de faire autopsier le chien pour prouver mes accusations. Mais le véto m'a dit que ça ne se faisait pas tellement, sur un animal vivant...

Elle se tamponne le front avec sa moelleuse serviette blanche, cherchant du regard un autre appareil libre. Il n'y en a pas, dommage. Roxane ralentit ses efforts, avant de cesser complètement. En descendant de sa machine, elle est prise d'un léger vertige.

– Je n'ai plus tellement l'habitude de cet engin de torture..., s'excuse-t-elle.

Je pense : « Mieux vaut plus tellement que pas du tout », mais me garde bien de le souligner.

Dans les vestiaires, Daphné est toujours remontée contre sa moche-mère.

Elle enfile rageusement son jean de grossesse (elle

n'a toujours pas perdu son ventre), tandis que Roxane sort de la douche en se brossant les cheveux.

– J'en ai marre, marre, marre et marre de cette femme. C'est son fils que j'ai épousé, pas elle ! Si elle me gonfle encore, je te jure, je vais…

– Tu vas quoi ? Rien. Il n'y a rien à faire, tant que Gaétan n'ouvrira pas les yeux…

Mais Daphné ne m'écoute pas. Elle est partie pour durer.

– … Elle squatte ma maison maintenant, elle a décidé qu'elle ne profitait pas assez de son petit-fils ! Non mais, dites-moi que je rêve. Et il faut la voir tout surveiller ! Elle m'arrache mon fils des bras pour m'expliquer comment le porter, elle crie à la maltraitance si je lui nettoie les fesses avec des lingettes, elle exige que j'arrête de l'allaiter pour qu'elle puisse lui donner le biberon… Tu te rends compte ? Cette femme me rend complètement marteau !!

Tout en ajustant ma ceinture, je tente de l'interrompre par une petite blague :

– Tu sais comment on dit « ma belle-mère ne vient pas dîner ce soir », en anglais ? On dit : « Yesssss ! »

J'assortis ma vanne d'un éclat de rire clair et sonore, destiné à être repris en chœur avec moi, mais il ne faut pas trop y compter. Daphné en a gros sur la patate.

– … Et ses réflexions fielleuses sur le poids que j'ai pris… mais elle s'est vue, elle ?! Avec sa tronche de shar-pei ?! Mon couillon de mari n'ose même pas la remettre à sa place. Dès que je m'énerve, il me dit : « Ah, tu vois ? C'est toi qui t'énerves. La pauvre, qu'est-ce qu'elle t'a fait ? »… ELLE ME FAIT CHIER, voilà ce qu'elle me fait.

– Attention aux hommes capables de retourner une

situation à leur avantage, même s'ils ont tort. Ce sont les plus dangereux. Ils nous font devenir maboules, et déstabiliser les certitudes de l'autre est la première façon d'en prendre le contrôle, dis-je en m'appliquant une touche de blush sur les pommettes.

– Gaétan ? Le type qui n'arrive même pas à prendre le contrôle de son rasoir électrique sans se couper ? Non, rien à craindre avec lui. C'est juste que je vais finir par lui poser un ultimatum : soit il parle à sa mère, soit je lui parle moi. Et mieux vaut pour elle que ce soit lui qui le fasse…

– Dis-moi, tu connais celle du type qui dit à sa femme : « Mais non, je n'ai rien contre les membres de ta famille. La preuve : j'aime ta belle-mère cent fois plus que j'aime la mienne. » AH-Ah-ah-ah…

– Qu'est-ce que tu essayes de faire, exactement ?

– J'essaye de te changer les idées.

– Désolée, mais ça ne marche pas.

Roxane, fraîche et pimpante, le sac à l'épaule, intervient.

– Moi je vais te les changer, tes idées. Écoute bien : ça y est, j'ai trompé Nicolas.

Haaaan.

Mais comment fait cette fille pour toujours parvenir à attirer l'attention sur elle ?

Ho, et puis on s'en fiche.

– C'est pas vrai ?! Raconte !!

Roxane a tourné la tête, et nos regards se sont croisés.

Il ne m'a fallu qu'un dixième de seconde pour déchiffrer tout ce que ce regard sous-entendait et pouvoir reconstituer, au baiser près, le déroulement complet de cette soirée passée avec son amant…

Laissez-moi vous la raconter.

15

Tu viens danser ?

Un homme qui veut séduire une femme doit franchir des montagnes, une femme qui veut séduire un homme n'a qu'une cloison de papier à franchir.

Proverbe chinois.

Le voilà qui s'avance vers elle. Ça fait si longtemps que ça ne lui était pas arrivé…

Il est si beau qu'elle sent qu'elle va défaillir.

Pourtant elle lui a ouvert sa porte, brûlante, inconsciente, les idées se bousculant dans sa tête.

Absolument certaine que c'était ce soir qu'il fallait que cela se passe.

Émue, elle pense, en le regardant : « Je ne changerai pas d'avis… »

En silence, ses yeux semblent lui demander : « Ça fait combien de temps qu'on attend ça, toi et moi ? »

– (Elle soupire)… Ça fait si longtemps, trop longtemps… (Sa main, impatiente, ébouriffe ses cheveux et son doigt lisse une mèche sur son front.)

L'espace d'un instant, la tête lui tourne et son ventre

se crispe sur l'envie impérieuse qu'elle ressent le besoin d'assouvir.

Ce soir, elle n'est plus mariée à Nicolas. La maison est vide, elle est seule pour trois jours…

Elle a chaud, tout à coup.

– Tu prends ton sac ?

– Oui, je prends mon étole, aussi.

Tout à l'heure… Aaaaah… Tout à l'heure…

Pour le moment, c'est en boîte qu'il l'emmène.

Qu'elles sont loin, les soirées où elle pouvait passer la nuit entière à danser. Mais Nicolas n'est pas un homme de la nuit, alors, pour lui, elle y a renoncé.

Mathias, l'associé de son mari, la tient fermement par la main et passe devant tout le monde. Deux videurs se tiennent contre la porte de l'établissement sélect. Un mastodonte à la mine patibulaire, et un petit bonhomme au regard vif, exhibant un éblouissant sourire commercial aux gens auxquels il accorde le droit d'entrer. Mathias lui serre la main en lui tapant sur l'épaule, puis se recule et laisse Roxane le précéder.

À l'intérieur, le bruit est assourdissant. Une musique techno pulse à cent vingt décibels, qui lui font regretter, l'espace d'un fugace instant, les doux mugissements de ses bébés la nuit (dont elle ne cessait pourtant de se plaindre).

L'endroit est sombre, il lui faut plusieurs minutes pour s'acclimater et y voir quelque chose. Elle suit Mathias qui s'installe à la table qu'il avait réservée pour eux. Une serveuse fait son apparition, Mathias se penche vers son invitée, et lui demande en criant pour couvrir le son de la musique ce qu'elle veut boire.

Elle répond sur le même ton :

– Un truc fort, j'ai envie de m'amuser, ce soir !

Il lui sourit, se tourne vers la serveuse et commande en faisant un geste avec ses doigts :

– Deux Manhattan.

Puis il se cale dans son fauteuil et la contemple, amusé, tandis qu'elle parcourt la salle des yeux. Roxane vient de remarquer que la moyenne d'âge tire plus vers les jeunes étudiants que vers les quadras dans le coin, en particulier chez les filles. Elle décide de s'en moquer : avec sa minijupe en cuir et ses bottines si hautes qu'elles lui font dépasser son cavalier d'une tête, elle ne craint personne. À part peut-être la nana qui danse sur le podium, là-bas, à peine vêtue de sous-vêtements à résilles, qui se tortille comme si elle se faisait attaquer par un ver solitaire en *live*. Mais Mathias lui tourne le dos.

Pour l'instant, il salue des gens qui viennent d'entrer dans la boîte et qui le reconnaissent. Des filles surtout. Plutôt splendides, souvent blondes avec des balayages ultrasophistiqués, elles lui font la bise en ignorant ostensiblement la femme qui l'accompagne.

La serveuse vient d'apporter les verres. Roxane attrape son cocktail et le boit cul sec. Il lui faut quelques secondes pour reprendre le contrôle de son cerveau qui menace d'imploser à l'intérieur de sa tête. Non, décidément, elle a un peu perdu l'habitude de se déchirer la tronche comme avant. Mais bon. Allez, c'est comme le vélo, ça ne s'oublie pas. Elle se lève. Faisant mine, elle aussi, d'ignorer la fille qui s'est incrustée à côté de lui, elle se poste devant Mathias, lui attrape la main en la tirant un peu et hurle :

– Tu viens danser ?

– … Hein ?!

– … TU VIENS DANSER ?! (Elle gesticule avec sa bouche.) DAN-SER !!

– Oh… VAS-Y, JE TE REJOINS !

Ah. OK. Ça, ce n'était pas prévu. Elle a donc le choix. Soit elle retourne s'asseoir à côté de lui comme une bouse en attendant qu'il ait terminé d'en draguer une autre, soit elle se lance toute seule conquérir la piste.

Très bien. Qu'il crève, avec sa bimbo.

Roxane s'enfonce dans la foule. Tout doucement, elle se met à bouger les épaules, les cheveux, le bassin, jusqu'à s'étourdir et se laisser porter par le rythme. Pas suffisamment néanmoins pour ne pas remarquer le type, aussi seul qu'elle, dansant devant le large miroir qui tapisse une des colonnes de la salle. Le gars se la donne grave, enchaînant les figures, se déhanchant comme un malade, toujours sans quitter son reflet des yeux. Il s'est trouvé un autopartenaire à sa mesure, on dirait. Et personne ne semble trouver ça bizarre.

Tiens, à côté d'elle, un gars vient de lui faire un clin d'œil, elle n'a pas rêvé. Ou alors, il a un tic. Elle va attendre, pour en être sûre. Non, non, c'était bien un clin d'œil, sauf qu'il ne lui était pas adressé. Une jolie brune, avec des mèches roses et vertes dans les cheveux et un string qui dépasse de son pantalon blanc, vient se coller et se frotter contre lui. Un détail lui laisse penser qu'ils sortent ensemble : c'est le chewing-gum qui vient *illico* de changer de bouche.

Un groupe de filles hyperlookées, à peine sorties de l'adolescence, bousculent Roxane pour passer devant elle. L'une des gamines crie à pleins poumons : « J'ADOOORE

CETTE CHANSON !! » Toutes se mettent à gesticuler en hurlant les paroles, comme si elles étaient en transe, jetant en même temps des coups d'œil à une bande de garçons. Parade amoureuse qui semble marcher : les garçons matent. Au moment où Roxane envisage de se joindre à elles (au point où elle en est…), une main se pose sur son ventre. Elle se retourne, c'est Mathias. Il l'attire contre lui et souffle, au creux de son oreille :

– Pardon de t'avoir fait attendre, c'était la femme de mon frère, elle ne voulait plus me lâcher.

Roxane est en effervescence dans ses bras.

Il lui fait danser un slow très serré sur une musique house.

Leurs lèvres se cherchent, puis s'unissent.

Roxane vient de franchir le premier pas : elle a oublié qui elle est pour n'être plus que celle qu'elle a été. (Le premier qui trouve où elle en est a gagné.)

L'atmosphère enfumée devient oppressante, le bruit insupportable, leur désir trop évident, Mathias propose de la raccompagner.

Ensuite, tout va très vite : arrivés en bas de chez elle, Roxane l'invite à monter.

Et savez-vous où ils ont fait l'amour ? Dans le lit conjugal ! (Brrr… on ne voit ça que dans les films, ou les mauvais romans. Comment ont-ils osé faire ça dans le mien ?!)

Il n'empêche qu'ils ne se grattent pas, et qu'ils le font. Et même, ils le refont, au cas où ils n'auraient pas bien compris la première fois.

Nous sommes arrivées chez moi.

Henri est sorti avec Sacha, ils ont emmené les petites

et Diane voir le dernier Dreamworks en images de synthèse.

Toute la joyeuse tribu ne va pas tarder à rentrer, mais ça nous laisse quand même le temps de siroter une tasse de thé dans le calme.

Bizarrement, Roxane n'est pas très volubile, à la suite de son effet d'annonce.

Ah ça ! Quand il s'agit d'écouter les ragots des autres, madame est toujours aux premières loges, mais dès qu'il faut raconter sa vie privée à elle, là, il n'y a plus personne !

Daphné s'affale sur le canapé, fouillant dans son sac à la recherche de son distributeur de sucrettes. Roxane et moi tirons une chaise pour nous asseoir. Nous tournons le fil de nos sachets à infuser qui trempent dans les mugs bretons posés sur nos genoux.

Ma copine paparazzi attaque frontalement Miss Mystère.

– Tu as mis du temps pour nous parler de ton aventure, mais va… on te pardonne. Maintenant fais péter les scoops.

– Vous me pardonnez, c'est très bien. J'ai bien peur que Nicolas, lui, ne me pardonne pas.

– Pourquoi ? Tu le lui as dit ? je demande.

Roxane pose sa tasse sans y toucher.

– Non. Mais ce que j'ignorais, c'est qu'il voulait se débarrasser de Mathias, qu'il soupçonne de malversations dans leur société. Et pour ce faire, devinez quoi ?

– Quoi ? nous demandons, Daphné et moi, en chœur.

– Il a fait poser des micros et des caméras un peu partout.

Sous le choc, je me lève d'un bond.

Pour une femme qui pleure sur un comédien baignant dans de la confiture de cerises, ou qui hurle « TIRE-LUI DESSUS, VITE, IL VA SE RELEVER !!! » devant un film d'horreur, ma réaction est, somme toute, assez naturelle.

Daphné se contente d'ouvrir des yeux écarquillés et une bouche assortie (muette, celle-là).

– Attends… attends attends attends, je tempère, comme si j'avais cinq minutes pour trouver la solution qui permettrait de sauver le monde, et qu'il fallait qu'on me laisse me concentrer. Est-ce que tu es SÛRE qu'il est au courant ?

– On ne peut plus sûre. Il m'a montré les clichés tirés de la vidéo.

– Mais comment… pourquoi… (Bon, là, j'y arrive plus. Au secours, Bruce Willis ! Viens m'aider !)

– Écoutez les filles, c'est bien simple. Mathias a, semble-t-il, des fréquentations professionnelles extrêmement douteuses, et Nicolas voulait le coincer pour le forcer à démissionner et à lui vendre ses parts. Ce qu'il ignorait, c'est que l'autre, sentant le vent tourner, a voulu se venger en couchant avec la femme de son vieil associé !

Daphné et moi nous lançons un coup d'œil consterné. Dans quel pétrin est-elle allée se fourrer, cette Roxane ?

– Reprenons. Concrètement, il s'est passé quoi entre vous ? demande Daphné, méthodique, recouvrant ses vieux réflexes de chef d'entreprise.

Pomponnette est émue, elle se mordille le coin des lèvres douloureusement.

– On s'est vus un soir, on a pris un verre et ensuite je suis passée au bureau chercher un document avec lui. Les lieux étaient déserts… on l'a fait sur sa table de travail. Nous ignorions que Nicolas avait fait poser des caméras de vidéosurveillance…

Excellent. Donc si j'entends bien ce qu'elle raconte, j'avais vu juste sur tous les points susmentionnés. À part le coup de la sortie en boîte et de la nuit passée dans sa maison à elle, pronostiqués un peu indûment, tout le reste était exact. Je la connais trop bien, ma petite Roxane à moi. Des années d'amitié, associées à une intuition féminine particulièrement aiguisée, feront toujours la différence. De toute façon, trêve de pinaillage sur les détails logistiques, le résultat est le même : ils ont fait n'golo n'golo.

Et son mari le sait. Aïe.

– Est-ce que tu… tu vas devoir divorcer, maintenant ? dis-je, en marchant sur des œufs.

– Divorcer ? Et pour quoi faire ? Je tiens à mon confort de vie… non, je ne vais pas le quitter.

Je regarde Daphné, qui me regarde aussi. Mouvements de sourcils et battements de paupières sont notre langage. On s'est comprises.

– … Et… heu… Nicolas, il en pense quoi ? demande Daphné, en marchant sur les mêmes coquilles écrasées que moi.

– Nicolas accepte de passer l'éponge sur cette unique incartade, qu'il met sur le compte d'un moment d'égarement. De toute façon, une chose est sûre, c'est qu'il m'aime et ne peut pas se passer de moi ! Ce qui est un peu normal, entre nous soit dit…

Je l'aime bien Roxane, mais je ne sais pas pourquoi, des fois, elle m'énerve.

Ça doit être le coup des petits tiroirs que m'a expliqué Henri. Il faut que je lui en trouve un qui ne s'appelle pas

« crétine arrogante », parce que sinon, c'est la fin de notre amitié.

Allez, je vais la placer dans le tiroir « petite coquine capricieuse », pour le moment.

– Donc, tout est bien qui finit bien ?

– Oui, oui… d'une certaine manière, répond-elle en regardant ses ongles.

Daphné intervient avec vigueur :

– Comment ça, « d'une certaine manière » ? Tu as trompé ton mari, il accepte de fermer les yeux, et pour toi ce n'est pas assez satisfaisant ?

– Si, si… c'est juste que ça nous ramène toujours à notre point de départ. Je vois ma vie passer, et je m'ennuie avec lui. Qu'est-ce que tu veux ? Il est tellement calme, même cette histoire n'a pas réussi à le faire sortir de ses gonds. J'ai besoin d'autre chose…

Ouais, ben moi je commence à perdre patience.

– Enfin, de quoi as-tu besoin ? D'un mec qui te castagne la tronche, pour te sentir exister ? Tu as un mari gentil, amoureux, intègre, un mec qui te passe tout, ça ne te suffit pas ?

– Mais ce n'est pas ça ! Le problème, c'est qu'il est juste trop… prévisible. Voilà, c'est le mot. J'ai besoin de passion, de drames, de retrouvailles, de cris, de sensations fortes… Vous ne pouvez pas comprendre, les filles. Laissez tomber.

– Je comprends surtout que tu as envie de revivre ton adolescence. Mais tu n'es plus une ado, Roxane, tu as cinq enfants et tu vas sur tes quarante ans. Tu ne peux plus revenir en arrière. Optimise ce moment-là de ta vie, au lieu de sublimer ton passé ! dis-je, sur le ton d'une Rika Zaraï conseillant une tisane dépurative.

Roxane s'énerve.

– Comment ? En faisant une croix sur mon désir pour lui ?! En oubliant que je passe mon temps à tourner en rond en attendant qu'il revienne, parce que quand les enfants sont à l'école, c'est le seul but de mes journées ?!

Daphné, très calme, la coupe.

– T'es-tu jamais demandé s'il ne s'ennuyait pas, lui aussi ?

Roxane affiche une moue de mépris.

– Mais d'où il s'ennuierait, lui ? Il a son boulot le jour, et il m'a moi le soir. Que je sache, ça lui suffit…

– Pas forcément…

– Hier, j'ai trouvé une facture pour un séjour à Las Vegas, planquée au fond de sa veste. En réalité, c'était une surprise qu'il m'avait faite pour notre dixième anniversaire de mariage. Il l'avait placée dans la poche de sa veste, pour voir si je fouillais dans ses affaires. (Avec un sourire.) Apparemment, je me suis fait griller… N'empêche que c'est une bonne chose. Cet anniversaire m'était totalement sorti de l'esprit. Maintenant, je sais qu'il faut que je me rappelle d'aller lui trouver un cadeau.

Daphné se lève, et va vider ce qui reste de sa tasse dans l'évier de la cuisine. Elle semble soucieuse. Quelques secondes plus tard, elle revient s'asseoir avec nous, le visage fermé.

– Tu n'es pas au courant de tout, ma chérie. Lui aussi peut te mentir. Il n'y a pas de raisons.

– Attends ma cocotte, je connais mon mari. C'est peut-être un tueur dans les affaires, mais à moi, il ne sait pas mentir.

– Tu es trop sûre de toi. Ça en devient chiant, à la fin.

Roxane est interloquée par ce jet d'agressivité soudain. Elle bondit de sa chaise.

– Mais je… je suis désolée que ma confiance en moi te gêne. Pourtant, que je sache, je peux me le permettre. J'ai tout ce qu'il faut pour…

Daphné explose.

– Merde !! Ce n'est pas humainement possible d'être aussi gourde !! Mais réveille-toi, bon sang ! Vous ne discutez plus ensemble depuis des mois, vous vous côtoyez comme des frères et sœurs, vous ne partagez plus rien ! Tu ne crois pas que ça lui pèse un peu, à lui aussi ?!

– Mais de quel droit me parles-tu sur ce ton ?! J'en ai rien à foutre, de ce que tu penses ! Et puis d'abord, comment sais-tu tout ça ?!

– Parce que j'ai couché avec lui, voilà pourquoi.

Roxane reste interdite.

Elle esquisse un sourire stupéfait.

– Qu'est-ce que… mais qu'est-ce que tu me racontes ?

Daphné colle ses doigts contre ses paupières, le menton tremblotant. Lorsqu'elle les retire, ses yeux sont noyés de larmes. Elle fait un tour sur elle-même, machinale, désorientée.

Perdue, elle me regarde un peu honteusement, mais je ne sais pas quoi dire, presque aussi anéantie que Roxane par cette révélation.

Je vois se profiler la fin de notre belle amitié. C'est clair.

Désormais, je vais devoir me partager la garde de mes deux meilleures copines. Un week-end je déjeunerai avec l'une, le week-end suivant je déjeunerai avec l'autre. Il me faudra passer deux fois plus de temps à les écouter (au lieu de tout regrouper en une seule fois), et, en même temps, me boucher les oreilles quand elles vilipenderont l'absente.

Quant aux soirées pyjama, ce ne sera plus jamais comme avant.

Des soirées pyjama seulement à deux, ça fait… comment dire… couple.

Daphné s'effondre sur le canapé et éclate en sanglots.

Je regarde alternativement Roxane, le visage pâle, décomposé, la patte-d'oie agitée d'un tic nerveux, puis Daphné, recroquevillée sur elle-même, secouée de spasmes larmoyants, gémissant doucement :

– Je suis désolée… oooh… je suis tellement désolée…

Ne sachant quelle attitude adopter, Roxane bredouille :

– Mais enfin, ce n'est pas possible, voyons, tu n'as pas pu…

Mue par une impulsion soudaine, elle se lève pour prendre son sac, mais vacille et se retient de justesse à mon bras. Je mets toute mon énergie à la soutenir. Très digne, elle se redresse, lèvres serrées, doigts croisés à s'en faire blanchir les articulations. Ses yeux brillent de fureur contenue, de rage, ou peut-être juste des larmes qui commencent à jaillir.

Elle murmure la voix atone, en direction de Daphné :

– Comment as-tu pu me faire ça ?

Je la sens frissonner et la pousse doucement sur la chaise pour la faire asseoir.

D'une voix douce mais ferme, je déclare :

– Il faut qu'on parle. On ne va pas rester comme ça,

on ne va pas s'en tenir là. Personne ne s'en ira tant qu'on n'aura pas parlé.

Daphné lève la tête vers sa rivale, le visage bouffi et rougi par les sanglots. Elle se passe la main sous le nez pour l'essuyer d'un geste maladroit.

– Oui, je veux te dire…

– Non, je ne…

– S'il te plaît, dis-je. Écoute-la, au moins.

Roxane se tourne vers moi.

– Je ne veux plus jamais la revoir.

– Tu as raison. Mais avant de mettre un terme légitime à des années d'amitié, écoute-la juste, une dernière fois.

Les mains de Roxane se mettent à trembler. Elle baisse la tête. Je ne crois pas qu'elle veuille écouter les explications de Daphné, je crois qu'elle est simplement trop assommée pour se lever et partir.

Daphné (en reniflant). – Je ne sais pas quoi te dire… je te demande pardon.

Roxane (d'une voix rauque). – Combien de temps est-ce que ça a duré, entre vous ?

Daphné murmure quelque chose d'inaudible.

Roxane (se met à crier). – COMBIEN ??

Daphné. – Deux ans.

Un silence de plomb s'abat sur nos têtes. Nos yeux sont juste exorbités. Même moi, j'en reste muette.

Daphné reprend, pour se justifier :

– Mais tu disais que tu n'en voulais plus !!

Roxane bondit comme une lionne, prête à déchiqueter la figure de la traîtresse. Je la retiens de justesse tandis qu'elle hurle en se débattant :

– Je n'ai jamais dit que je n'en voulais plus !! Je

l'aime !!! JE L'AIME, tu comprends, salope ?! Je n'ai jamais voulu le quitter, JAMAIS !! JAMAAAAAIS !!

Vaincue, elle s'effondre dans mes bras, secouée de sanglots convulsifs.

Avachie dans le canapé, Daphné se redresse, essuie ses larmes, se mouche un coup et déclare :

– Merci ma chérie. C'est tout ce que je voulais entendre.

Son sourire lumineux et inapproprié me paraît hautement suspect. Je tapote l'épaule de Roxane, qui brame sans se soucier de ce qui se passe autour d'elle. À force de la secouer, elle réalise qu'il y a quelque chose qui cloche. Elle se tourne enfin et regarde Daphné, sans comprendre. Laquelle, devant nos mines hébétées, précise :

– Ça s'appelle un électrochoc, ma chérie. Tu me remercieras plus tard.

Roxane. – Attends. Tu veux dire que… que… tu n'as pas…

Daphné. – Avec ton mari ? Pardonne-moi d'être aussi directe, mais beurk. Je ne pourrais jamais… je ne peux même pas dire le mot… avec un type qui a l'âge de mon père. Question de goût, hein, je ne critique pas.

Moi. – Mais… tu pleurais, pourtant…

Daphné. – Oui, je sais, j'ai remarqué aussi. Ça m'est venu quand je suis allée dans ta cuisine vider ma tasse de thé. J'ai vu des légumes sur le plan de travail, il y avait des oignons… personne n'a remarqué que (elle porte ses mains à son nez et les sent)… j'ai les mains qui puent un peu, non ?

Je n'ai pas assez de mes bras et de mes jambes pour retenir Roxane, qui saute sur Daphné lui exprimer tout l'enthousiasme que sa prestation lui inspire.

16

Être ou ne pas être mariée, telle est la question

Si vous voulez remplacer l'admiration de beaucoup d'hommes par les critiques d'un seul, allez-y, mariez-vous.

Katharine HEPBURN.

Les semaines ont passé, Roxane s'est rapprochée de son mari comme jamais auparavant. Je crois qu'elle a réalisé qu'il n'était pas totalement responsable de son mal-être. Lui, de son côté, a pris conscience de la détresse de sa femme. Ensemble, ils ont fait d'immenses pas l'un vers l'autre. Surtout après qu'il s'est atrocement vengé de Mathias au boulot, de manière fine et intelligente, parvenant à le ruiner et à le discréditer sur tout le continent. (Pas si placide que ça, le Nicolas, finalement…)

Ça, on peut dire que ça lui a fait plaisir, à Roxane. Ça l'a même drôlement émoustillée, d'être l'épouse convoitée d'un homme qui a ce petit côté don Corleone dangereux…

Pendant leur séjour à Las Vegas, entre deux nuits enfiévrées dans une suite à la décoration follement extravagante, ils ont beaucoup, beaucoup parlé. Et ils sont revenus à Paris avec un nouveau projet.

Non, pas un sixième bébé. Un truc beaucoup plus fatigant, une chose que Nicolas n'avait jamais voulu lui accorder, mais qu'il accepte aujourd'hui : Roxane va se remettre à travailler.

Alors bon, bien sûr, c'est Roxane. C'est-à-dire que ce n'est pas le genre de femme à accepter le beurre sans l'argent du beurre : il lui fallait aussi la boutique de la crémière. C'est chose faite désormais, puisque Roxane s'apprête à ouvrir sa propre boîte !

Laquelle s'appellera très modestement : « Roxane Leroy Models Agency ».

Elle va lancer sa propre agence de mannequins. Mais attention, hein, pas n'importe lesquels. Une agence pour mannequins « grandes tailles », avec un département dévolu aux « plus de quarante ans » dont elle compte inonder le marché.

La connaissant, je sens que ça va cartonner de la folie absolue.

Raison pour laquelle je n'ai cessé de lui envoyer de discrets signaux d'encouragement en laissant ostensiblement traîner sous son nez un nombre considérable de photos de moi.

Je me suis fait des crampes aux yeux à force de lancer des regards glamour à tout-va, et une élongation de l'occiput tant je n'ai cessé d'arborer mon meilleur profil à chaque fois que nous nous sommes vues.

Amusée, elle a fini par me prendre à part pour me délivrer un terrible secret : malgré mon immense beauté (c'était sous-entendu), je ne pourrai pas faire partie de son écurie.

« Déborah, mets-toi bien ça dans la tête : une taille 42, ce n'est pas gros !! »

Farouchement déterminée, je lui ai juré de tout faire pour être à la largeur.

Combien fallait-il que je prenne ? Dix ? Vingt kilos ? OK, trente et on n'en parle plus. Le programme diététique n'est pas un problème, je sais exactement quoi manger pour boudiner. Allez, sois cool.

J'ignore pourquoi, mais elle ne m'a pas du tout prise au sérieux.

Pas grave. Je retenterai ma chance dès l'apparition de mes premières rides. (Elles sont déjà là, mais pas assez marquées, semble-t-il. Allez, les gars ! Creusez ! Creusez nom d'un chien !)

À part ça, pour parodier mon copain Shakesp'(comme dirait Margot) : « Être ou ne pas être mariée, telle est la question. »

Quelques éléments me font soupçonner qu'un truc se trame, niveau officialisation de l'assemblage de nos corps. Peut-être me trompé-je, mais Henri, toujours un peu pataud dès qu'on sort du registre des ordinateurs, a quand même tenté de me sonder discrètement pour connaître mes goûts en matière de bagues de fiançailles.

C'est un indice, non ?

Ma réponse fut tout à fait spontanée : « Écoute, je n'y ai pas vraiment réfléchi, disons pas un solitaire mais il faut quand même qu'il y ait un diamant évite les autres pierres surtout l'émeraude et le saphir c'est super moche le rubis à la rigueur pourquoi pas mais d'un autre côté ça fera moins bague de fiançailles non il faut garder le diamant mais attention je ne veux pas d'une grosse bague parce que faut pas déconner non plus ça ne sert à rien bien que d'un autre côté une petite ça risque de faire miteux par rapport à celles de mes copines tu ne trouves pas mon chéri bien entendu tu oublies l'or blanc pour la monture c'est or jaune ou rien. »

Il me semblait que j'avais été on ne peut plus claire.

Pourtant, étrangement, il s'est mis à surfer sur des sites de bijouteries en ligne pour me montrer des modèles. Comme si j'étais exigeante, moi qui en réalité adore les surprises (surtout quand elles tombent juste).

Même si je ne suis officiellement au courant de rien et ne tiens pas à l'être avant qu'il ne pose un genou à terre, prenne ma main, et me supplie de l'épouser sinon il se tuera, j'ai accepté de jeter un coup d'œil au contenu de ces sites. Pour commenter, avec la plus grande ingénuité, ce que j'y voyais. J'espère que ça suffira et qu'il a bien compris laquelle me plaisait.

Ce petit détail étant réglé, une question plus importante me taraude depuis des semaines.

Ai-je réellement envie de me remarier ?

Je veux dire : être divorcée, ce n'est quand même pas si terrible, non ? On a les avantages sans les inconvénients. On a le bonheur d'avoir des enfants sans le désagrément de se coltiner la belle-famille tous les week-ends. On a l'indépendance et de comptes à rendre à personne sur l'état de nos finances. On a une vie amoureuse, même stable, avec un homme qui ne tient pas notre présence pour acquise et continue de vouloir nous conquérir.

Tiens, d'ailleurs, à ce sujet, si je deviens la propriété officielle d'Henri, ça sous-entend que je renonce à tous les autres hommes de la terre. Vont-ils s'en remettre ?

Je veux dire que c'en sera fini des flirts, fini d'imaginer les débuts d'une histoire charnelle et passionnée entre les bras d'Owen Wilson, plus question d'espérer qu'un jour il me remarque. Je fais une croix sur ses folles mèches blondes et je deviens une « femme respectable », comme ils disaient dans le Far West au XIXe siècle.

C'est dur, quand même.

Oui, je sais que les débuts d'une relation, même amicale, c'est comme les vitrines d'un magasin : les plus belles qualités de la personne y sont exposées. Du coup, ça fait fantasmer, on a envie de tout acheter et on regarde avec mépris son petit pantalon moulant qu'on traîne depuis quelques années déjà, qui commence à nous lasser et qui, si ça se trouve, n'est même plus à la mode. En réalité, les vêtements sublimes qui nous font rêver ne sont pas toujours adaptés à notre morphologie. Parfois trop étriqués, trop larges, trop transparents ou carrément trop fragiles, quand ce ne sont pas tout simplement les couleurs qui ne s'assortissent à rien de ce que contient notre garde-robe. Alors on se dit qu'il n'est finalement pas si mal, ce petit pantalon moulant qu'on a depuis longtemps et qui nous fait, mine de rien, un cul superbe.

Ne serait-ce pas plutôt parce que je suis devenue trouillarde, depuis mon divorce ?

J'ai tant besoin d'être rassurée que j'oublie qu'Henri aussi a besoin d'être conforté dans l'idée que je suis bien la femme de sa vie.

Mais que puis-je faire de plus (à part le ménage plus souvent et une cuisine correcte, je veux dire), si ce n'est craindre de détruire cet équilibre pour en construire un autre… différent ?

On n'est pas bien, comme ça ? À quoi bon se compliquer la vie ?

17

Un matin d'octobre

L'amour sans une certaine folie ne vaut pas une sardine !

Proverbe espagnol.

– Tu sais, les psychologues disent que…

– Tu veux dire les mêmes psychologues qui prônent l'emploi de l'électrochoc émotionnel, c'est bien de ceux-là, dont tu parles ? gronde Roxane en fixant Daphné sévèrement.

– Oui, c'est bien ceux-là.

Roxane, rassérénée, sourit.

– Bon, ça va alors. Ils sont compétents.

– Donc je disais, continue Daphné en levant les yeux au ciel, qu'il paraît qu'il y a cinq trucs à vérifier chez un mec avant d'accepter sa demande en…

Je la coupe :

– DAPHNÉÉÉ !!

– … Pardon ! Sa demande en « hum-hum ».

– Merci. Vas-y maintenant, aboule ton questionnaire à la mords-moi les cheveux.

Daphné mâchonne son stylo en regardant son carnet.

– Tu es prête ?

– Oui, mais pas trop fort, l'électrochoc, hein. Je ne voudrais pas finir survoltée comme la fille qui a désormais la vie sexuelle la plus épanouissante de nous trois. Déjà que je ne suis pas assez belle pour faire partie de son agence…

Roxane soupire.

– Mais si, tu ES belle ! Je te l'ai déjà dit !

– Alors écris-le-moi noir sur blanc. Et si possible sur un papier à en-tête avec le mot « contrat » marqué dessus.

– Bon, on y va, oui ? demande Daphné, impatiente. Alors question n° 1 : Est-ce que tu l'as déjà vu quand il perd ses moyens, quand il s'énerve, est-ce qu'il serait susceptible un jour de te battre ?

Je réfléchis sincèrement à la question.

– Écoute, oui, clairement. Il finira bien par me battre un jour au jeu du truc, là… comment ça s'appelle, cette espèce de hockey sur glace avec les mains et sans la glace… tu sais, le palet sur une table soufflante… aaah, je l'ai sur le bout de la langue…

– Je ris. Bon, question n° 2 : Est-ce que vous avez très précisément détaillé quelles choses vous ne pourrez pas vous pardonner, genre mensonges, infidélités…

– … À moi tu me demandes ça ? La fille qui a élevé le mot « jalousie » au rang de discipline olympique ?

– … ou mauvaise cuisine…

– J'ai compris ton allusion, Perfidia. Je ne cuisine pas « mal », madame. Je cuisine « différemment ». Et toc. Apprends que dans certains pays, ma cuisine est considérée comme de la haute gastronomie.

– Où ça ? Dans les pays du tiers-monde ?

– Je te méprise de haut en bas.

– Continuons…

Roxane nous sert une assiette de savoureux cookies aux pépites de chocolat, qu'elle a faits elle-même (par sa bonne). Je décide ne pas y toucher pour ne pas me déconcentrer. D'autant que je ne veux pas me déformer la silhouette si je ne peux même pas intégrer une agence de mannequins en retour. C'est dur, vu que je ne pense qu'à ces gâteaux. Ils sentent si boooon…

Roxane vient s'asseoir près de nous, replie ses jambes sous ses fesses et feuillette un magazine. La petite Ernestine arrive dans le salon en cavalant joyeusement. Elle se laisse tomber aux pieds de sa mère, balance par terre un seau de Lego et entreprend de construire une tour gigantesque.

– Question nº 3 : Y a-t-il des choses que tu ne supportes pas chez lui, d'ores et déjà ? Des trucs incompatibles avec votre vie commune sur le long terme, comme… je ne sais pas, moi… boisson, jeux d'argent, copains zarbis…

– C'est-à-dire que le problème viendrait plutôt de mon côté.

– Toi ?

– Oui, moi. Tu as vu les copines zarbis que je me tape ?

– Poilant.

– Mais vrai.

– Bon, question 4 : Est-ce que certains de ses traits de caractère t'insupportent, au point que tu attendes de lui qu'il les change, et n'envisages pas de vivre avec…

– Oh lala, elles sont soûlantes, tes questions. (Je me tourne vers Roxane.) Tu ne trouves pas qu'elles sont soûlantes, ses questions ?

– Je ne sais pas pour toi, répond la belle blonde, sans lever les yeux de son journal, mais moi elles m'ont soûlée.

Le petit Tristan débarque en suçant son pouce. Les cheveux en bataille, tout mignon, il réclame son doudou qu'il ne trouve pas. À peine a-t-il fini de réclamer, que c'est au tour d'Aurélien d'exiger de sa mère qu'elle lui lise une histoire. Roxane pose son magazine, se lève en bougonnant, et les suit dans leurs chambres.

Je me tourne vers Daphné en caressant les douces boucles d'Ernestine.

– Bon, dis-moi, et toi, avec ta rivale, comment ça se passe ?

La petite fille se lève, toute fière, tenant en équilibre dans ses menottes une haute pile de Lego encastrés.

– Ah je t'ai pas dit ? J'ai quitté Gaétan !

– Nooon…

– Siii ! Pas longtemps, hein, juste un week-end. Le temps qu'il comprenne que j'étais sérieuse, et que je n'accepterais pas de faire couple à trois.

– Et ?

– Ça va beaucoup mieux. Il…

Roxane passe la tête dans l'encadrement de la porte.

– Aurélien veut que je lui lise *Blanche-Neige*. Venez les filles, j'ai besoin de deux actrices pour faire la sorcière et la pomme…

Quelques jours plus tard.

Un matin d'octobre où les rues de Paris étaient plongées dans un brouillard spectaculaire, après avoir déposé les petites à l'école, Henri et moi sommes sortis prendre le petit déjeuner dehors. Des cafés, à Paris, il y en a autant que de crêperies en Bretagne. Pourtant, aucun ne lui convenait. Alors nous avons pris la voiture, et nous avons roulé, traversant Saint-Germain-des-Prés, passant devant le jardin du Luxembourg, franchissant des ponts, jusqu'à nous retrouver non loin de la tour Eiffel.

Henri s'est garé, et nous avons marché, ne voyant pas à plus de deux mètres devant nous.

C'était étrange, comme sensation.

Je n'ai pas le souvenir d'avoir jamais connu un temps aussi brumeux à Paris.

L'impression de baigner au creux d'un nuage, d'évoluer dans une chape de mystère.

Me tenant par la main, il m'a attirée dans un petit parc au pied de la grande tour enveloppée de brume. Je me demandais ce que nous faisions là, ce n'était pas l'endroit idéal pour aller prendre un café, mais je l'ai suivi.

Nous sommes montés sur une petite butte, seulement garnie de trois bancs, nous offrant une vue magnifique sur l'édifice d'acier qui, bien que nous semblant très proche, ne laissait apparaître que ses pieds, sa haute tour avalée par un manteau de vapeur.

Henri m'a fait asseoir sur un des bancs, et a dégainé une petite boîte emballée.

Je l'ai regardé sans comprendre.

Les larmes me sont montées aux yeux lorsqu'il s'est débattu avec le nœud de satin pour ouvrir l'écrin et me présenter la bague.

Alors, j'ai regardé ses lèvres prononcer ces mots, pour voir s'il ne bégayait pas :

– Déborah, veux-tu être ma femme ?

Mais comment peut-il encore perdre son temps à me poser une question pareille ?

Après avoir beaucoup crié en riant et en tapant des mains, j'ai dit :

– Ouiiiii !

Table

Du même auteur :

LES TRIBULATIONS D'UNE JEUNE DIVORCÉE,
Fleuve Noir, 2005 ; Pocket, 2006.

TOUBIB OR NOT TOUBIB,
Calmann-Lévy, 2008.

CHOUETTE, UNE RIDE,
Calmann-Lévy, 2009.

LES CARNETS D'AGNÈS (PREMIER CARNET),
Hugo BD, 2009.

SOIRÉE SUSHI,
Calmann-Lévy, 2010.

Composition réalisée par FACOMPO (Lisieux)

Achevé d'imprimer en avril 2010 en France sur Presse Offset par
Maury-Imprimeur - 45330 Malesherbes
N° d'imprimeur : 154607
Dépôt légal 1re publication : février 2008
Édition 06 - avril 2010
LIBRAIRIE GÉNÉRALE FRANÇAISE - 31, rue de Fleurus - 75278 Paris Cedex 06

31/2207/4